天魔劍葉傳
천마검섭전

임준후 新무협 판타지 소설
FANTASTIC ORIENTAL HEROES

천마검엽전 1
임준후 新무협 판타지 소설

초판 1쇄 찍은 날 § 2009년 10월 9일
초판 1쇄 펴낸 날 § 2009년 10월 15일

지은이 § 임준후
펴낸이 § 서경석

편집장 § 문혜영
편집책임 § 정서진
편집 § 주소영

펴낸곳 § 도서출판 청어람
등록번호 § 제1081-1-89호
등록일자 § 1999. 5. 31
어람번호 § 제2-1829호

주소 § 경기도 부천시 원미구 심곡2동 163-2 서경B/D 3F (우) 420-822
전화 § 032-656-4452 팩스 § 032-656-4453
http://www.chungeoram.com
E-mail § eoram99@chollian.net

ⓒ 임준후, 2009

ISBN 978-89-251-1955-7 04810
ISBN 978-89-251-1954-0 (세트)

※ 파본은 구입하신 서점에서 교환하여 드립니다.
※ 저자와 협의하여 인지를 붙이지 않습니다.
※ 이 책은 도서출판 청어람과 저작자의 계약에 의해 출판된 것이므로,
   무단 전재 및 유포·공유를 금합니다.

천마겸엽전

天魔劒葉傳

임준후 新무협 판타지 소설

FANTASTIC ORIENTAL HEROES

철혈무정로 1부

①

작가의 말	6
序章	9
第一章	17
第二章	45
第三章	77
第四章	119
第五章	153
第六章	189
第七章	221
第八章	249
第九章	273
第十章	303

작가의 말

　네 번째 글을 시장에 내보내며 마음이 떨립니다. 항상 그렇지만 읽으시는 분들이 재밌게 보시기를 바랄 뿐입니다.
　천마검엽전은 제 전작인 철혈무정로의 전 시대 이야기를 다룹니다. 히트치지 못한 글과 연결된 글을 쓴다는 것이 심적으로 부담이 되긴 합니다. 연결된 글이라고는 하지만 천마검엽전은 내용상으로 서장과 종장을 제외하고 철혈무정로를 읽지 않은 분도 이해하는데 아무런 지장이 없을 만큼 완전히 독립된 글입니다.
　철혈무정로는 본래 세 개의 큰 이야기로 구상을 했던 글입니다. 그중 가장 무난하다고 생각되었던 이야기를 택해서 출판한 것이 전작인 철혈무정로였습니다.
　세 개의 큰 이야기를 흐름상으로 보면 천마검엽전이 1부, 철혈무정로가 2부, 가제로 천하겁란기라는 제목을 붙여놓은 것이 3부입니다. 1부와 2부는 온전히 독립된 글이고 3부는 1부와 2부의 토대하에서 펼쳐지는 글입니다. 그래서 3부는 쓰기가 좀 망설여지는 글이기도 합니다.^^;;
　무협을 쓰는 작가에게 '천마' 라는 단어가 주는 울림은 아주 특별합니다. 그 단어에는 남자들의 본능 중 힘에 대한 갈망과 숭상을 자극하는 묘한 울림이 있습니다. 저는 늘 마음 한 구석에서 빠져나오지 못한 채 회오리치고 있는 이 울림을 밖으로 내보내 보고 싶었습니다. 그리고 그 바람의 작은 결과물이 이 글이 되기를 바라며 글을 썼습니다.

항상 좋은 말씀해 주시는 장르문학사이트 '문피아'의 금강 선생님과 자료수집의 초강자 '큐티둔저' 님께 지면을 빌어 감사의 말씀을 드리고 싶습니다. 그리고 언제나 말없이 제 글을 응원해 주시는 독자분들께 늘 감사하고 있다는 말씀도요.

완결권이 나오는 날까지 최선을 다하겠습니다.

序章

 한줄기 바람이 관도 변의 널찍한 바위에 걸터앉아 있는 사내의 이마에 흘러내린 머리카락을 간질이며 지나갔다. 그는 멀리 보이는 음산산맥의 웅장한 산세에 시선을 준 채로 팔짱을 끼고 있었다.
 저물어가는 석양빛에 피처럼 물든 붉은 적포.
 육 척이 훌쩍 넘는 장신.
 선이 굵은데다 표정이 없어 무뚝뚝해 보이는 얼굴.
 강철처럼 차갑고 무심한 눈길.
 왼쪽 허리에 찬 넉 자 길이의 장도(長刀).
 "무슨 생각 하세요, 호랑?"
 방금 전까지 비어 있던 사내의 옆에 백의궁장여인이 환상처럼 모습을 드러냈다. 다소곳이 앉은 그녀의 손에 과일 몇 개가 들려 있었다. 여인의 뒤편에 자리한 숲에서 따온 듯했다.

눈처럼 흰 백의 궁장을 입고 칠흑처럼 검은 눈동자를 별처럼 반짝이며 그를 보고 있는 여인은 빛으로 조각한 듯 눈부시게 아름다웠다.

여인의 등장은 갑작스러웠다. 그러나 사내를 놀라게 하지는 못했다. 오히려 사내의 무심하던 얼굴에 미소를 짓게 했을 뿐.

흰 이를 드러내며 소리없이 웃는 웃음.

사내의 굳게 다물려 있던 입술이 벌어졌다.

"예전의 나."

여인은 사내의 어깨에 머리를 기대며 걱정스러운 듯 물었다.

"아직도 혼란스러우세요?"

사내는 고개를 저었다.

"아니."

"다행이에요."

"네 덕분이다."

여인은 과일을 바위에 올려놓고 사내의 팔짱 낀 오른팔 겨드랑이에 자신의 팔을 비집어 넣었다. 사내가 슬쩍 팔을 들어 편하게 해주자 여인은 사내의 팔을 자신의 팔로 감싸듯 팔짱을 꼈다.

굵지는 않지만 무쇠로 만든 듯 단단하면서도 고무처럼 탄력이 넘치는 사내의 팔이 그녀의 품에 가득 찼다.

둘이 하나인 사내였다.

비슷하지만 전혀 성격이 다른 둘.

하나하나의 성격이 천의무봉할 정도로 개성이 강한 둘을 하나의 정신 속에 담아야 했던 사내.

보통 사람이었다면 미쳐 버렸을 상황에서도 사내는 눈썹 하나 까딱하지 않고 마음의 혼란을 이겨냈다. 육신의 강함을 떠나서 사내는 믿어지지 않을 만큼 강인한 정신력의 소유자였다.

그래서 여인은 사내에게 기댈 수 있었다. 천하에 오직 사내만이 그녀의 안식처가 될 자격이 있었으니까.

사내의 어깨에 아기처럼 뺨을 비비던 그녀가 말했다.

"호랑."

"왜?"

"그들이 정말 금약을 파약(破約)하려 한다고 생각하세요?"

사내는 무심한 얼굴로 고개를 끄덕였다.

"완안 어르신이 돌아가시고 혼천무극문이 후인을 찾지 못한 채 흐른 세월이 십여 년… 그들 중 엉뚱한 생각을 하는 자들이 없을 리 없지. 게다가 그들 중에는 '그'의 후예들이 있다. 지존전의 사람들이 행했던 일련의 행사들 뒤에 '그'의 후예들이 손을 쓴 흔적이 발견된 이상 그들이 파약하려 한다는 것은 더 이상 의심할 수 없는 일이다."

그의 음성은 약간 탁한 중저음이었다. 게다가 담담한 어투.

사내의 말투에서는 감정이 느껴지지 않았다.

그러나 적아를 막론하고 그를 아는 사람들이 그의 말을 들었다면 이를 악물며 진저리를 쳤을 것이다. 그의 입 밖에 나온 말은 어조가 어떻든 반드시 행동이 뒤를 따랐기 때문이다.

그는 말이 아니라 행동으로 자신의 존재를 증명한 사람이었고, 머리가 아니라 가슴으로 무림의 한 시대를 연 사내였다.

여인은 속으로 한숨을 내쉬었다.

그녀는 '그들'이 금약을 파약하든 지키든 전혀 상관하고 싶지 않았다. 그저 눈앞의 사내와 평범하고 행복하게 살고 싶을 뿐이었다. 그러나 그녀는 자신의 그 소박한 소망이 이루어질 때까지 상당히 오랜 시간을 기다려야 한다는 것을 잘 알고 있었고, 넘칠 정도로 충분히 사내를 이해했다.

사내는 해야만 하는 일이 있었다. 그리고 결코 중도에서 그것을 포기하지 않을 것이다.

사내는 그런 사람이었다.

그래서 더 사랑할 수밖에 없는 사람…….

여인은 사내의 시선이 향한 음산산맥으로 시선을 돌렸다.

"저곳에… 호랑께서 말씀하셨던 그분들이 있는 건가요?"

사내는 고개를 끄덕였다.

"음."

"저하고는 경우가 다르다고 하셨잖아요. 긴 세월이 흘렀는데… 조금 걱정스러워요."

사내는 싱긋 웃었다.

"그들은 나와 함께라면 죽음마저 비웃었던 강골들이다. 염왕도 껄끄러워 데리고 가지 않았을 거다."

"황 가가와 호 가가처럼요?"

여인이 장난스럽게 말하자 사내는 호탕하게 대소를 터뜨렸다.

"하하하하하. 맞다, 그들처럼."

고개를 젖히고 호탕하게 웃는 사내의 눈에 그리움의 빛이 어렸다. 그로서는 드문 감정 표현이었다.

그가 말했다.

"앞으로 있을 싸움에는 그들이 있어야만 한다. 그러고 싶어 했던 사람들이다."

"호랑께서 깨우시는 걸 그분들도 기뻐하실 거예요."

사내는 말없이 고개를 끄덕였다.

그도 진심으로 그러기를 바랐다.

현세에서 그와의 재견(再見)은 지난날 그들이 원했던 일이긴 하나 사내로서는 내키지 않는 일이었다. 그러나 피할 수 없는 일이었다. 앞으로 있을 싸움은 절대무적(絶對無敵) 일인군단(一人軍團)이라 불리는 그에게도 그리 쉽지 않은 것이었으니까. 그도 강했지만 상대도 그만큼 강한 것이다.

생각에 잠긴 사내의 가라앉은 눈을 바라보던 여인이 화사하게 웃으며 화제를 바꾸었다.

"저하고 다시 만나기 전 얘기 해주세요."

고개를 돌린 사내의 심연처럼 깊고 강철처럼 단단한 시선이 여인의 눈과 부딪쳤다.

그의 눈빛이 솜처럼 부드럽게 풀어졌다.
그는 여인을 태어나던 날 보았다.
그녀를 다시 만난 것은 열 몇 해가 지나서였고.
그 후 그녀는 언제나 그와 함께였다.
죽음을 거스르던 그 처절한 순간을 지나 그의 팔짱을 끼고 있는 지금까지.
사내의 입가에 소리없는 미소가 떠올랐다.
지난날 잠든 그녀의 뺨을 어루만지며 하늘을 향해 울부짖었던 처절한 외침이 방금 전의 일처럼 생생하게 기억났기 때문이다.

너를 다시 만나리라. 그를 위해 무한의 세월이 필요할지라도 절대로 포기하지 않겠다. 네가 깨어나는 그날 나는 네 옆에 있으리라. 누구도 그것을 막지 못할 것이다. 막으려 한다면 그것이 무엇이든 용서하지 않겠다. 설사 그것이 운명일지라도.

사내는 자신의 팔짱을 낀 여인의 손등을 부드럽게 쓸었다.
여인의 손등에서 전해지는 매끄럽고 따뜻한 느낌이 그의 마음을 편안하게 했다.
그는 자신이 했던 맹세를 지켰다. 그 대가가 예상을 뛰어넘을 정도로 크긴 했지만.
사내가 입을 열었다.
"예전에 다 해주었는데 기억이 나지 않느냐?"

여인은 사내를 향해 가볍게 눈을 흘겼다.
"제가 얼마나 오랜 시간 동안 잠을 잤는지 잊으셨어요?"
"잊을 리가 있나. 하하하."
사내는 나직하게 웃음을 터뜨렸다.
어찌 잊을 수 있을까.
그로 인해 얼마나 많은 일이 벌어졌는데…….
"아직 갈 길이 멀잖아요. 호랑의 예전 얘기들은 재밌으니까 들으면서 가면 심심하지 않을 거예요."
음산산맥의 웅자가 손에 잡힐 듯 보이는 거리였다. 하지만 실제로 음산산맥의 경내에 들어서려면 닷새는 더 필요했고, 그의 목적지까지는 그 후에도 사흘 정도를 더 가야 했다.
사내는 팔짱을 꼈던 팔을 풀어 여인의 어깨를 보듬어 안았다.
그녀를 위해서라면 그는 그것이 무엇이든 할 수 있었다. 이야기쯤이야…….
사내가 말을 이었다.
"어디서부터 얘기해 줄까?"
"음……."
사내의 어깨에 머리를 파묻고 있던 여인이 고개를 들었다.
"사조 할머님을 만났을 때부터요."
"그럴까?"
사내는 눈을 반쯤 감았다.
그의 반개한 눈은 음산산맥을 향하고 있었지만 산을 보고 있지는 않았다.

그가 보는 것은 아득한 세월의 저편이었다.

아주 오래되어 몇 해라 말하기도 어려운, 이전의 기억이 심연의 바다를 헤치고 부표처럼 서서히 떠올랐다.

그의 눈앞에 아름답고 웅장한 계곡이 펼쳐졌다.

검푸른 절벽이 병풍처럼 삼면을 둘러싸고 있는 넓은 계곡.

분지의 곳곳에 자리 잡은 처마 선이 유려한 고택들.

바람이 불 때마다 가슴을 뒤흔드는 소리와 함께 파도처럼 눕던 푸른 갈대밭.

그의 고향.

만사(萬邪)와 만마(萬魔)의 영원한 이상향…….

그리고 그들이 갖는 무한한 공포의 근원…….

신의 불을 품고 수천 년을 이어져 온 가문…….

사내는 천천히 입을 열었다.

"그때 나는 앞을 보지 못하는 소년이었다……."

第一章

어스름한 여명 속에 수빈강은 거대한 수룡처럼 꿈틀거리며 제 갈 길을 간다.

수빈강을 지척에 둔 다갈산.

요하의 동쪽, 중원인들이 요동이라 부르는 지역에서도 동쪽 끝에 자리 잡은 산.

대륙 동북방의 하늘을 수백 리의 산맥으로 휘감은 험준한 산이다.

검은 연기가 하늘을 가리며 피어오르는 계곡은 끝도 없이 깊었다. 모르는 사람이 그 연기를 보았다면 산불이 난 줄 알 것이다. 하지만 그 안에 살고 있는 사람들이 어떤 사람들인 줄 아는 사람이라면 결코 그런 생각은 하지 않으리라.

설사 천하를 태워 버릴 불길이라도 그 안의 사람들은 용납하지 않을 능력을 갖고 있었으니까.

상반신 전체에 포효하는 백호가 화려하게 수놓인 장포를 입은 중년인은 연기에 휩싸인 계곡을 보며 뒷짐을 졌다.

그가 있는 곳과 계곡의 거리는 어림잡아 십여 리가 넘는다. 중년인이 서 있는 곳이 봉우리의 정상이고 계곡을 내려다보는 위치라고는 하나 어스름한 여명에 젖은 산은 아직 어두워서 십여 리는 아득하게 느껴졌다.

하지만 중년인에게 그 정도의 거리는 거리라고도 할 수 없는 것이었다. 그래서 그는 계곡을 볼 수 있었고, 연기도 보았으며, 심지어 그 연기로 인해 가려진 안쪽까지도 볼 수 있었다.

젊었을 때는 절세라고 불렸을 만큼 수려한 이목구비의 그는 무표정했다. 그래서 그의 얼굴에서 어떤 표정을 읽는다는 것은 어려운 일이었다. 하지만 그의 심원하게 가라앉은 눈에서는 지금 누구나 알 수 있을 정도로 확연한 기색이 드러나고 있었다.

무한한 기쁨과 기묘한 허탈함, 그리고 보일 듯 말 듯 흐르는 씁쓸함.

한 사람의 눈에서 이처럼 한꺼번에 여러 가지의 감정을 읽기는 정말 어렵다. 더구나 중년인처럼 절대적인 무(武)의 성취를 이룬 사람에게서는 더 말할 것도 없는 일이다. 그럼에도 중년인의 눈빛이 이처럼 천변만화하는 것은 그럴 수밖에 없는 필연적인 이유가 있기 때문이었다.

중년인의 뒤에 시립해 있던 청수한 풍모의 노인이 탄식과 함께 차분한 음성으로 말문을 열었다.

"누천년 역사의 위대한 가문이 저렇게 스러지는군요."

중년인은 씁쓸한 미소로 노인의 말을 받았다.

"허무한가?"

"그런 마음이 아주 없는 것은 아닙니다, 궁주님."

"자네도 그런 감상에 젖을 때가 있구먼."

노인의 얼굴이 어색해졌다. 겉보기에 노인은 중년인보다 분명 나이가 많아 보였지만 그것은 그저 겉보기일 따름이다. 중년인은 노인보다 삼십 년 이상 연장자였다. 중년인이 지닌 가공할 능력이 세월조차 그에게서 비켜가게 만든 것이다.

노인은 고개를 숙였다.

"죄송합니다."

"죄송할 게 무에 있나, 나 또한 그런 마음이 드는 것을."

계곡을 집어삼킬 듯 피어오르는 연기에 시선을 주며 잠시 말을 멈추었던 중년인이 말을 이었다.

"사람의 일로 영원한 것이 무엇이 있겠는가."

노인은 작게 고개를 끄덕였다.

그러했다.

영원이라는 것은 사람에게 허락되지 않은 영역인 것이다.

대화가 갑자기 끊겼다.

중년인은 예의 그 눈빛으로 계곡을 돌아보았고, 노인은 마치 누군가의 말에 귀를 기울이는 듯한 표정으로 침묵했다.

그 침묵이 깨진 것은 일 다향 정도가 지났을 때다.

노인이 낮은 목소리로 말했다.

"은비(隱秘) 일호의 전언입니다."

"무언가?"

"신화곡(神火谷)에 생존자가 있습니다."

중년인의 심원한 눈에 빛이 일렁였다. 하지만 그의 시선은 여전히 계곡을 향해 있었다.

"폭주하는 광기와 살기에 먹혀 버린 '그'가 살려둔 사람이 있다는 말인가?"

그의 음성에는 미미하지만 분명한 의혹이 담겨 있었다.

노인은 조심스럽게 중년인의 기색을 살피며 대답했다.

"하좌 또한 믿기 어렵지만 은비 일호의 눈이 잘못 보았을 가능성은 없습니다."

"누군가?"

생존자에 대한 질문이다.

"그가 늦게 얻은 아들입니다."

노인의 대답에 중년인의 눈에 떠올랐던 빛의 일렁임이 강해졌다.

"그 상태에서도 천륜이 손을 막았다는 것인가……."

낮은 중얼거림.

"비록 앞을 보지 못한다는 치명적인 신체적 결함이 있는 아이라고는 하지만 그래서인지 하늘이 그 아이에게 부여한 재능이 상당하다는 얘기를 들은 적이 있습니다…….”

노인의 어투는 공손했지만 진득한 것이 조금씩 배어 나왔다.

살기였다.

중년인이 뒷짐 지고 있던 손을 간단하게 저었다.

"그냥 두게.”

노인이 눈을 빛냈다.

"삭초제근(削草除根)하는 것이…….”

중년인의 입가에 고졸한 미소가 떠올랐다.

"자네는 만에 하나 그 아이가 자신의 결함을 극복하고 그들 가문의 전부를 제대로 잇는다면 내게 어떤 방해가 될 수 있을 듯한가 보구먼.”

노인의 이마가 단숨에 식은땀으로 덮였다.

"하좌가 어찌 감히 그런 불경스런 생각을 할 수 있겠습니까. 저는 단지 그 아이로 인해 후일 궁주께 귀찮은 일이 생기지 않을까 저어하는 마음에…….”

중년인은 싱긋 웃었다.

평생을 그의 그림자로 살아온 노인이다. 어찌 그 마음을 모를 것인가.

그가 말했다.

"자네에게 그런 불안감을 느끼게 한 것은 내 능력이 모자라기 때문이 아닐까 하는 생각이 드는구먼.”

노인의 안색이 창백해졌다.

"감히 하좌가 어찌 그런 불경스런 생각을 꿈에라도 할 수 있겠습니까."

그의 음성은 가늘게 떨렸다. 중년인이 두렵기 때문만은 아니었다. 그는 자신의 말이 중년인에게 그런 식으로 받아들여질 수도 있다는 것을 생각지 못했다. 그것이 그의 심장을 떨게 만든 것이다.

중년인은 노인의 말을 받지 않았다. 대신 그가 한 것은 지시였다.

"은비 일호를 물리기나 하게."

말을 하는 중년인의 눈빛이 묘했다.

노인이 고개를 번쩍 들었다. 떨림은 사라지고 어느새 그 자리는 어리둥절한 기색으로 가득 찼다.

중년인은 말을 이었다.

"그 아이를 어찌할 마음도 없지만 그럴 수 있는 여유도 없네. 반 각만 늦어도 지금 오고 있는 여인들의 이목을 은비 일호는 피할 수 없네."

그 말을 들은 노인의 전신이 긴장으로 굳어졌다.

중년인의 말은 간접적이었지만 그것으로 충분했다. 은비 일호의 능력으로 감당할 수 없는 여인들은 오직 한곳에만 있으니까.

노인의 입술이 살짝 벌어졌다. 그와 함께 무서운 기운이 그의 입술 사이에서 나와 전방의 계곡으로 쏟아졌다. 하지만 소리는 들리지 않았다.

중년인은 반 각 정도 말없이 계곡을 바라보다 신형을 돌렸다. 그는 느릿한 걸음으로 봉우리를 내려가며 말문을 열었다.

"그녀들이 마침 이곳을 찾은 것이 우연인지 필연인지 알 수는 없네. 그러나 그녀들이 온 이상 그 아이의 명이 여기서 끝나지 않을 것임은 분명하네. 이것도 운명이라면 운명이라고 할 수 있지 않겠는가. 어찌 되었든 '그'가 '그것'을 얻는 걸 저지한 것만으로도 오늘 내가 얻을 수 있는 것은 다 얻었다고 할 수 있네. 그 이상을 바라는 것은 과욕이겠지."

중년인의 걸음은 느렸다. 그러나 그 보폭은 한 걸음에 이십 장을 넘어선다. 그럼에도 그의 장포는 한 치도 흔들리지 않았고 머리카락조차 흔들림이 없었다. 절대라 불러도 어색하지 않을 호신강기가 그의 전신을 철벽처럼 감싸고 있는 것이다.

노인의 걸음 또한 중년인에 비해 떨어지지 않았다. 두 사람은 느릿하게 보이지만 실상은 낙뢰를 연상시키는 신법으로 산을 벗어나고 있었다.

중년인의 뒤를 따르며 노인은 가는 한숨을 내쉬었다.

"휴우."

"천노, 너무 아쉬워하지 말게."

"죄송합니다, 궁주님. 이 나이가 되도록 아직도 욕심이 남은 마음이 저를 놔주지 않는군요."

"그 아이를 놓아줌은 내 욕심이 천노보다 적어서가 아니라네. 그러니 자책할 필요는 없네."

뜻밖이라고 할 수 있는 중년인의 말이었다.

천노라 불린 노인의 얼굴에 다시 어리둥절한 빛이 떠올랐다.

"……?"

"내가 직접 나선다면 그 아이의 목숨을 취한다 해도 그녀들이 어찌 나의 종적을 찾을 수 있겠는가. 그러나 '그'가 손을 쓴 것과 내가 손을 쓴 것의 차이 정도는 그녀들이 바로 알아차릴 걸세. 그게 무엇을 의미하는지 알지 않는가?"

노인의 안색이 돌처럼 굳었다. 중년인의 말처럼 그는 그 의미를 잘 알고 있었다. 그가 굳은 얼굴로 말했다.

"신화곡이 무너지는 것을 보면서 제가 너무 흥분했던 것 같습니다. 거기까지는 생각지 못했습니다."

"그녀들이 알아차릴 차이라면 '그자'도 알아차릴 걸세. 내가 우려하는 것은 그거라네. '그자'가 알아차리는 것……."

중년인의 말은 뒤로 갈수록 너무 작아져서 귀를 기울이지 않으면 듣기 어려울 정도였다. 그러나 천노는 그 말을 들을 수 있었고, 그 음성에 깃든 가공할 분노와 살기도 읽을 수 있었다. 그리고 중년인의 분노와 살기는 천노에게도 곧 전이되었다.

중년인의 입은 그 말을 끝으로 열리지 않았다. 그러나 그의 마음속에는 거대한 외침이 터지고 있었다.

'십오 년이다! 십오 년만 기다려라! 그때는 그대도 내 앞을

막지 못한다는 것을 알게 되리라! 숨죽였던 본 궁(宮)의 천년지력을 온전히 느끼게 해주마!'

입을 굳게 다문 두 사람이 거대한 산맥의 그늘 속으로 사라지는 데는 촌각이 걸렸을 뿐이다.

*　　　*　　　*

순백의 궁장을 입고 눈 아래를 반투명한 면사로 가린 여인 셋.

두 여인이 앞장서고 한 여인은 뒤를 따른다.

그녀들의 드러난 눈은 별처럼 빛나고 피부는 잡티 하나 보이지 않을 만큼 맑다.

면사를 벗는다면 보는 이의 넋을 뺄 듯 아름다운 모습.

특히 뒤에 가는 여인의 아름다움은 드러난 것만으로도 절세라는 말이 부끄럽지 않을 정도였다.

하지만 잘록한 허리에 봉황이 휘도는, 각기 한 자와 두 자 반 길이의 단봉 두 개를 검처럼 차고 있는 여인들의 모습은 외모와는 전혀 다른 분위기를 풍겼다.

다갈산을 침묵시키는 숨 막히는 긴장감, 그리고 삼엄하기 이를 데 없는 기세가 그녀들의 전신에서 피어오르고 있었다.

그녀들은 바람과 같은 몸놀림으로 검은 연기가 피어오르는 계곡으로 접근했다.

대낮에도 하늘이 보이지 않는다는 다갈산의 거목과 그 사이에 빽빽하게 자란 잡목은 길을 내주려 하지 않았지만 그녀들을 막을 수는 없었다.

선두에 선 두 여인의 손이 번갈아 가볍게 흔들릴 때마다 폭 다섯 자에 길이 일 장 내에 있는 모든 수목이 가루가 되어 지면에 소복이 쌓였다.

경인할 무공.

그러나 나비라도 쫓는 듯 가볍게 손짓을 하며 길을 여는 여인들이나 그 뒤를 따르는 여인은 눈빛조차 변하지 않았다. 당연한 일이어서 놀랄 게 없다는 태도였다.

반 각도 지나기 전 그녀들은 하늘을 가리는 연기에 휩싸인 계곡의 입구에 도착했다.

입구의 너비는 삼 장 정도에 불과했다. 게다가 장정 대여섯 명이 손을 잡고 둘러도 다 끌어안기 어려울 정도로 거대한 나무들이 그 앞을 담장처럼 막고 있었다. 모르는 사람이라면 입구를 찾지도 못하리라.

선두에 섰던 여인 중 우측에 있던 여인이 한 걸음 옆으로 비켜서며 반쯤 몸을 틀어 뒤에 서 있는 여인을 보았다.

"곡주님, 이 정도의 불길이라면 생존자가 있을 가능성은 거의 없지 않을까요? 이곳에서 느껴지는 열기의 강도로 보아 안쪽은 아직도 초열지옥과 같을 텐데……."

조심스런 목소리였다.

말을 한 여인은 많게 보아야 삼십대 중반쯤. 그녀의 시선을 받은 곡주라 불린 여인의 나이도 그 정도로 보였다.

곡주라 불린 여인, 여은향의 입술 사이로 나직한 탄식이 흘러나왔다.

"아아… 신화곡의 이십 년 봉문이 끝나는 날이거늘 이 무슨 청천벽력과도 같은 일이란 말인가."

평소 듣는 이의 귀를 시원하게 만들던 그녀의 청아한 음성은 불신으로 가득 찼고, 계곡을 바라보는 그녀의 맑은 두 눈은 망연함에 젖어 있었다.

산에 들어서며 뭉클뭉클 솟아오르는 검은 연기에 의혹과 불안을 느낀 그녀가 전력을 다해 도착한 곳이다.

설마 했으나 그 설마가 현실이 되자 그녀가 받은 충격은 필설로 형용하기 어려울 정도로 컸다.

예전에는 온전한 길이었던 곳이 잡목으로 우거져 있는 것을 보면 이십 년 동안 신화곡의 봉문이 지켜졌음은 의심할 여지가 없는 일이었다.

이십 년의 봉문으로 인해 더 강해졌으면 강해졌지 약화될 리 없는 신화곡이 불길 속에 스러져 가고 있다는 것을 그녀가 믿기 어려워하는 것은 당연했다.

천하에 누가 있어 신화곡을 저렇게 만들 수 있단 말인가.

'그자' 뿐만 아니라 다른 여덟 무맥 어디에도 그럴 수 있는 능력은 없었다. 더구나 지나오며 살핀 길이나 계곡의 입구에는 침입의 흔적도 없다.'

계곡의 입구에 펼쳐진 진(陣)은 그 역사가 천 년을 넘는다. 그리고 그처럼 긴 세월을 버텨온 진세의 위력은 조금도 약화되지 않았다.

그녀의 능력을 아는 이는 적으나 그 능력은 가히 불가일세(不可一世)라 할 만한 것이었다. 그런 그녀가 작정하고 살피었음에도 침입의 흔적을 찾을 수 없음은 침입자가 없다는 말과 같았다.

그렇지 않다면 그녀의 눈을 피할 수 있는 능력을 지닌 자가 이곳에 왔다고 봐야 하는데 그럴 가능성은 희박했다.

그런 정도의 능력자는 온 천하를 통틀어도 열 이상 되지 않았고, 그들이 이곳에 와서 이런 짓을 할 이유가 없었다. 금약(禁約) 때문에 그럴 수도 없었고.

그녀가 침묵하자 다른 두 여인도 입을 열지 않았다.

그녀들은 눈앞의 계곡에 살고 있는 사람과 여은향이 어떤 관계인지를 잘 알고 있었다. 그런 그녀들이었기에 지금 여은향의 심정이 얼마나 참담한지 모를 리 없다.

여은향의 면사 위로 드러난 안색은 창백했다.

묘령의 나이를 지난 후 오늘처럼 그녀의 마음이 뒤흔들린 적이 또 있었을까.

천인합일의 경지에 이른 그녀의 무공과 수양을 생각할 때 그녀의 안색이 변했다는 것은 쉬이 생각하고 지나갈 일이 아니었다. 지금 그녀가 받고 있는 심중의 격동이 얼마나 큰지 웅변하는 것이었으니까.

'…열기 속에 기운이 느껴진다.'

그녀의 눈빛이 깊게 가라앉았다.

그녀는 자신의 무맥에 비전되어 내려오는 초연신공(超然神功)을 떠올렸다.

마음이 움직이는 순간 기가 움직였고, 그 기를 따라 초연신공의 막대한 기운이 일수유지간 전신을 휘돌아 사방으로 퍼져 나갔다.

그녀의 안색이 딱딱하게 굳었다.

그녀의 전신에서 일어난 초연신공의 맑고 따스한 기운이 눈에 보이지 않는 안개가 되어 계곡의 안쪽으로 십여 장 밀려들어 갔을 때 초연신공의 기운과 부딪치는 기이한 기운을 느낄 수 있었다.

기이하되 익숙한 기운.

'이것은… 강 오라버니의 파멸천강지기(破滅天剛至氣)?'

그녀는 자신도 느끼지 못하는 사이 눈을 크게 뜨고 있었다.

'설마… 여력(餘力)? 여력이 이 정도라는 건……?'

그리고 무언가에 생각이 미친 여은향의 얼굴은 금방이라도 기절할 것만 같은 사람의 것으로 바뀌었다.

그녀의 신형이 신기루처럼 흐려지는가 싶더니 그 자리에서 사라졌다. 미처 다른 두 여인, 호위선자들이 알아차리기도 전이었다. 여은향은 전력을 다해 신형을 날린 것이다.

호위선자 두 여인은 흠칫하며 계곡 안으로 신형을 날렸다. 안에서 흘러나오는 열기를 전혀 개의치 않는 기색들이었다. 비록 계곡 안이 초열지옥이라 할지라도 여인들을 막을 수는 없었다.

여은향은 입구에 펼쳐진 천극미로진세(天極迷路陣勢)를 거침없이 뚫고 지나갔다.

생문을 알지 못하는 자라면 삼 보를 내딛기 전에 목이 떨어질 진세가 그녀에게는 보이지 않는 듯했다. 통과하는 길을 모른다면 있을 수 없는 운신이었다.

그녀가 진을 통과하는 데는 열을 헤아릴 시간도 걸리지 않았다.

진세를 벗어난 그녀의 눈에 들어온 것은 검은 연기에 휩싸인 채 시뻘겋게 달아올라 있는 거대한 폐허였다.

계곡은 호리병과 같은 형상으로 위가 좁혀드는 절벽이 입구를 제외한 사방을 에워싸고 있었다. 절벽의 높이는 이백여 장이 넘고 대패로 밀은 듯 매끈했다. 경공이 조화경에 이른 자라해도 넘나들기 어려운 구조였다.

평지의 너비는 대략 삼만 평 정도. 첩첩산중의 계곡 내부의 너비로는 실로 거대하다 할 수 있었다.

그 평지를 가득 메운 것은 이름을 알 수 없는 돌로 만든 건물들이었는데 지금 그 건물들의 모습은 무참하기 이를 데 없었다.

건물은 대부분 붕괴되어 제 형상을 유지하고 있는 것이 없었고, 본래 검푸른 빛을 띠었던 건물을 이루는 돌들은 숯불처럼 달아오른 채 무서운 열기를 뿜어내고 있었다. 게다가 평지와 닿은 절벽의 면마저도 십여 장 높이까지 붉게 달아올라 있었다.

나무나 풀은 전혀 보이지 않았다. 있었을 테지만 직경이 다섯 자가 넘는, 거대한 돌조차 숯불처럼 달아오른 열기에 수풀은 남아나질 않은 것이다.

인세에 있으리라 상상도 되지 않는 장면이었다.

지금 여은향의 시야에 들어온 광경은 정상이 아니었다. 그녀는 그것을 보자마자 알아차렸다.

제아무리 큰불이 나더라도 삼만 평 대지의 모든 건물은 물론이고, 건물 주변 바닥과 길에 깔린 돌, 그리고 단단하기가 쇠에 비견된다는 황철석이 주된 성분인 삼면의 절벽마저 저처럼 달아오르게 하지는 못하니까.

그녀는 자신의 눈을 믿을 수가 없었다. 그래서 그녀의 눈은 더 이상 커질 수 없을 만큼 커졌다.

지옥과도 같은 눈앞의 정경 때문이 아니었다.

숯불처럼 달아오른 돌에 남아 있는 기운.

'어찌 이런 일이……. 파멸천강지기가 계곡 전체를 단숨에 초열지옥으로 만들었어. 있을 수 없는 일이다. 설령 봉문 기간 동안 강 오라버니가 지존천강력을 극에 달하도록 연마하였다 해도 가능한 일이 아니야. 남은 여력만으로 곡 내의 건물들을 이 지경으로 만들 수 있는 파멸천강지기라니…….'

입술이 파르르 떨릴 정도의 경악이 그녀의 전신을 파도처럼 휩쓸었다. 산중에서 검은 연기를 보았을 때부터 지금까지 경악의 연속이었다.

가벼운 심호흡으로 놀람을 가라앉힌 그녀의 시선이 계곡을 살처럼 훑었다.

그런 그녀의 눈에 마치 지진이라도 난 것처럼 함몰해 있는 계곡의 중앙부가 들어왔다.

그녀의 신형이 한 가닥 회오리바람처럼 날아올랐다.

단숨에 삼십여 장의 거리를 가로지르는 그녀의 모습은 사람으로 보이지 않을 정도였다.

아무런 예비 동작 없이 날아오른 순간 이미 삼십 장 너머에 모습을 드러내는 경신법.

무공을 익힌 자가 그녀를 보았다면 자신이 헛것을 보았다 여겼으리라.

천하에 경공으로 성명한 자들 중 한 걸음에 십 장을 건너는 자를 꼽으라 해도 손가락이 남는 게 현실이 아니던가.

함몰된 중앙부의 외곽에 도착한 여은향은 무너진 아래쪽을 내려다보고 파리해진 입술을 깨물며 재차 신형을 날렸다.

함몰된 곳은 원형이었는데, 직경 십여 장에 깊이 또한 십여 장 정도였고, 바닥은 평평했다. 그런데 기이하게도 함몰된 곳에서는 열기가 느껴지지 않았다. 오히려 서늘한 기운이 느껴졌다.

그리고 그 바닥의 중심에 그들이 있었다.

여은향은 표표히 옷자락을 날리며 구덩이 바닥에 내려섰다.

무릎을 꿇고 있는 소년의 등 뒤였다.

가녀린 체구의 소년은 한 줌의 회색빛 잿더미를 내려다보고 있었다.

그 잿더미는 사람의 것임이 분명했다.

 잿더미가 형체를 제대로 알아보기 어려운 검은색 장포 자락 안에 들어 있었기 때문이다.

 여은향의 시선이 소년의 긴 머리를 향했다.

 풀어헤쳐진 채 허리까지 내려오는 긴 머리는 흙을 뒤집어쓰고 있어서 추레했다. 그러나 흙이 묻지 않은 부분은 여인의 것처럼 곱고 칠흑처럼 검다.

 소년이 입고 있는 것은 곳곳이 찢어진 허름한 흑의.

 아무런 장식도, 그리고 수도 놓이지 않은 데다가 형상을 제대로 유지하지 못할 만큼 찢어지고 흙에 뒤덮인 초라한 옷이었다. 하지만 그 옷의 재질이 고려에서 나는 최고급 비단으로 만든 것이라는 걸 여은향이 알아보기는 어렵지 않았다.

 뒷모습만 보면 소녀라고 생각할 수도 있었지만 여은향은 상대가 소년임을 확신했다.

 남자와 여자의 기운이 갖는 차이를 그녀와 같은 절대 초강고수가 알아차리지 못한다는 것은 있을 수 없는 일이었으니까.

 그녀가 물었다.

 "아이야, 너는 누구냐?"

 소년의 어깨가 보일 듯 말 듯 흔들렸다. 놀란 듯했다. 하지만 그 흔들림은 나타남과 거의 동시에 사라졌다. 그것을 본 여은향의 눈이 빛났다.

 놀란 듯했던 소년이 단숨에 평정을 되찾았음을 알아보았기 때문이다. 인세의 지옥이라 불러도 무방할 정도로 끔찍한 상황 속에 남아 있던 소년이다.

어른이라도 평정을 유지하기 어려운 환경인데 체구로 보아 이제 십여 세에 불과해 보이는 소년이 낯선 음성으로 인한 동요를 숨 한 번 들이쉬기도 전에 제어한 것이다.

이곳에 있다는 것만으로도 범상한 아이가 아님은 알 수 있었다. 그렇다 해도 낯선 사람을 뒤에 두고 단숨에 평정을 되찾을 수 있음은 쉬이 넘길 일이 아니었다.

여은향이 대답을 기다리는 동안 소년은 천천히 자리에서 일어나 신형을 돌렸다. 그리고 고개를 숙인 채 여은향에게 말했다.

"고검엽이라고 합니다. 아주머니는 누구십니까?"

어린아이의 맑은 목소리였다. 하지만 음의 고저가 거의 없는데다가 낮은 음성이어서 왠지 비현실적인 분위기가 느껴지기도 했다.

소년은 고개를 숙이고 있어 생김새를 볼 수는 없었다.

소년의 대답을 들은 여은향의 옷자락이 바람도 없는데 가늘게 흔들렸다.

"…고… 검엽이라고?"

이 계곡에 사는 사람들의 성은 전부 고(高) 씨다. 그러나 아이의 이름은 여은향에게 어떤 예감을 느끼게 했다.

"그렇습니다."

"나는 여은향이라고 한다. 혹 들어본 적이 있느냐?"

소년이 벼락이라도 맞은 듯 몸을 떨었다. 그리고 고개를 번쩍 들어 위를 보며 떨리는 목소리로 말했다.
"고모님이시란 말씀입니까?"
 이번에는 여은향이 흠칫한 얼굴이 되었다. 그녀는 흙투성이의 몰골이라 생김새를 알아보기 어려운 소년을 내려다보며 물었다.
"고모라니?"
"선부(先父)께서 고모님에 대해 몇 번 말씀하셨던 적이 있습니다."
"선부?"
 그녀의 눈이 소년의 눈과 부딪쳤다.
 소년의 커다란 두 눈은 맑고 흑백이 뚜렷했다. 별처럼 빛나는 그 눈은, 눈이 마주친 그녀의 가슴을 파고드는 것 같은 기이한 기세마저 실려 있었다.
 보는 그녀의 가슴을 뒤흔들 정도로 허무와 고통, 그리고 슬픔으로 가득한 기이한 기세.
 세상을 모르는 아이의 눈이다. 그런데도 그 눈은 보는 이의 마음에 화인처럼 선명한 감정의 낙인을 찍었다.
 '허무와 슬픔……?'
 상대가 장년이나 노인이라면 저런 눈빛을 할 수도 있다. 그러나 그녀의 눈앞에 있는 사람은 허무라는 말이 무슨 뜻인지도 모를 이제 십여 세의 아이다.
 이해하기 어려운 일이었다.

마음의 여유가 있었다면 여은향은 자신의 뇌리에 스쳐 지나간 생각에 잠시 시간을 할애했을지도 몰랐다. 그러나 지금 그녀의 마음에 그런 여유를 즐길 공간은 남아 있지 않았다.

소년의 눈을 보며 그녀는 내심 고개를 갸우뚱했다. 소년의 말뿐만 아니라 소년의 눈도 이상했기 때문이다.

그녀는 소년의 눈이 왜 이상하게 보였는지 곧 알 수 있었다. 소년의 눈은 초점이 맞지 않았다.

'맹인?'

그녀는 소년이 앞을 보지 못한다는 것을 깨달았다. 앞을 보지 못하는 눈이 저리 아름다울 수 있다는 것, 그리고 이처럼 선명한 감정이 느껴질 수도 있다는 것은 신기한 일이었다.

'이 아이가 앞을 보지 못한다는 것을 왜 알아차리지 못했을까?'

여은향은 눈살을 미미하게 찌푸렸다. 그 이유는 곧 알 수 있었다. 소년의 움직임 때문이었다.

분명 맹인임에도 소년의 몸짓에서는 앞을 보지 못한다는 느낌을 전혀 받을 수 없었다. 맹인 특유의 망설임이나 경계심이 소년에게는 없었던 것이다.

기이한 일이었다. 하지만 여은향은 지금 그런 의혹에 신경을 쓸 여유가 없었다.

"네 아버지의 함자가 어떻게 되느냐?"

묻는 그녀의 음성에는 두려움이 실려 있었다. 소년은 느끼지 못했지만.

"…천(天) 자, 강(剛) 자를 쓰셨습니다."

소년의 대답을 들은 여은향의 전신이 쓰러질 듯 휘청거렸다.

"곡주님!"

어느새 여은향의 뒤에 날아내린 호위선자들이 그녀를 부축했다.

호위선자들의 손길을 뿌리치고 신형을 바로 세운 여은향이 잠긴 목소리로 물었다.

"네가… 오라버니의 아들이란 말이냐?"

소년은 말없이 고개를 끄덕이는 것으로 대답을 대신했다. 그 태도는 무례하게 느껴질 수도 있는 것이었지만 여은향은 느끼지 못했다. 지금 그녀의 눈에는 아무것도 들어오지 않았다.

그녀의 가슴은 폐허로 변한 주변 모습만큼이나 갈기갈기 찢어지고 있었으니까.

'강 오라버니가 이 아이에게 나를 고모라고 말했던 모양이로구나.'

자신에 대해 아들에게 말을 했던 고천강을 생각하며 그녀는 이를 악물었다. 그녀의 시선은 소년의 뒤에 있는 땅을 향하고 있었다. 흑의 장포에 덮인 잿더미.

"네 앞에 있는 시신이……?"

소년은 잠시 대답이 없었다. 그리고 일다경 정도가 흐른 후 열린 소년의 입에서 나온 대답은 그녀의 예상과 같았다.

"아버님… 이십니다."

"…아아… 오라버니……."

여은향은 비틀거리는 걸음으로 소년을 스쳐 지나가더니 허물어지듯 바닥에 무릎을 꿇었다. 순백의 궁장이 흙으로 더럽혀지고 있었지만 그녀는 의식하지 못했고, 호위선자들은 감히 그녀를 막을 생각도 하지 못했다.

호위선자들이 여은향을 모신 세월은 반 갑자가 넘었다. 그녀들은 그 긴 세월 동안 지금처럼 여은향이 흐트러진 모습을 보이는 것을 한 번도 보지 못했다. 어찌 그녀를 막을 수 있으랴.

떨리는 손으로 흑포를 쓰다듬던 여은향은 회색빛 재를 한 움큼 집어 들었다.

그리고 물었다.

"엽아… 무슨 일이 있었는지 혹 아는 것이 있느냐?"

그녀가 본 대로 고검엽은 맹인이었다. 앞을 보지 못하는 십여 세의 어린아이가 이곳에서 벌어진 일의 정황을 모두 알고 있으리라는 생각은 들지 않았다. 하지만 묻는 그녀의 음성에 일말의 기대가 깔려 있음도 사실이었다.

소년 고검엽은 이곳에서 생존한 유일한 사람이었으니까.

더구나 고검엽은 다른 곳과 달리 어떤 힘에 의해 함몰된 것이 분명한 지역의 한복판에서 고천강의 시신을 앞에 두고 무릎을 꿇고 있었다.

그가 맹인임을 생각할 때 이해하기 쉽지 않은 일.

고검엽은 일의 전말까지는 아니라 해도 무언가를 알고 있었다. 그렇게 생각하지 않을 수 없었다.

하지만 그녀의 기대는 그저 기대로 끝났다.

고검엽이 대답하지 않았기 때문이다.

잠시 대답을 기다리던 여은향은 고검엽이 입을 열 기색이 없자 들릴 듯 말 듯 탄식을 토했다.

고검엽이 말을 하지 않을 생각이라면 강요할 수 없는 일이었다. 궁금증으로 가슴이 터질 것 같았지만 그래도 어쩔 수 없었다. 그는 이곳에서 살아남은 유일한 사람이고, 그것은 그가 이제 이곳에 존재했던 가문의 대를 이었다는 것을 의미했다.

그가 알든 모르든 그의 신분은 그녀와 동등했다. 모든 면에 있어 고검엽과 비할 바 없이 고귀한 그녀일지라도 그를 강제할 수는 없는 것이다.

그것은 아득한 고대로부터 이어져 온 전통이고 약속이었다.

여은향은 탄식과 함께 손을 뻗어 흑포와 이제는 재로 변한 고천강의 유해를 거두기 시작했다.

호위선자들이 도우려 했지만 그녀의 단호한 손짓에 멈춰 섰다. 고천강의 유해를 거두는 여은향의 손길은 처음에는 사시나무처럼 떨렸다. 그러나 시간이 갈수록 떨리던 손은 진정되어 갔고, 유해를 다 거둘 즈음 떨림은 사라지고 보이지 않았다.

유해를 한곳에 모은 여은향은 그것을 흑포에 조심스럽게 담았다. 품에서 꺼낸 비단에 유해를 담은 흑포를 겹으로 싼 여은향은 그제야 자리에서 일어났다.

고검엽을 보는 그녀의 눈은 호수처럼 맑고 고요했다. 고천강의 죽음과 신화곡의 붕괴로 받은 그녀의 충격은 단순히 크다는 말로 표현할 수 없을 정도였다. 그러나 그 충격의 여파 속에 정신과 육체를 그대로 놓아두기에 그녀의 성취는 너무나 높았다.

"엽아, 네 나이가 몇이더냐?"

그녀의 목소리는 기품이 어려 있고 엄숙했다. 일문의 종주이자 천하에 적이 드문 절대 초강고수인 그녀였다. 일대종사의 기세가 드러내지 않으려 해도 그녀의 음성에서 절로 우러나왔다.

"열하나입니다, 고모님."

고검엽은 옷에 가려진 주먹을 꼭 움켜쥐며 대답했다. 손톱이 손바닥을 파고들었다.

여은향이 의도하지 않았다고는 해도 그녀의 전신에서 흘러나오는 기세는 십여 세의 어린아이가 견딜 수 있는 것이 아니었다.

"강 오라버니께서 네게 가문의 얘기를 해주신 적이 있느냐?"

"일부분은 말씀해 주셨지만 자세한 것은… 때가 되지 않았다고 하시며 말씀을 해주지 않으셨습니다."

"네 가문에 전승되어 온 것 중 배운 것은 있느냐?"

고검엽은 고개를 가로저었다.

"선부께서는 제가 가문의 비전을 배우는 것을 허락지 않으셨습니다."

고검엽의 어조에서는 진실이 느껴졌다.

설령 그가 고천강에게 무언가를 배웠다 할지라도 이제 그의 나이는 열하나였다.

그의 가문에 비전되는 것은 그녀의 무맥에 비전되는 것에 비해 못하지 않은 것들.

그가 혹여 고금제일의 기재라 해도 십여 세의 아이가 그것들을 수습하는 것은 불가능했다.

더구나 그는 정상인도 아닌 맹인이 아닌가.

참을 수 없는 탄식이 여은향의 입술을 비집고 흘러나왔다.

"…하아… 누천년을 한결같이 이어져 온 위대한 무맥(武脈), 봉황의 십익(十翼) 중 하나가 이렇게 사라질 수 있단 말인가……."

독백이었다.

그러나 그녀의 앞에 서 있던 고검엽은 여은향의 독백을 들을 수밖에 없었다.

손톱이 파고든 손바닥에서 핏물이 흘러나왔다. 하지만 그는 그것을 느끼지 못했고, 여은향도 눈치채지 못했다. 고검엽의 표정에 아무런 변화가 없었기 때문이다.

망연한 시선으로 고검엽을 내려다보던 여은향이 입술을 뗐다.

"내가 있는 곳은 남자가 머무는 것을 허락하지 않는다. 해서 그곳에 너를 데려갈 수는 없다. 하지만 잠시 머물 곳은 있지.

네가 머물 곳을 찾을 때까지 나와 함께 있지 않겠느냐?"

그녀의 맞은편, 고검엽의 뒤에 시립하듯 서 있던 호위선자들의 면사가 흔들렸다. 눈빛으로 보건대 할 말이 있는 듯했다. 그러나 그녀들은 끝내 말을 하지 못했다. 고검엽을 내려다보는 여은향의 눈빛은 너무나도 절실했다.

고검엽은 생각할 필요도 없다는 듯 바로 대답했다.

"감사합니다, 고모님. 그렇게 하겠습니다."

태어나서 지금까지 곡 밖으로 나가본 적이 한 번도 없는 그다. 그러나 그가 아는 세상의 전부였던 곡이 붕괴된 이상 그에게 선택의 여지는 남아 있지 않았다.

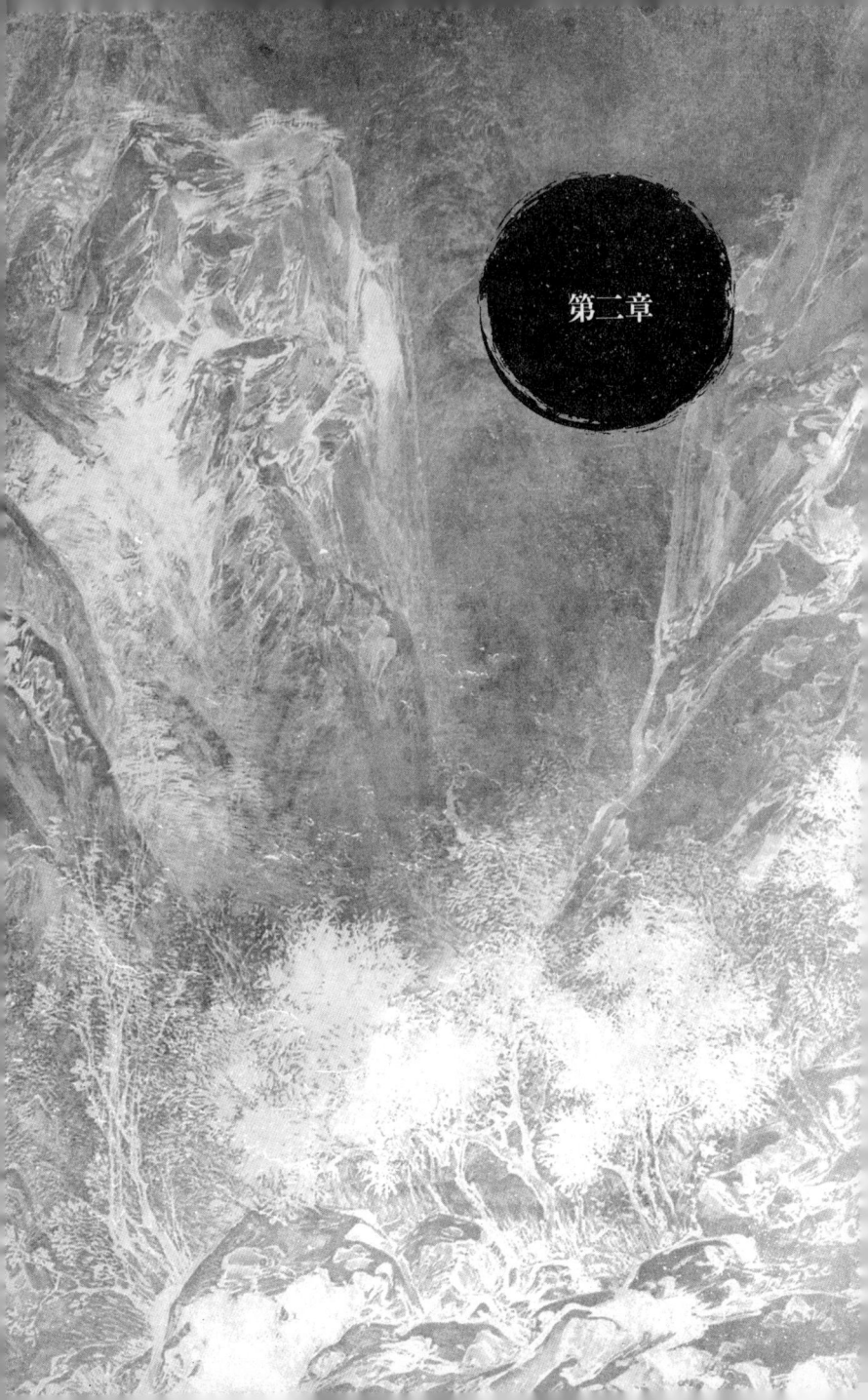
第二章

검엽은 여은향과 함께 열흘이 넘도록 마차를 탔다. 태어나서 지금까지 곡을 벗어나 본 적이 없는 그는 당연히 마차라는 것을 타본 적이 없었다.

그래서 처음 그는 마차의 진동이 생각보다 작다는 게 재미있었고, 끊임없이 울려 퍼지는 따각거리는 말발굽 소리가 음률처럼 일정한 것이 신기하기만 했다.

하지만 아무리 신기하고 재미있는 일도 쉼없이 반복되면 익숙해지는 게 세상사, 열흘이나 마차를 타자 마차의 재미와 신기함도 사라졌다.

가문이 멸하는 참화를 겪었지만 그는 평범한 아이가 아니었다. 그만이 알고 있는 고통은 약화되기는커녕 시간이 갈수록 강해졌다. 그러나 그는 그것을 전혀 겉으로 드러내지 않았고, 오히려 새로운 것에 마음을 쏟으려 노력했다. 마차처럼 사소한 일에라도.

여은향은 검엽의 비범함을 어렵지 않게 알아차린 여인. 길을 가는 동안 검엽에 대한 그녀의 배려는 친어머니도 그렇게 하기 어려울 거라 생각될 만큼 극진했다.

덕분에 검엽은 여은향과 함께하는 동안 거의 불편함을 느끼지 못했다. 여은향을 시중드는 호위선자 손미령과 진애명이 그의 시중을 들었기 때문이다.

그녀들은 마치 그의 그림자라도 된 것처럼 움직였는데, 그가 자신의 집에서 생활할 때와 다름없다는 생각이 들 정도였다.

그는 앞을 보지 못하는 맹인이다.

그런 그가 불편을 느끼지 않을 정도로 그를 보살피는 그녀들의 손길은 세심하기 이를 데 없었다.

정성이 없다면 가능한 일이 아니었다. 그리고 그런 정성스런 시봉을 지시한 사람이 누구인지는 생각할 필요도 없는 일이었다.

그럼에도 마냥 편안한 행로였던 것은 아니다.

그녀들과 함께하며 힘든 점이 몇 가지 있었다. 그러나 그는 그것을 내색하지 않았다.

여은향이나 호위선자들에게 얘기를 한다고 그녀들이 쉽게 믿을 일도 아니었고, 자신에게 정성을 쏟는 그녀들에게 얘기하기에는 거리낌이 있었다.

어지간한 일에는 지루함을 느끼지 않는 그가 지루함을 느낄 무렵 마차는 목적지에 도착했다. 지역이 어딘지는 알 수 없었다.

그러나 눈에 보이지는 않아도 목적지 부근에서 마차가 움직인 동선으로 보아 그들이 도착한 곳은 산자락쯤에 위치한 장원인 듯했다.

장원을 감싸고 돌아나가는 바람은 시원하기 이를 데 없었고, 공기는 맑았다.

마차에서 내린 후 여은향과 함께 정문까지 걸어가며 검엽은 수년 내에 느껴본 적이 없는 놀라울 정도의 평온함을 맛보았다.

장원의 정문에서 일행을 맞은 사람은 젊은 부부였다. 그들이 여은향과 나누는 대화 내용으로 미루어 여인은 여은향의 제자였고, 남자는 그녀의 남편이었다.

그리고 여은향이 젊은 여인에게 걱정스런 투로 묻는 몇 가지 질문으로 보아 여인은 산달을 얼마 남겨두지 않은 듯했다.

여은향과 호위선자들은 제자 부부에게 검엽을 맡기고 떠났다. 도착한 지 하루 만이었다.

정가장은 크지 않았다. 그러나 후원에 조성된 정원은 뒷산과 잇닿아 있어 삼백여 평이 넘는 면적을 갖고 있었다. 그리고 그 안에는 작은 가산과 폭포, 그리고 연못도 있었고 연못의 중앙에는 다리를 건너야 도달할 수 있는 작은 정자도 있었다.

정자의 중앙에 가부좌를 틀고 앉아 있던 검엽은 다가오는 인기척을 느끼고 눈을 떴다. 하지만 앞이 보일 리 없다.

큰 걸음으로 정자 위로 올라온 사람은 검엽의 옆에 털썩 하는 소리를 내며 앉았다.

"애늙은이 녀석, 또 명상이냐?"

호탕함이 느껴지는 굵고 걸걸한 음성.

이 장원의 주인이자 여은향의 제자인 이옥빈의 남편 정철림이었다.

"오셨어요?"

검엽이 나직한 음성으로 말하자 정철림은 혀를 찼다.

"사내 녀석이 그리 기백이 없는 목소리여서야 어디다 쓰겠느냐!"

검엽은 흰 이를 드러내며 싱긋 웃었다.

그 모습을 본 정철림은 눈살을 찌푸리며 입맛을 다셨다.

"네가 사내 녀석이라는 걸 믿어야 하는지, 이거야 원."

그가 그런 말을 할 만도 했다.

검엽은 허리까지 내려온 흑단처럼 긴 머리의 중동을 무명 끈으로 묶어 얼굴이 온전히 드러나 있었는데 그 모습이 믿어지지 않을 정도로 아름다웠던 것이다.

햇살도 미끄러질 듯 뽀얗고 하얀 피부와 깎은 듯한 이마, 수려하게 솟은 콧날과 붉은 입술, 한 일자로 쭉 뻗은 검은 눈썹과 크고 흑백이 뚜렷하지만 초점이 맞지 않아 모호하면서도 신비스런 느낌을 주는 두 눈까지.

아직 어려 비교하기에는 무리가 있지만 육 척이 넘는 키에 투박하다 싶을 만큼 선이 굵은 얼굴과 몸매의 정철림과는 극단적이라 할 정도로 대조적인 외모였다.

"녀석, 이제는 내가 가까이 있어도 인상을 쓰지 않으니 좋구나."

검엽은 소리없이 웃었다.

정철림을 비롯한 장원의 사람들을 만났을 때 자신도 모르게 인상을 잔뜩 썼는데 정철림은 그것을 마음에 두고 있었던 듯했다.

"그때 왜 그렇게 인상을 쓴 거냐? 그 후에도 열흘 가까이 계속 더 그랬는데?"

"먼 길 오느라 속이 좋지 않았어요."

검엽의 대답은 나름 수긍할 만한 것이었다. 그러나 정철림은 고개를 갸웃거렸다.

"하루 이틀이면 몰라도 열흘씩이나?"

"비위가 좀 약해요, 제가."

정철림은 입맛을 다셨다.

도착하자마자 얼굴이 일그러진 검엽의 모습에 사람들이 얼마나 당황했던가. 그들 부부뿐만이 아니라 내색은 안 했어도 여은향과 호위선자들까지 당황했었다.

그러나 검엽은 그의 궁금증을 풀어줄 생각이 없어 보였다.

그는 의혹을 털어버렸다. 검엽이 말해줄 생각이 없으면 의혹을 풀 방법은 없었다. 그동안 검엽과 친해지긴 했어도 검엽을 평범한 아이처럼 대하는 건 생각도 못할 일이었다.

검엽의 입가에 쓸쓸한 미소가 떠오르는가 싶더니 곧 사라졌다. 찰나간에 스친 미소라 정철림은 보지 못했다.

그가 물었다.

"사저의 출산이 오늘내일하는데 이곳에 계셔도 돼요?"

"산파 어르신 말씀으로는 아직 멀었단다. 어련히 알려주실까. 네가 신경 쓰지 않아도 돼."

말과 함께 정철림은 풀썩 웃었다.

검엽이 이곳 정가장에 머문 지도 벌써 두 달이 되어가고 있었다. 여은향이 검엽을 자신의 사질이라고 소개한 것 때문에 정철림의 아내 이옥빈은 상상한 적도 없는 남자 사제를 얻게 되었고, 정철림은 손아래처남을 얻었다. 그와 나이 차이가 십삼 년이나 나는 어린 처남이었지만.

어색한 시작이었다. 그러나 화통한 정철림은 곧 검엽과 친해졌다. 이옥빈을 대하는 검엽이 어른스럽다는 생각이 들 정도로 예의 바르고 공손했기 때문이다. 그에게도 마찬가지였고.

하루 종일 후원의 정자에 앉아 명상에 잠겨 있는 검엽에게서 그 나이의 아이다운 면을 찾아보기 어려운 게 아쉽긴 했다. 그러나 정상적인 성장 과정을 거치지 못했을 것이 분명한 맹인소년에게 너무 많은 것을 기대할 수는 없는 일이었다.

정철림은 검엽의 정체를 알지 못했다. 검엽이 말을 하지 않았고, 여은향도 말해주지 않았기 때문이다. 눈치로 보아 이옥빈도 검엽의 신분에 대해 아는 것이 없는 듯했다. 하지만 검엽의 신분이 범상치 않음은 의심의 여지가 없었다. 그가 하늘처럼 공경하는 여은향이 검엽을 대하는 태도가 그것을 증명했다.

그러나 그것은 또한 여은향의 사정이었다. 그에게 검엽은 그저 마음에 드는 처남일 뿐이었다. 단순하다면 단순할 수 있는 자세, 그것은 정철림의 장점이자 단점이기도 했다.

"할 말이 있으서서 온 거 같은데, 아닙니까, 매형?"

이옥빈이나 정철림과는 달리 검엽은 이옥빈을 사저로 쉽게 받아들였다. 그의 선친 고천강에게 들은 얘기가 있었기 때문이다.

검엽의 말에 정철림의 안색이 진지해졌다.

"험험."

그는 헛기침으로 살짝 뜸을 들인 후 말을 이었다.

"빈 매와 얘기를 했는데 말이다. 너만 좋다면 언제까지라도 이곳에 머물러도 된다. 빈 매도 환영이고 나도 그렇다."

뜬금없는 말이었다.

검엽은 눈을 깜박이기만 할 뿐 일시지간 말을 하지 못했다.

"⋯갑자기 왜 그런 말씀을⋯⋯?"

정철림의 어조가 진중해졌다.

"너 애늙은이 녀석아, 네가 말을 하지 않는다고 네 속을 아예 모를 만큼 우리 부부가 둔하지는 않다. 네 마음이 이곳을 벗어나 애먼 곳을 헤매고 있다는 걸 우리가 언제까지 모를 줄 알았냐?"

정철림은 몰아치듯 말을 이었다.

"네 그런 기색 때문에 빈 매와 나는 불안하기만 하다. 네가 갑자기 사라질까 봐 말이다."

정철림의 말에서 진정을 느낀 검엽은 당황했다. 불과 두 달이다. 그런데 그 짧은 시간 동안 사저 부부가 그에게 준 정의 깊이는 그의 예상을 넘어서 있었다.

그는 모르고 있었지만 이옥빈은 여은향이 거둔 막내 제자이고, 정철림도 조실부모한 집안의 막내였다. 그런 그들이 생각지도 못했던 동생뻘의 예의 바르고 아름다운(?) 아이를 얻었으니 그 정은 시간이 갈수록 깊어질 수밖에 없었다. 더구나 보호가 필요한 맹인이기까지 한 아이가 아닌가.

검엽은 정철림의 말에 고마워하는 기색을 숨기지 않으며 그의 말을 받았다.

"걱정을 끼쳐 드릴 생각은 없었어요. 만약 제가 떠나게 된다면 매형과 사저에게 말씀드리고 난 후일 거예요. 그건 약속드릴 수 있어요. 그리고 아마도… 고모님께서 제가 혼자 떠나도록 놔두지도 않으실 거예요."

정철림은 떨떠름한 기색이었다.

검엽의 입에서 떠나지 않겠다는 말이 나오지 않았기 때문이다. 하지만 여은향의 언질이 있었기에 그는 마음과 달리 검엽에게 남으라는 강요를 하지 않았다.

여은향은 그들 부부에게 말했었다.

검엽이 무엇을 하든 간섭할 생각을 하지 말라고.

그 말뿐이었지만 여은향을 하늘처럼 여기는 그들 부부에게 그것은 절대적인 명령과도 같았다.

"어머님께서 어련히 알아서 하시겠느냐마는… 어쨌든 어머님께서 빈 매의 출산일에 맞추어 돌아오신다고 하셨으니 오늘이나 내일 중으로 도착하실 거다."

정철림은 여은향을 어머님이라고 불렀다. 일찍 부모를 여의고 형의 손에서 큰 그다. 그래서 이옥빈과 혼인한 후 그녀의 사부인 여은향을 제이의 모친으로 여기고 받드는 그의 정성은 이옥빈의 사문 내에서도 유명했다.

그가 말을 이었다.

"어머님께서 너에 대해 아무런 말씀이 없으시지만 널 가볍게 여기지 않고 계시다는 건 분명하다. 너 애늙은이도 속에 구렁이가 들어 있는 것처럼 생각이 많다는 걸 안다. 하지만 무엇을 하든 독단으로 결정하지는 않았으면 좋겠다. 네 옆에는 빈 매와 나, 그리고 어머님이 계시다는 걸 잊지 말아라."

검엽은 가슴이 뭉클해졌다.

그가 산 세월은 세월이라고 할 것도 없는 십일 년에 불과했다. 하지만 그 짧은 세월 동안에도 그는 이처럼 가슴 깊이 와 닿는 사람의 정을 받아본 적이 없었다.

그의 가문 사람들은 여은향의 주변에 있는 사람들과는 극과

극일 정도로 달랐다.

잔정을 느끼게 하는 사람은 아예 없었다. 부친조차 돌아가실 때 마음을 드러내지 않았다면 부친이 그를 사랑하고 있다는 걸 아마 지금까지도 깨닫지 못했을 것이다.

"예, 매형."

선선한 검엽의 대답이 마음에 들었는지 정철림은 싱긋 웃었다.

정철림이 떠난 후 검엽은 짧게 한숨을 내쉬었다. 나이답지 않게 감정을 겉으로 잘 드러내지 않는 그가 정가장에 온 후 사람들이 당황할 정도로 인상을 썼던 데는 당연히 이유가 있었다.

'부작용인가……. 곡이 불타던 그날 이후 생긴 현상들……. 하나는 고마운데 나머지는 정말 해결하고 싶다. 방법이 없어 견디기야 하지만 익숙해지질 않으니 문제는 문제다.'

그의 미간에 작은 골이 파였다.

여은향이 돌아온 것은 그날 밤 술시 초(저녁 7시)였다. 정가장에 들어서자마자 검엽을 바쁘게 찾은 그녀의 기색으로 보아 할 말이 있는 듯했다. 하지만 시기가 묘해서 그녀는 검엽과 얘기할 기회를 잡을 수 없었다.

그 시각 출산을 위한 이옥빈의 진통이 한창 진행 중이었기 때문이다.

초산(初産)이어서인지 이옥빈의 진통은 다음날 아침 진시

중엽(아침 8시)까지 계속되었다. 긴 진통의 시간을 보내고 태어난 아이는 여아였다.

여은향은 맞은편에 그림처럼 앉아 있는 검엽을 유현한 시선으로 바라보았다.

헐레벌떡 달려온 시녀가 전해준 소식에 기절할 듯 기뻐하는 정철림의 옆에서 검엽은 소리없이 웃고 있었다. 지난밤 들어가 자라는 정철림의 말을 듣지 않고 함께 날을 새워서인지 눈가에 피곤이 드리워져 있는 게 보였다.

칠형제의 막내로 사내들 속에서만 큰 정철림이 딸을 얻은 기쁨이야 두말이 필요없는 것.

근 이십 년래 감정을 드러낸 적이 거의 없는 여은향도 지금은 환한 미소를 짓고 있었다.

친딸처럼 아끼는 막내 제자가 아이를 낳았다.

사손(師孫)이었고, 그녀는 할머니가 되었다.

검엽의 초점이 흐릿한 눈이 물기를 머금고 가슴을 파고드는 느낌이어서 여은향은 기쁜 가운데서도 가슴이 아팠다.

자신은 가족이 늘었다. 하지만 검엽은 가문의 모든 혈족을 잃은 지 이제 두 달밖에 되지 않았던 것이다.

여은향의 시선이 정철림을 향했다.

그는 벌떡 일어서서 어쩔 줄 몰라 하며 양손을 부여잡고 있었다. 당황과 기쁨, 그리고 강한 책임감이 복잡하게 뒤얽힌 표정. 첫아이를 낳은 평범한 가장들에게서 한결같이 볼 수 있는 모습을 정철림도 보여주고 있었다.

여은향은 온화하게 웃었다.

"축하하네, 장주."

그녀는 정철림을 장주(莊主)라고 불렀다. 정가장의 주인이자 한 집안의 가장인 정철림에 대한 나름의 대접이었다.

"감사합니다, 어머님."

정철림은 헤벌쭉 웃으며 고개를 조아렸다.

여은향의 입가에 드리워진 웃음이 짙어졌다.

정철림은 농담을 좋아하고 대범했다. 그리고 소탈하고 호탕한 사내였다. 그러나 지금과 같이 바보처럼 보일 만큼 정신없는 모습은 보여준 적이 없는 사내인데, 지금은 반쯤 정신을 놓은 사람 같았다.

그만큼 기쁨이 큰 것이다.

자신의 모습이 어떤지 전혀 자각하지 못한 채 정철림이 말을 이었다.

"어머님께서 기뻐하시는 게 저는 더 기쁩니다."

정철림의 말은 진심이었다.

아들을 바라는 것은 대부분의 사내에게 자연스러운 일. 하지만 정철림은 진심으로 딸을 바랐다. 자신의 성장 과정에서 온 아쉬움 때문이기도 했고, 여은향이 딸을 바란다는 것을 알고 있었기 때문이기도 했다.

그는 여은향이 어떤 문파에 속해 있는지 알지 못했다. 이옥빈과 여은향이 사제지간이라는 것만 알 뿐이었다.

사실 그로 족했다.

그는 이옥빈과 혼인을 한 것이지 그녀의 문파와 혼인을 한 것이 아니었으니까.

그렇다고 그가 이옥빈의 사문에 대해 궁금하지 않을 리는 없었다. 하지만 그 궁금증은 해결될 수 없는 것이었다. 여은향이 허락하지 않았으니까. 이옥빈 또한 정철림의 어떤 꼬드김에도 절대로 입을 열지 않았고.

혼인 초와는 달리 지금의 정철림은 이옥빈의 사문에 대한 의혹을 마음속에서 완전히 지운 상태였다. 알려고 해도 알 수 없는데다가 중요한 것은 이옥빈이지 그녀의 사문이 아닌 터라 아예 속 시원하게 잊어버린 것이다.

그러나 그는 이옥빈의 사문이 여자들만으로 구성되어 있다는 것과 그 때문에 여은향이 아이가 여자이기를 바란다는 것을 눈치채고 있었다.

털털하긴 해도 그는 아주 눈치가 없는 사내는 아니었다.

그리고 이옥빈은 모두의 진심 어린 축복을 받을 수 있는 존재, 딸을 낳았다.

그의 기쁨은 정말 컸다.

"매형, 축하드려요."

검엽이 일어나며 말하자 정철림은 대뜸 검엽을 꽉 끌어안으며 대소를 터뜨렸다.

"으하하하! 축하받을 만하지. 고맙다, 고마워. 으하하하!"

말의 처음과 끝이 웃음이다.

검엽도 정철림의 웃음에 감염된 듯 이를 드러내며 웃었다. 언제나처럼 소리가 나지 않는 웃음이지만 미소의 여운이 길었다.

여은향이 물었다.

"아이의 이름은 지었는가?"

"어머님께서 지어주실 거라 믿고 안 지었습니다!"

정철림의 대답은 천연덕스러웠다.

여은향은 빙긋 웃었다.

생각해 둔 이름이 있는데 그녀의 마음을 읽은 듯한 정철림의 대답이 기꺼웠다.

"사내아이의 이름도 지었는데 이제는 필요없겠고, 사란(思蘭)이라는 이름인데, 마음에 드는가?"

정철림은 생각할 것도 없이 고개를 끄덕였다.

사(思) 란(蘭). 항상 난을 생각한다는 이름.

난(蘭)은 고래로 사군자 중의 하나이고 충성심과 절개, 고결함을 상징해 왔다.

여아의 이름으로 이보다 더 좋은 것이 어디 있을까.

정철림은 환하게 웃으며 대답했다.

"좋은 이름입니다. 감사합니다, 어머님."

여은향과 정철림, 검엽은 이옥빈의 방이 정리되었다는 시녀의 전언에 바로 일어섰다.

오월의 아침 바람이 열린 창을 통해서 햇살과 함께 넘나드는 이옥빈의 방은 상쾌했다. 힘들었을 지난밤의 흔적이 전혀 남아 있지 않았다. 시녀들의 정성이 손에 잡힐 듯했다.

보석처럼 부서지는 햇살을 받으며 창가의 침상에 이옥빈과 아기가 누워 있었다. 눈을 감은 아기는 고사리 같은 손을 꼼지락거리며 이옥빈의 품에 안겨 있었다.

품에 아기를 안고 상체를 세우려는 이옥빈을 정철림과 여은향이 만류했다.

정철림은 이옥빈의 손을 잡았다.

"고생했소, 빈 매."

"……."

이옥빈의 눈가에 물기가 번졌다. 그런 그녀에게 여은향이 말했다.

"그대로 있거라. 산모는 무리해서는 안 된단다."

"예, 사부님."

이옥빈의 두 뺨이 사과처럼 붉게 변했다. 간밤의 고생이 눈 녹듯이 사라지는 듯했다.

이옥빈의 손을 놓은 정철림은 그녀의 품에 안긴 비단 강보에 싸인 아기를 보며 손을 뻗었다 거두었다를 반복하고 있었다.

기괴한 몸짓이어서 여은향이 물었다.

"자네 왜 그러나?"

"너무 작아서… 어디를 잡아야 할지 모르겠습니다."

"훗!"

여은향과 이옥빈은 동시에 웃었다.

아기는 건강했고, 금방 태어났다고는 믿기지 않을 만큼 통통했다. 갓 태어난 아기들이 보이는 푸른 기색도 없이 뽀얀 피부여서 그렇게 귀여울 수가 없었다.

하지만 육 척이 넘는 키에 이백 근에 육박하는 거구의 정철림에 비하면 정말 작았다.

여은향이 웃으며 말했다.

"아기는 백 일이 될 때까지는 물거품이나 다름없네. 자네처럼 덜렁거리는 사람은 안는 것도 조심해야 하네. 행여 떨어뜨리기라도 하면 큰일이 아니겠는가."

"그, 그렇겠죠."

그녀의 말에 정철림은 시무룩한 얼굴로 뒷머리를 긁적였다.

여은향의 말처럼 자신의 성격이 덜렁대는 것도 맞았고, 가끔 이옥빈을 도와 집안일을 하다가 물건을 떨어뜨려 망가뜨리는 것도 맞았다. 지금까지는 물건이었다. 하지만 앞으로는 아이가 될지도 몰랐다. 그럼 정말 큰일이 아닌가.

"호호호호!"

이옥빈은 정철림의 모습에 웃음을 터뜨렸다.

어떤 아비가 자기 아이를 안다가 떨어뜨릴까. 여은향의 농담을 진담으로 받아들이는 정철림의 어수룩한 모습이 그녀의 눈에는 그렇게 사랑스러울 수가 없었다.

솔직하고 털털하면서 어수룩한 저 모습에 반해 그와 혼인까지 한 그녀였다.

검엽의 태도가 이상함을 제일 먼저 느낀 사람은 여은향이었다.

지난밤을 함께 새우고서도 반듯한 자세를 유지하던 검엽이 눈을 감고 있었다.

마치 무언가를 음미라도 하는 듯 기묘한 표정으로.

"엽아, 무슨 일이냐?"

여은향의 물음에 검엽이 눈을 떴다.

초점이 흐트러진 그 눈에 창문을 통해 들어온 햇살이 부딪치며 별빛과도 같은 빛이 일었다.

"향기가… 있어요."

뜬금없는 말이어서 사람들은 모두 어리둥절해졌다.

방을 정리하며 시녀들이 이옥빈이 좋아하는 들꽃으로 방을 장식하긴 했지만 검엽이 말한 향기가 그 들꽃의 향기가 아님은 삼척동자라도 알 수 있었다.

여은향이 다시 물었다.

"무슨 말이더냐?"

검엽의 손이 들리더니 이옥빈이 안고 있는 아기에게 향했다.

아기에게 닿지는 않았지만 그 손길은 아기의 주변을 어루만지듯 움직였다.

"아기… 향기가 있어요. 뭐라 표현하기 어렵지만 너무 좋은 향기가……."

여은향은 심원한 눈빛으로 검엽과 아기를 번갈아 보았다.

'아기에게 향기가 있다[有香]고? 향기가 나는 것도 아니고 향기가 있다니……?

그녀는 고개를 갸웃했다.

육신의 감각이 초감각의 경지에 달한 그녀도 느끼지 못하는 것을 검엽이 느낀다는 건 이해하기 어려웠다. 하지만 세월 속에서 그녀는 자신과 같은 능력을 가진 사람도 이해할 수 없는 것들이 존재한다는 것을 인정할 수 있는 여유를 얻었다.

그녀의 입가에 은은한 미소가 떠올랐다.

'이해할 수 없는 것은 이해할 수 없는 대로 놔두는 것도 나쁘지 않겠지.'

그녀도, 이옥빈도, 정철림도, 심지어 당사자인 검엽도 알지 못했다.

쏟아지는 햇살을 전신에 받으며 그림처럼 서 있는 검엽과 아기의 사이에 억겁의 세월로도 어찌할 수 없는 인연의 끈이 이어졌다는 것을.

운명이었다.

솜이불처럼 부드러운 흰 구름이 갖가지 형상을 만들며 푸른 하늘을 유유히 가로질러 갔다.

해가 지기 직전이어서 정자를 스쳐 지나가는 바람은 선선했다.

검엽은 여은향과 그 정자에 마주 앉아 있었다.

여은향이 만든 자리였다.

그녀는 검엽을 만난 후로 그의 이름을 편하게 불렀지만 대하는 태도는 정중하기 이를 데 없었다.

정철림과 이옥빈은 그런 여은향의 태도를 이상하게 여겼다. 그러나 당사자인 검엽은 당연하게 받아들였다. 그는 여은향에게서 그런 대접을 받을 충분한 자격을 갖고 있었으니까.

검엽을 보던 여은향의 시선이 잠시 정원의 입구를 향했다. 그곳에는 정철림과 아기를 안고 있는 이옥빈이 있었다.

열흘이 지난 터라 이옥빈은 완전히 정상을 회복했다. 그들 가족은 무엇이 그리 즐거운지 연신 미소를 지으며 여은향이 사란이라 이름 지어준 딸과 놀고 있었다.

다시 시선을 검엽에게 돌린 여은향이 말문을 열었다.

"잠을 잘 이루지 못한다던데?"

근심 어린 눈빛, 그리고 말투.

"……"

검엽은 말없이 고개를 숙였다.

"하아, 어린 네가 감당하기 어려운 일이라는 걸 모르지 않는다. 하지만 산 사람은 살아야 한단다."

"……"

꿀 먹은 벙어리처럼 고개만 숙이고 있는 검엽의 정수리를 보며 여은향은 탄식했다.

'비밀이 많은 아이다. 맹인임에도 눈이 성한 이와 다를 바 없는 운신하며… 알고는 싶으나 말하려 하지 않으니… 하아……'

여은향은 거듭 흘러나오는 한숨을 억지로 삼켰다. 어린아이

앞에서 속내를 드러낼 순 없는 일이다.

"장주가 네게 여기 머물 것을 권했다고 들었다. 맞느냐?"

"예, 고모님."

"받아들일 생각이더냐?"

"마음은 감사하지만 떠나려 합니다."

예상했던 대답인 듯 여은향은 고개를 끄덕이기만 했다. 잠시 침묵하던 그녀가 다시 입술을 뗐다.

"내가 너를 데려갈 수는 없지만 이곳에 머무는 것은 가능하다. 장성할 때까지 머무는 것이 좋지 않겠느냐?"

"고모님의 배려에 감사드립니다. 하지만 그렇게 해서는 안 된다는 걸 저보다 고모님께서 더 잘 아시지 않습니까."

여은향의 안색이 살짝 굳었다. 그녀의 눈빛이 쏘는 듯이 변해 있었다. 검엽의 대답은 그가 열 개의 무맥과 그들이 맺은 약속에 대해 알지 못한다면 나올 수 없는 대답이었다.

그녀는 고개를 들어 시선을 하늘에 주었다. 잠시 후 그녀의 눈빛은 평상시로 돌아왔다.

그녀가 물었다.

"봉황의 날개⋯ 열 개의 무맥에 대한 이야기를 아느냐?"

난데없는 질문.

그러나 검엽은 아무런 표정의 변화 없이 대답했다.

"알고 있습니다."

"그들의 힘이 어떠한지도 아느냐?"

"예."

"그들이 그러한 힘을 가지고도 왜 천하에 힘을 미치지 못하고 있는지도?"

"예, 고모님."

"하아……!"

여은향은 탄식했다.

'강 오라버니… 대체 무슨 생각으로……?'

각 무맥의 제자들이 금약과 무맥에 대해 알게 되는 것은 대체로 스무 살을 전후해서였다.

비전을 잇는 시점이다.

그리고 그것은 아득한 고대로부터 내려온 전통이었다.

검엽의 대답은 그가 그 전통의 예외임을 분명하게 알려주었다. 그래서 여은향은 고천강을 이해할 수 없었다.

그녀가 아는 고천강은 천재가 발에 채일 정도로 흔하다는 무맥들의 후예 중에서도 발군이라 할 만큼 희대의 천재였다. 그리고 전통과 명예를 목숨처럼 아끼는 완고하면서도 보수적인 사람이기도 했다.

그런 그가 이제 십여 세의 검엽에게 모든 이야기를 해주었음은 이유가 있을 터.

그러나 여은향으로서는 그 이유를 알 수 있는 방법이 없었다. 고천강은 사자(死者)의 세계로 넘어간 사람이었으므로.

"오라버니가 네게 그런 얘기를 해준 이유를 아느냐?"

검엽의 입술은 꾹 다물린 채 열릴 기미를 보이지 않았다.

여은향은 안타까웠지만 강제로 검엽의 입을 열 생각은 하지 않았다. 그래서도 안 되었지만 검엽이 고천강의 성격을 만분지 일이라도 닮았다면 검엽을 강요해서 무언가를 얻어내는 것은 절대로 불가능했다.

그녀는 내심 고개를 저었다.

그녀가 처음 보고 예감했던 대로 이 아름다운 소년은 평범하게 살 수 없는 운명이었다.

그녀가 말했다.

"네 가문을 그리 만들 수 있는 외부의 힘은 천하에 존재하지 않는다. 다른 아홉 무맥의 힘으로도 그것은 불가능하지. 적어도 두 개 이상의 무맥이 손을 잡는다면 몰라도. 하지만 그런 일은 있을 수 없으니 가정은 무의미하다."

그녀는 자신의 질문과 검엽의 대답, 그리고 자신의 생각 속에서 지난 두 달 동안 조사한 내용으로 얻은 결론의 확신에 도달할 수 있었다.

"신화곡을 두 달 동안 조사했다."

검엽의 눈가에 그늘이 졌다. 그는 고개를 숙인 채 그녀의 말을 기다릴 뿐이었다.

"오라버니께서 하려던 무언가가 잘못되어 그런 일이 벌어졌다는 게 내가 내린 결론이다. 대답해 줄 수 있느냐?"

대답은 없었다.

검엽은 그저 숙였던 고개를 더 깊이 숙일 뿐이었다. 자신을 생각하는 여은향의 마음이 얼마나 깊은지 알고 있는 그였다. 그녀와 만난 지 며칠 되지 않았다는 것 정도는 아무런 문제가 되지 않았다. 눈이 보이지 않는 대신 그는 마음으로 상대를 직관하는 능력이 다른 어떤 사람보다 탁월했으니까.

그래서 그는 여은향에게 미안했다.

진실을 말해줄 수 없었기 때문에.

그가 말할 수 없었던 것은 그 진실이 중요한 것이기 때문이라서가 아니었다.

그것은 그의 가문 내부의 일이었다.

누구도 관여할 수 없는, 그것이 설령 그의 어머니가 될 수도 있었을 여인이라 할지라도.

그것은 그가 짊어지고 가야 할 업(業)이었다.

여은향의 입술 사이를 비집고 억제할 수 없는 한숨이 흘러나왔다.

"하아, 네 고집은 그대로 강 오라버니의 것이로구나."

"죄송합니다, 고모님."

"갈 곳은 있느냐?"

"발 길이 닿는 대로 가고자 할 뿐입니다. 그러다가 머물 곳을 찾게 되겠지요."

열한 살짜리 아이의 대답이라고는 믿어지지 않을 정도로 허무한 답변이었다.

여은향은 자신도 모르는 사이 입술을 깨물었다.

어찌 그 마음을 모를까.

누천년을 이어온 위대한 가문이 사라졌다. 그러나 복수할 대상은 존재하지 않았다. 가문을 멸한 자가 살아 있어도 그에게 복수하는 것은 불가능했다. 그녀가 조사한 대로라면 신화곡의 멸망을 불러온 이는 고천강이었으니까.

여은향은 검엽의 허무한 심정을 온전히 이해했다.

그녀는 자신의 음성이 격정으로 떨리지 않기를 바라며 물었다.

"네가 가문의 전승을 수습하지 못했다고 대답한 것으로 기억한다만."

"예, 고모님. 기회가 없었습니다."

"천하는 험하다. 어린 네가 견뎌내기 어려울 것이야. 더구나 너는 앞을 보지 못하지 않느냐."

"저보다 더 험한 환경에서도 살고 있는 사람이 많다고 들었습니다."

완곡한 답변.

여은향은 쓸쓸한 눈빛이 되었다.

가능하다면 그녀는 검엽을 거두었을 것이다. 그러나 그것은 불가능했다. 다른 무맥에서 그것을 용납하지 않을 것이 불을 보듯 뻔했다.

그녀는 다른 무맥과의 분란은 두렵지 않았다. 그러나 사라진 신화곡을 제외한 다른 일곱 개의 무맥과 분란이 일어나면 '그자'가 개입하게 된다. 그것은 두려운 일이었다.

'엽아가 차라리 평범한 아이였다면······.'

그녀는 고개를 저었다. 부질없는 생각이었다. 검엽이 평범한 아이였다면 그녀와 인연이 닿았을 리가 없는 것이다.

"언제 떠나려느냐?"

"수삼 일 내입니다."

막힘없는 대답. 이미 떠날 것을 결심하고 있었음을 알 수 있게 하는 대답이었다.

"네 마음이 그렇다니 막지는 않으마. 하지만 나 또한 너를 그냥 보낼 수는 없구나."

그녀는 보이지 않는 눈을 크게 뜨고 자신을 보는 검엽에게 미소를 지으며 말을 이었다.

"금약(禁約)에 의해 본 곡의 것을 네게 전할 수는 없다. 하지만 곡 외의 것을 전함은 금약의 제약을 받지 않지. 마침 내가 연이 있어 얻은 것이 있으니 그것을 네게 전해주마. 네 가문에 전해지는 것에 비할 바는 못 되어도 부지런히 익히면 네 한 몸 건사하는 데는 문제가 없을 것이야. 그리고 이것은 금약의 제약에서 자유로운 것이니 '그자'도 너를 어찌할 수는 없을 것이다."

검엽은 깊숙이 허리를 숙여 감사를 표했다.

여은향은 그의 가문에 비견되는 무맥의 당대 종주이며 일신에 절대의 능력을 가진 여인, 그녀가 전해주는 것이 어찌 평범한 것이랴.

그 마음에 대한 감사의 표시로 절을 해도 모자랄 일이었다. 그러나 무릎을 꿇는 것은 그에게 가능한 일이 아니었다. 비록 이제는 연기 속에 허무하게 스러졌다 하나 그의 신분은 천하에서 가장 고귀한 열 명 중 한 명에 속하는 것이었기 때문에.

여은향의 배려는 아직 남아 있었다.

"어린 시절 천하를 돌아다니다가 사귄 사람이 있다. 성격이 조금 이상하긴 하다만 그는 상당히 괜찮은 사람이고 오지랖이 넓어 너를 맡을 만하다. 나는 네가 그곳에 있었으면 싶구나. 장성할 때까지만이라도. 그래야 내 마음이 편하겠다. 내 부탁을 들어주겠느냐?"

"고모님의 깊은 배려에 감사드립니다."

검엽은 거절할 이유가 없었다.

그가 애초부터 정가장에 머물 생각을 하지 않았던 것은 이곳이 여은향의 영향력 아래 있는 곳이어서였다. 그는 자신이 이곳에 있는 것이 여은향에게 얼마나 큰 부담인지를 잘 알고 있었던 것이다.

그와 여은향의 무맥을 제외한 다른 여덟 곳의 무맥에서 여은향을 주시하고 있으리라. 그 여덟 곳의 무맥 중에는 '그자'가 속한 무맥도 있었다.

이곳이 아니라면 어디라도 그에게는 상관이 없었다.

그런 그를 내려다보는 여은향의 눈은 깊었다.

'네가 행복하게 살 수 있도록 돌봐주는 것이 돌아가신 오라버니에게 받은 은혜를 갚는 유일한 길이다. 엽아, 기다리거라. 얼마의 시간이 걸리든 네가 앞을 볼 수 있도록 해주겠다. 귀혼신의(歸魂神醫)⋯ 죽은 자의 혼도 되살릴 수 있다는 그라면 네게 광명을 줄 수 있을 것이다. 종적이 사라진 지 이십여 년이 넘었다고 하나 죽었다는 이야기도 들리지 않으니 내가 반드시

그를 찾아내겠다. 기다려 주렴.'

　각자의 상념에 잠긴 그들의 머리 위로 피처럼 붉은 오월의 석양이 지고 있었다.

*　　　*　　　*

　기나긴 세월의 흔적이 여실한 고풍스런 서재.

　책장 앞에 서서 한가롭게 책을 읽고 있던 금포중년인은 조심스럽게 문을 열고 들어선 초로의 노인을 돌아보았다. 무색투명해서 왠지 보는 이를 섬뜩하게 만드는 눈길.

　시선을 느낀 노인이 장읍하며 말했다.

　"그 아이는 여 곡주의 막내 제자 부부의 집인 정가장에 있는 것으로 확인되었습니다, 궁주님."

　"그녀의 곡과 지척인 곳이로군."

　손에 들고 있던 책을 덮은 금포중년인은 고개를 끄덕이며 혼잣말처럼 중얼거렸다.

　천노는 쓴웃음을 지으며 중년인의 말을 받았다.

　"여 곡주는 일말의 의심을 갖고 있는 듯합니다."

　"그렇지 않다면 그녀가 아니지. 누가 뭐래도 사라진 곳이 바로 그 고천강의 가문이 아닌가. 수백 년 만에 '그자'의 벽을 넘어서리라 무맥들의 기대를 한 몸에 모았던 바로 그 희대의 천재 천외마백(天外魔伯) 고천강 말일세."

　덤덤한 투였다. 그러나 갑자의 세월이 넘는 동안 중년인을 보필해 온 천노는 그 음성의 밑바닥에 깔려 있는 감정을 어렵지 않게 읽어낼 수 있었다.

끝없는 분노와 질투, 그리고 경외심, 그들과 미묘하게 엇갈리는 통쾌한 감정까지.

"'그것'에 대한 연구는 어디까지 진척이 되었는가?"

"전력을 기울이고 있습니다마는 아직 단서를 발견치 못하고 있습니다. 게다가 주변에 여 곡주의 흔적이 보여서……."

노인의 대답에 사내는 고개를 끄덕였다. 단시간 내에 해결될 일이 아니었기에 그는 조급해하지 않았다.

"가고 가고 또 가다 보면 언젠가는 '그것'도 비밀을 드러낼 걸세. 포기하지만 않으면 되네."

"명심하겠습니다, 궁주님."

"'그자'는?"

"'그자'의 수족이나 다름없는 '운중천부(雲中天府)'가 움직인 흔적이 있습니다."

"결국 '그자'도 움직이는군."

"누가 뭐래도 그 고천강의 죽음이니까요."

천노의 어투는 중년인을 닮아 있었다.

중년인은 미소를 지었다.

"어찌할까요?"

"당분간 지켜보게. 고천강이 시도했던 것은 잊혀진 고대의 것, 그 일을 지켜본 유일한 생존자가 그 아해일세. 기대가 난망한 일이기는 하지만 혹여 후일 그 아해로부터 전모를 들을 기회를 얻을 수 있을지도 모르지 않나."

물이 흐르듯 가벼운 어투. 그러나 천노에게 그 지시는 절대적인 것이었다.

"존명."

중년인이 사족을 달지는 않았지만 다른 자들의 시선을 피해야 함은 기본이었다. 문제는 시선을 피해야 하는 다른 자들의 능력이 천의무봉하다는 것.

뒷걸음으로 서재를 물러나는 천노의 머릿속은 벌써 중년인의 지시를 수행하기에 적합한 사람을 무서운 속도로 찾아보고 있었다. 얼마의 시간이 걸릴지 모르는 일이었다. 긴 시간 동안 일을 완벽하게 수행할 수 있는 인물이어야 했다.

서재를 나서며 문을 닫은 천노의 입가에 스산한 미소가 떠올랐다. 적당한 인물이 생각난 것이다.

第三章

호남성(湖南省) 상음(湘陰).

동정호의 동남부에 자리 잡고 있어 장강을 타고 내려와 호남성의 남쪽으로 내려가는 인마와 남부에서 올라와 장강을 타고 북으로 가려는 인마들로 인해 고대부터 번성해 온 도시이다.

장맛비라도 맞은 것일까. 식은땀에 푹 젖은 검엽의 몸이 꿈틀거렸다.

그 기척을 느낀 진애명은 걱정스러운 표정으로 손에 들고 있던 수건으로 검엽의 젖은 이마를 닦아주었다.

익숙한 손길이었다.

석 달에 가까운 행로를 검엽과 같이하며 그에게 깊은 정이 든 그녀였다.

그녀가 몸을 담고 있는 문파는 구성원이 모두 여인인 문파였다. 그러나 한이 많은 여인들로 이루어진 그런 문파는 아니었다. 전승되는 무공의 특성이 여인이 아니면 대성할 수 없어 절로 그렇게 되었을 뿐이다.

혼인에 대한 제약도 몇 가지 없었다.

혼인을 하고 싶은 여인은 언제든지 그것이 가능했다. 단, 가족에게 문파에 대한 언급은 금지였고, 남편이나 아들에게 문파의 무공을 전하는 것도 금지였다.

원한다면 혼인한 제자의 딸은 언제든지 문파의 제자가 될 수도 있었다.

그럼에도 그녀의 문파에는 혼인을 하지 않은 여인이 구 할을 넘었다. 그녀의 문파에 몸을 담고 있는 여인들은 무공에 삶은 건 여인들, 그런 여인들이었기 때문이다.

진애명도 그런 여인 가운데 한 명이었다. 나이도 적지 않았다. 외모로는 많게 보아야 삼십을 전후할 정도로밖에 보이지 않지만 그녀는 불혹을 넘어 오십에 가까운 나이였다. 세월조차 그녀의 두텁고 깊은 내공으로 이루어진 육신의 완전함을 무너뜨리지 못하고 있다는 증거였다.

그러나 외적으로 보이는 것과는 무관하게 거부할 수 없었던 자연의 섭리, 나이 때문일까.

그녀는 검엽에게 혈족의 후예와 같은 정을 느끼고 있었다.

물론 그런 감정에는 그녀가 검엽의 부친과 여은향 사이에 있었던 젊은 시절의 일을 알고 있다는 점도 크게 작용했지만.

검엽의 눈꺼풀이 힘겹게 위로 올라가며 흑백이 뚜렷한, 하지만 초점이 모호한 눈이 드러났다.

"또 악몽을 꾸었느냐?"

검엽은 상체를 일으켰다.

"……"

검엽은 씁쓸한 미소를 지으며 고개를 끄덕였다.

언제나와 같은 반응이었다.

진애명은 속으로 길게 탄식했다.

'그날 이 아이는 아무것도 보지 못했을 것인데… 대체 신화곡에 어떤 일이 있었기에 이 작은 아이가 수면에 들기만 하면 한 번의 예외도 없이 도둑처럼 악몽이 찾아온단 말인가. 사나흘에 한 번 간신히 드는 수면조차 이리 편하지 않으니……'

등을 벽에 기대고 말없이 앉아 있는 검엽의 전신에서는 깊은 허무가 흘러나오고 있었다.

열한 살의 아이가 풍길 분위기는 절대로 아닌 터라 진애명은 더 이상 말을 붙이지 못했다.

여은향의 지시를 받고 석 달을 한결같이 옆에서 보아왔음에도 그녀는 검엽의 분위기에 적응을 하지 못했다.

한창 놀기를 좋아할 나이의 아이가 석 달 동안 마차와 객잔 외에 한 번도 밖을 나가지 않았다. 신화곡을 벗어나 본 적이 없다면서도 외부에 대한 아주 작은 호기심도 읽을 수 없었다.

평범하지 않은 환경 속에서 살아온 그녀조차 검엽과 같은 아이는 본 적이 없는 것이다.

따가닥따가닥!

덜컹덜컹!

쉬지 않고 이어지는 말발굽 소리와 전신에 느껴지는 규칙적인 작은 진동.

검엽은 마차에 타고 있었다.

네 필의 말이 끌고 있는 마차는 상당히 큰 편이었고, 내부에는 침상 두 개도 마련되어 있었다. 긴 여행을 위한 것임을 한눈에 알 수 있는 마차였다.

정가장을 떠날 때 정철림이 마련해 준 마차였다.

그들이 정가장을 떠날 때는 오월 중순이었는데 계절은 벌써 여름의 끝을 향해 달려가고 있었다.

두터운 마차의 주렴 사이로 들어오는 풍광을 일별한 진애명의 눈에 진한 아쉬움의 빛이 떠올랐다.

바닥이 잘 다져진 폭이 십 장에 달하는 대로.

양편에 끝없이 늘어서서 푸름을 자랑하는 아름드리 거목들.

대로를 가득 채운 채 바쁘게 오가며 온갖 소란스런 소리를 내고 있는 수많은 마차와 사람들.

낯익은 풍광이었다.

석 달이라는 짧지 않은 시간이 걸린 여행의 종착지, 상음현 외곽의 비류산 중턱에 자리 잡고 있는 척천산장(拓天山莊)이 지척이었다.

수문위사 동위량은 눈을 깜박거렸다. 그의 눈빛은 흥미진진한 경극이라도 보는 듯했다.

그의 뒤로 폭 이 장 높이, 일 장 오 척에 달하는 거대한 척천산장의 정문이 버티고 있었다.

방금 전 잡털 하나 보이지 않는 네 필의 흑마가 끄는 커다란 사두마차 한 대가 산장의 정문 앞에 섰다.

그리고 마차의 문을 열고 백의 궁장에 눈 아래를 면사로 가린 한 명의 여인과 사낸지 계집인지 구분을 하기 어려운 십여 세의 어린아이가 내렸다.

그들은 그를 향해 똑바로 다가왔다.

그때부터 동위량의 시선은 여인에게 못 박히듯 꽂혀 버렸다. 시체처럼 창백하게 질린 채 얼굴을 있는 대로 찌푸린 아이의 미모는 깜짝 놀랄 정도였지만 동행한 여인 때문에 그의 시선을 끌지 못했다.

면사로 가려진 아랫부분을 볼 수 없어 윗부분만으로 추측해야 했음에도 그는 여인이 평생 본 적이 드문 절세의 미인이라는 데 전 재산을 걸 자신이 있었다.

고래로 미인을 돌처럼 보는 사내는 드문 법. 더구나 백의 궁장에 가려진 여인의 늘씬하면서도 굴곡진 몸매는 숨을 쉬기도 힘들 만큼 매혹적이었다.

그래서 백의궁장여인이 그의 앞에서 걸음을 멈추었을 때 그는 자신도 모르게 침을 꿀꺽 삼켜야 했다.

여인의 기세가 범상치 않다는 걸 자각하지 않았다면 그의 시선은 좀 더 노골적이었을지도 몰랐다. 하지만 여인의 전신에서 흘러나오는 은은한 기세가 그를 자중하게 만들었다.

노인과 여인, 그리고 아이를 조심해야 한다는 것은 무림에 몸담고 있는 자들에게 변하지 않는 진실이 아니던가.

진애명의 면사로 가려진 얼굴에 고소가 떠올랐다.

산장의 정문 좌우에 검을 찬 채 서 있는 두 명의 위사가 자신을 어떻게 바라보는지 대번에 알 수 있었기 때문이다. 사내들의 시선이라면 만성이 된 그녀였다.

그들은 그녀를 자신들과 비슷한 연배로 보았을 터이다. 하지만 실제는 너무나 다르다. 그녀가 혼인했다면 그들은 그녀의 자식뻘밖에 되지 않았다. 그러나 그들을 탓할 수만도 없는 일이었다. 그녀의 절세적인(?) 미모와 몸매가 세월과 상관없이 유지되었기 때문이니까.

그녀가 내심 묘한 쓴웃음을 짓고 있을 때 동위량이 잔뜩 무게를 잡은 음성으로 그녀에게 물었다.

"무슨 일로 본 산장을 찾으셨습니까?"

"산장에 머물고 계시는 이천룽 노사를 뵈러 왔어요."

조금 차갑게 느껴지는 어투였지만 외모만큼이나 아름다운 음성.

진애명의 미모와 음성에 반쯤 넋이 나가 있던 동위량은 찬물을 한 바가지 뒤집어쓴 얼굴이 되었다. 멍하게 풀려 있던 눈빛도 강해졌다.

그는 의혹에 찬 눈으로 여인을 보았다.

조금 멍청해 보이던 동위량이 한순간에 자세 잡힌 무인의 모습으로 변하는 것을 느낀 진애명은 강호상에 전해지고 있는 척천산장의 명성이 거짓이 아니라는 것을 알 수 있었다.

동위량은 어리둥절함과 긴장이 뒤섞인 얼굴로 물었다.

"여협께서 말씀하시는 분이 섬전수(閃電手) 이천릉(李天凌) 대협이시라면 잘못 찾아오셨습니다. 그분의 종적이 강호 도상에서 사라진 지 벌써 십여 년인데 저희 산장에 계실 리 있겠습니까."

정중한 어조였다.

외모도 범상치 않은데다가 팔절(八絶)의 일인인 수절(手絶) 섬전수 이천릉을 찾는 여인이다. 어찌 함부로 대할 수 있을까.

동위량의 말을 들은 진애명의 표정은 별다른 변화가 없었다. 그녀는 품에서 황지에 싸인 봉서 한 장을 꺼내어 동위량에게 건네주었을 뿐이다.

그녀는 봉서와 자신을 번갈아 보는 동위량에게 말했다.

"이 노사가 번거로운 것을 싫어한다는 것을 잘 알고 있어요. 이것을 전해 받고도 그가 자신을 이곳에 없다 말하라고 한다면 두말하지 않고 가겠어요. 그러니 이 봉서를 이 노사에게 전해주세요."

동위량은 갈등에 휩싸인 표정이었다.

그는 이천릉이 산장에 머물고 있는지 아닌지를 알지 못했다. 이천릉과 같은 거물이 산장에 머무는 것을 알고 있기에는 그의 신분이 너무 낮았다. 그는 성실한 수문위사일 뿐인 것이다.

그러나 그가 속한 척천산장은 이천릉이라는 거물이 머물러도 하등 이상할 것이 없는 단체다.

만약 이천릉이 산장 안에 머물고 있고, 여인과 이천릉의 관계가 상당한 것이라면 이 여인을 그냥 보내고 난 후 어떤 일이 벌어질지 알 수 없는 일이었다.

그는 지그시 입술을 깨물었다가 말문을 열었다.

"그렇다면 잠시 이곳에서 기다려 주십시오. 안에 말씀을 드려보겠습니다."

진애명이 고개를 끄덕이자 동위량은 날듯이 산장 안으로 달려들어 갔다.

그리고 동위량이 머리가 반백인 초로의 사내와 함께 구르듯이 다시 달려나온 것은 일각 정도가 지나서였다.

평범한 외모지만 눈빛이 날카로운 초로의 사내는 자신을 척천산장의 접객청주 오상이라고 소개한 후 진애명과 검엽을 안으로 안내했다.

척천산장의 후원.

인재를 아끼고 친구 사귀기를 좋아하는 당대의 척천산장주 일검척천(一劒拓天) 소진악(蘇震岳)이 자신의 산장에 머물고 싶어하는 기인이사들을 위해 만든 와호당(臥虎堂)은 그곳에 있었다.

이천룡은 수세미처럼 헝클어진 백발을 긁적였다.

활짝 열어놓은 방문을 통해 바람이 들어오고 있었지만 한여름의 바람은 시원하기는커녕 덥기만 했다. 그래서 그런지 그는 머리에 끈적끈적한 땀이 솟는 기분이었다.

다섯 자가 조금 넘는 단신에 목을 넘어 흘러내린 백발은 정돈이 되어 있지 않았고, 눈썹은 쥐가 파먹은 것처럼 듬성듬성했다.

진물이 흘러내리는 눈에 걸치고 있는 것은 다 낡은 회의 장삼.

겉모습만을 보면 그가 당대 무림 최정상을 달리는 절정의 고수라고 생각할 사람은 아무도 없으리라.

그는 검엽과 다탁 하나를 사이에 두고 마주 앉아 있었는데 진물이 가득한 그의 눈은 검엽의 눈에 고정되어 있었다.

그가 툭 던지듯 물었다.

"검엽이라고?"

"예, 어르신. 고검엽이라고 합니다."

"말투가 왜 그러냐?"

이천룡의 어조에 깃든 것은 못마땅한 기색.

검엽의 눈처럼 흰 뺨이 사과처럼 붉어졌다. 신화곡에서만 자란 그는 자신의 말투가 어떤지를 자각하지 못했다. 그것을 자각한 것은 정가장에 있을 때였다.

정철림이 그의 어투가 나이답지 않다는 말을 귀에 못이 박히도록 했던 것이다. 그래서 이제는 그도 자신의 말투에 문제가 있다는 것을 알고 있었다.

"애는 애다워야지. 생긴 건 계집아이 뺨치게 생긴 놈이 말투는 다 늙은 노인네 같으니……."

이천룡의 투덜거림은 잠시간 계속되었다. 하지만 말투와는 달리 검엽을 보는 그의 시선에는 부드럽고 따스한 온기가 실려 있었다. 그렇다고 말투가 변하는 건 아니었다.

"그녀도 참, 제 몸 건사도 제대로 못하는 내게 앞도 보지 못하는 애를 맡기면 어쩌라는 거야. 젖은 떼었을 나이인 게 그나마 다행은 다행이지만."

혼잣말처럼 중얼거리던 그가 물었다.

"이놈아, 그녀는 네가 약관이 될 때까지 맡아달라는 말 외에는 아무 말도 없었다. 그녀가 내게 무엇을 바랐는지 넌 아는 게 있느냐?"

검엽이 알 리가 없었다. 산장의 정문에서 진애명이 이천룡을 언급하기 전에는 이천룡이라는 이름도 들어보지 못한 그다.

"불편없이 머물도록 해줄 거라는 말씀은 있으셨지만 그 외에는 아무 말씀도 없으셨습니다, 어르신."

"노야라고 불러라."

이천룡은 심드렁한 어투로 말했다. 하지만 그의 쭈글쭈글한 얼굴에는 멋쩍어하는 기색이 가득했고, 눈에는 기뻐하는 빛이 떠올라 있었다.

"예?"

어리둥절한 얼굴로 검엽이 되묻자 이천룡은 헛기침을 했다.
"험험, 녀석아. 앞으로 십여 년을 함께 지내야 할 텐데 계속 날 어르신이라고 부를 거냐? 듣는 내가 불편해서 그건 사양이다. 노야라고 불러!"
"알겠습니다, 노야."
검엽은 이천룡의 요구를 순순히 따랐다.
호칭이야 아무러면 어떠랴. 자신의 몸에 와 닿는 이천룡의 시선에 담긴 온기가 그의 텅 빈 가슴을 이처럼 부드럽게 감싸 주는데.
진애명은 와호당에 들어와 이천룡에게 검엽을 넘겨준 후 인연이 닿는다면 후일 다시 만날 수 있을 거라는 말 한마디만을 남기고 바람처럼 떠났다.
다섯 달이 넘는 동안 이어졌던 여은향과의 인연이 후일을 기약하며 그렇게 끊어진 것이다.
이제 그의 앞에는 어딘지 괴팍하게 느껴지는 이천룡이 있을 뿐이다.
검엽이 자신만의 생각에 잠겨 있을 때 이천룡도 듬성듬성한 눈썹을 잔뜩 찌푸린 채 생각에 잠겨 있었다.
'그녀가 대체 무슨 생각으로 이놈을 내게 보낸 거지? 평생 혼자 산 내가 아이를 잘 키울 수 있을 거라고는 그녀도 생각하지 않았을 텐데……. 무공을 가르치라는 뜻인가? 하지만 그럴 거면 그녀가 직접 가르쳤겠지. 팔절의 일인이라는 내 명성이나 무공이야 그녀에게는 길바닥에 굴러다니는 돌멩이보다 못

한 것인데…….'

 사십대 중반의 전성기에 있던 그를 단 삼 초 만에 패대기쳐진 개구리 꼴로 만들었던 사람이 그녀이다. 당시 그녀의 나이는 열여섯. 삼십 년이 지난 지금의 그녀는 아마 자신을 일 초에 쓰러뜨릴 수 있을 터이다.

 '흠, 혹시 다 늙어 죽을 날만 기다리는 내 시봉을 들라고 녀석을 보낸 건 아닐까?'

 이천륭은 피식 웃었다. 그녀에게 그런 배려를 기대하는 건 망상이라는 걸 알고 있었기 때문이다.

 '앞도 보지 못하는 녀석을 그런 뜻으로 보냈을 리는 없고……. 에라, 모르겠다. 말하는 거나 몸가짐으로 보면 막돼먹은 집안에서 자란 놈도 아닌 것 같고, 맹인이라는 게 걸리지만 근골도 꽤 쓸 만하니 이것저것 가르치는 재미도 있을 것 같고… 그냥 함께 살면 되지. 내가 언제 이런 거 저런 거 생각하며 살았나.'

 그가 내키는 대로 생각을 이어가고 있을 때 검엽도 나름대로 생각에 잠겨 있었다.

 '고모님은 왜 이런 곳에 나를 보내셨을까. 부작용에 대해 말씀을 드릴 것을 그랬구나. 정말 힘드네.'

 검엽은 내색을 하지 않으려 이를 악물고 있었다. 그 때문에 안색은 푸른빛이 비칠 만큼 창백했다.

 그러나 이천륭은 검엽의 기색을 눈치채지 못했다. 그를 만나기 전부터 검엽의 안색은 하얗게 질려 있는데다가 피부가 너무 하얀 탓에 안색의 변화를 알아차리기 어려웠기 때문이다.

그나마 검엽의 안색에서 푸른기가 어느 정도 가신 것은 그가 와호당에 오고 난 후였다.

정문에서 와호당까지 오는 동안 그는 말 그대로 시체처럼 창백했고, 걷는 것도 힘들어했다. 오죽하면 진애명이 걱정으로 떨어지지 않는 걸음을 억지로 옮겨 떠나야 했을 정도였다.

'소리도 그렇지만 냄새를 피하려면 이곳에서 벗어나면 안 되겠구나. 밖의 사람들 냄새는 정말 견디기 힘들다.'

검엽은 속으로 길게 한숨을 내쉬었다.

신화곡이 무너지던 날 이후 그의 몸에는 몇 가지 이상이 생겼다.

그중의 하나가 소리와 냄새였다.

그의 판단으로 그는 적어도 오 장 이내에 있는 모든 냄새를 맡고 소리를 들을 수 있었다. 그 소리와 냄새가 아무리 작고 희미한 것이라도.

소리와 냄새는 귀와 코를 통해서만 전해지지 않았다. 그것들은 그의 전신의 모든 감각을 건드렸다. 단 한 순간도 쉬지 않고.

끊임없이 그의 신경을 건드리는 소리도 그렇지만 더 큰 문제는 그가 공기 중의 냄새만 맡는 것이 아니라는 데 있었다. 그는 살아 있는 짐승, 사람을 포함한 모든 생물의 체취와 그 몸

안의 냄새까지도 맡을 수 있었다.

그것은 고문이었다.

여은향이나 호위선자처럼 몸 안에 탁기가 거의 없는 사람들의 냄새는 견디기 어렵지 않았다.

그러나 정철림이나 정가장의 하인과 하녀들, 그리고 척천산장의 정문에서 만났던 수문위사나 산장 내를 돌아다니던 사람들의 몸에서는 끔찍한 냄새가 났다.

그 냄새를 그는 전혀 여과없이 맡아야 했다.

그가 정가장에 도착했을 때 인상을 썼던 것, 산장의 정문에서 안색이 시체처럼 변했던 것은 바로 그 냄새 때문이었던 것이다.

와호당에 와서야 냄새는 그가 견딜 수 있을 정도로 약해졌다. 이곳에 머무는 사람들은 여은향 등과 비교할 수는 없어도 그나마 몸 안에 탁기가 적었기 때문이다.

'아, 고모님한테 내 감각의 이상을 말씀드렸다면 이런 곳에 보내지는 않으셨을 텐데……. 설마 이렇게 사람이 많은 곳일 줄이야. 여기까지 와서 다시 다른 곳을 알아봐 달라고 할 수도 없고……. 그것도 냄새 때문에.'

검엽의 한숨이 깊을 수밖에 없었다.

두 사람이 생각에 잠겨 있을 때 열어놓은 방문 밖이 시끄러워졌다.

"애가 와호당에 들어왔다고?"

"이가의 손자라고 하던데?"

"잉? 혼인도 하지 않은 이가한테 손자가 있었단 말이야?"

"원래 이 늙은이가 뒤로 호박씨를 잘 까잖아!"

"아닐걸! 애가 깎아놓은 밤톨처럼 잘생겼다고 하더라고. 이가한테 그런 손자가 나오는 건 이가가 죽었다 깨어나도 불가능해. 씨앗이 대충 이겨놓은 진흙덩이 같은데 거기서 어떻게 밤톨이 나와!"

"하긴 그도 그렇긴 한데……"

한두 사람의 음성이 아니었다.

이천릉의 듬성듬성한 눈썹이 역팔 자로 곤두섰다.

'이 잡것들이!'

진물이 흐르던 그의 눈에 번갯불 같은 정광이 쏟아질 즈음 열린 방문으로 삐죽삐죽 고개를 들이미는 노인 몇이 있었다.

남색 도포를 입고 작은 키에 몸이 통통하면서 도관을 쓴 염소수염의 노인, 하관이 길쭉한 말상만큼이나 큰 키에 비녀로 매조지한 뒷머리를 가진 노인, 그리고 푸른 학창의를 입은 청수한 풍모의 노인과 눈매가 음침한 흑포노인이었다.

척천산장에 도착한 후에도 검엽의 단조로운 일상은 변하지 않았다. 식사 때가 아니면 하루 종일 자신의 방에서 가부좌를 틀고 명상에 잠겨 있는 것이 그가 하는 일의 전부였다.

같은 나이대의 소년에게서 찾아보기 힘든 유형이라 이천릉은 그를 신기해하면서도 방해하지는 않았다. 맹인이라 조금 다른가 보다 여길 뿐이었다.

검엽은 정가장에 있을 때 후원의 정자에 자주 나갔었다. 하지만 이곳에서는 그렇게 하지 않았다.

와호당에는 그가 만난 다섯 명의 노인만 있는 것이 아니었다. 이천룽과 장현처럼 호법 신분의 인물이 십여 명이 넘었고, 그들을 시중드는 사람들도 있었다.

그 수가 이십을 넘는 터라 검엽은 자신의 방에서 나가지 않았다. 냄새 때문이기도 했지만 그는 사람들과 어울리는 걸 원하지 않았다.

'아버지는 실패하셨던 걸까?'

정좌한 채 명상에 잠겨 있던 검엽의 굳게 닫힌 눈꺼풀이 미미하게 떨렸다.

'그렇게 강력한 기세는 아버지에게서도 느낀 적이 없었는데… 그런데도 실패하셨던 걸까. 반년이 지났는데도 아버지께서 돌아가시기 전에 해주신 말씀과 같은 징후는 단 한 번도 느끼지 못했다.'

그는 피처럼 붉은 입술을 꼭 깨물었다.

가슴이 타는 듯했다.

하늘과도 같았던 그의 부친과 피를 나눈 혈족 백여 명이 그를 제외하고 모두 죽었다.

그 일의 성공을 위해서.

실패해서는 결코 안 되는 일이 실패로 끝났다는 결론을 검엽은 받아들일 수 없었다. 그 일의 실패는 아버지를 비롯한 일족의 죽음을 헛되게 하는 것이었으니까.

희생은 그의 부친과 일족으로 그치지 않았다.

그 또한 그 일을 위해 일족의 희생에 동참했다.

스스로의 의지로.

그 희생을 결정했을 때 그의 나이는 일곱 살이었다.

여은향은 검엽의 자질이 보기 드문 것이라고 생각했지만 그녀는 검엽의 자질 중 극히 일부를 엿보았을 뿐이다.

검엽은 그녀의 상상을 넘어서는 자질을 갖고 있었다. 다른 무맥의 후예들이 두려워할 정도로 희대의 천재였던 그의 부친조차 경악할 정도의 자질을.

'이해할 수 없다. 그 일은 실패할 수 없는 일이었는데……. 이십 년 동안 백여 회에 걸친 사전 실험에서 얻어진 경험과 예상 가능한 모든 변수를 계산하고 시행한 대법이 실패하다니……. 더구나 그 모든 것을 주관하신 분이 다른 사람도 아닌 바로 아버지셨고, 일족의 어른 전부가 하나가 되어 대법을 펼쳤는데…….'

조각처럼 아름다운 그의 눈매가 일그러졌다.

'실패했다면… 봉인을 여는 것은 불가(不可)하다. 일족의 역사상 가장 뛰어난 분이셨다는 아버지의 능력으로도 넘어설 수 없는 '그'였다. 그래서 금지되었던 '그것'에 손을 대셨던 것이니까. 내 자질이 괜찮다고는 해도 가문에 전해지는 것으로는 '그'를 넘어설 수 없음이 이미 증명된 이상 가문의 비전을 수습하는 것은 대를 잇는다는 것 이상의 의미가 없다. '그것'을 다시 한 번 시행할 수 있는 여력이 있다면 모를 일이지만

'그것'을 시행하기 위해서는 아버지에 버금가는 능력을 가진 오십 명 이상의 초강자들이 필요하다. 일족이 절멸한 이제는 불가능한 일. 방법이 없다. 그럼에도 과연 대를 이어 일족의 고통을 후대에 계속해서 전해야 하는가. 아아…….'

그의 상념은 그의 나이에서 할 만한 것이 아니었다. 그러나 그에게는 하등 이상할 것이 없는 생각이었다.

대를 잇는다는 것에 대한 그의 번민은 여은향의 손을 잡고 신화곡을 떠난 후로 지금까지 계속해서 그를 괴롭힌 문제였다.

무엇보다도 그는 상식의 잣대로 재단하는 것이 가능하지 않은 아이였다.

봉인을 여는 것은 행복할지도 모를 훗날의 삶을 포기한다는 것과 동일한 의미를 갖고 있었다.

그것은 살아 있는 매 순간순간을 고통과 절망, 분노 속에 사는 것을 의미하는 것이기도 했다.

검엽은 그 사실을 끔찍하게 잘 알고 있었다. 그의 주변에 있던 일족 모두가 그러했으니까.

'봉인을 열면 시력을 되찾을 수 있다. 하지만 언제나 '그'를 의식하는 삶을 살아야 한다. 아버지와 다른 분들이 사셨던 그 끔찍한 삶을……. 포기하면 '그'를 의식하지 않는 삶을 살 수 있다. 평범한 삶을…….'

검엽은 이를 악물었다.

아버지와 같은 삶을 사는 것은 그에게 어렵지 않았다.

그는 고통을 두려워하기에는 너무도 위대한 가문의 후예였다.

앞을 보지 못하는 고통조차 스스로의 의지로 선택한 그였다.

불과 일곱 살의 나이였을 때.

그런 그였기에 어떤 고통도 장애가 되지 못했다.

하지만 문제는 전자를 선택한다면 그 고통이 후대에도 전해질 것이 분명하다는 데 있었다. 그 선택에는 그가 자신의 가문을 잇겠다는 의지가 포함되어 있기 때문이다.

후자를 선택한다면 문제는 간단해진다.

그는 평범하게 살고, 가문은 대가 끊기는 것이다. 그렇다고 혈연으로서의 대가 끊긴다는 의미는 아니었다. 가문에 전승되는 것들의 대가 끊긴다는 의미였다.

'아버지가 시도하셨던 '그 일'이 성공했다면 봉인은 스스로 풀렸을 것이다. 그랬다면 이런 고민을 할 이유도 없었을 텐데……'

검엽의 미간에 쓸쓸한 기색이 스쳐 지나갔다.

반년 전까지 그의 앞에 놓였던 세상은 더할 나위 없이 선명했다. 하고 싶은 일과 해야 할 일이 너무도 분명해서 번뇌가 끼어들 여지가 없었다.

그러나 신화곡이 붕괴된 이후로 사정은 완전히 달라졌다. 그의 앞에 놓인 세상은 불투명의 극을 이루고 있는 것이다.

'아버지……'

검엽의 눈가에 처연한 빛이 부초처럼 떠돌았다.

그가 범상한 소년이 아니라 하나 이제 열한 살의 나이였다. 수천 년간 이어져 온 가문의 존립을 홀로 고민하기에는 무리가 있었다. 게다가 그 고민의 근저에는 그가 세상에서 가장 존경하던 사람의 마지막 유언이 드리운 거대한 그늘 또한 있었다.

'아버지는… 대법이 실패한다면 가문의 모든 한을 당신의 대에서 마무리하고 싶다고 하셨다. 잊으라고… 봉인을 풀 생각을 하지 말고 봉황의 날개 밖에서 내 삶을 찾으라고 그렇게 말씀하셨다. 아버지…….'

그가 하는 고민의 핵심에는 고천강의 유언이 자리 잡고 있었다.

단 한 번도 그를 향해 웃어본 적도 없고 따뜻한 말을 해준 적도 없는 사람. 오직 대법의 성공을 위해 자신의 삶과 일족, 그리고 아들의 눈마저 바쳤던 사람.

그러나 그 잔혹하게 느껴질 정도였던 부친의 냉정함이 자신에 대한 사랑에서 비롯된 것임을 검엽이 깨달았을 때는 너무나 늦어 있었다. 이제 다시는 그 무표정하던 얼굴과 얼음처럼 차갑던 눈을 볼 수 없는 것이다.

검엽의 안색이 시체처럼 창백해지며 악물린 입술에서 가는 핏물이 흘렀다.

검엽은 흠칫했다. 그리고 몸 안의 기운이 불규칙하게 요동치는 것을 의식하고 생각을 중단했다. 감정의 흐름이 뒤틀릴 정도로 집중해서 생각한 탓이었다.

그는 코를 통해 드나드는 숨결에 의식을 모았다.

'어지럽던 하늘[混天]이 열리며 혼돈의 기운이 하나로 뭉치니[一元] 이것이 태초의 극(極)이라. 극이 둘로 나누어져 맑은 기운은 위로 가고 탁한 기운이 아래로 내려가니 이를 음양이라 한다. 혼돈에서 나온 일원이 구궁까지 아홉 개의 고리를 이루며 우주를 이루니 이를 구환(九環)이라 한다. 서로 이어진 아홉 개의 고리는 한시도 쉬지 않고 제 갈 길을 가며 돌고 또 도니 이를 전륜(轉輪)이라 한다.'

곧 요동치던 기운이 차분하게 가라앉았다.

그의 미간은 살짝 찌푸려져 있었다.

'신화곡이 무너지던 그날 이후 몸이 조금 이상해졌다. 냄새를 맡고 소리를 듣는 것도 그렇고, 마치 유리병 안을 들여다보는 것처럼 몸 안에서 일어나는 일을 알 수가 있어. 마음의 움직임에 반응하는 기가 눈에 보이는 것처럼 느껴져. 게다가 기운이 지나치게 민감하게 마음에 반응해. 그 폭발의 여력에 휩쓸린 부작용일까. 이것이 부작용이라면……. 하지만 실패한 대법인데 대체 왜 이런 부작용이 생긴 걸까. 실패했기 때문에?'

한숨이 그의 작은 입술을 비집고 흘러나왔다.

곡이 무너진 후 그의 몸에 생긴 몇 가지 현상 중 소리를 듣고 냄새를 맡는 것 외의 다른 한 가지는 기감이 경이로울 정도로 강해진 것이었다.

'고모님께서 가르쳐 주신 전륜구환결(轉輪九環訣)이 도움이 많이 되는구나.'

정가장을 떠나기 전 여은향이 그에게 전해준 것이 전륜구환결이었다.

전륜구환결은 심공(心功)이면서 기공(氣功)이었고, 정해진 투로의 초식을 포함하고 있지 않았지만 구결 중에 경신의 공부와 권각, 무기술의 요결이 포함되어 있는 방대한 진결(眞訣)이었다.

그녀는 이것을 간단하게 구환기(九環氣)라고 불렀는데, 깊이 익힌다면 그의 가문에 전해지는 것에 비해 크게 손색이 없는 공부라고 했다.

자신의 가문에 전해지는 것들이 어느 정도의 공능을 가졌는지를 잘 아는 검엽은 믿기 힘들었지만 믿어야만 했다. 여은향의 신분으로 어린아이에게 말을 만들어낼 까닭이 없는 것이다.

여은향이 검엽에게 전해줄 무공으로 구환기를 선택한 것은 구환기의 진결에 초식이 포함되어 있지 않았기 때문이다.

맹인인 검엽에게 초식을 가르칠 수는 없는 일이었다. 가르치려 한다면 불가능하진 않았다. 그러나 그녀의 능력으로도 그것은 일조일석에 이룰 수 없는 일이었다.

구환기에 초식이 없는 것은 단점이자 장점이었다. 지닌바 자질에 따라 성취가 갈릴 수밖에 없는 한계를 갖고 있지만 자질이 뛰어난 자라면 그 배움의 끝이 없을 공부가 구환기였다.

가르치는 여은향은 무(武)에 있어 일대종사의 경지에 오른 여인이었고, 배우는 검엽의 자질은 절대라 할 만한 것이어서 짧은 시간이었지만 검엽은 구환기의 오의라 할 수 있는 것들의 십 중 칠팔을 얻었다. 하지만 그가 배움에 열의를 갖고 임한 것은 아니었다.

 그의 가문에 전해지는 것들은 하나하나가 절대라 불릴 만한 절기들이다. 그러나 그는 그들 중 단 하나도 배워 익힌 적이 없었다. 가르치려 한 사람도 없었고, 그도 익히려 하지 않았다. 그렇게 된 데에는 물론 이유가 있었고.

 어쨌든 무공이라고는 단 한 가지도 알지 못하는 검엽으로서는 구환기가 여은향의 말처럼 대단한 것인지 평할 능력을 갖고 있지 않았다.

 무공의 진체를 알아야 그것을 평할 수 있고, 진체를 알기 위해서는 오의를 구현해야 한다. 그러나 그가 얻은 구환기의 오의를 구현하기 위해서는 막대한 내력이 뒷받침되어야 했는데 내공을 쌓은 적이 없는 검엽이 그 오의를 제대로 구현할 수 있을 리가 없었다. 굳이 구환기의 오의를 구현해야 할 필요도 느끼지 못하고 있었지만.

 그러나 구환기가 마음을 안정시키고 몸의 상태를 최적으로 유지시켜 주는 데 탁월한 공능이 있음은 지난 몇 달간의 배움으로 충분히 인정하고 있었다.

 검엽이 구환기를 적극적으로 익히려 하지 않는 것은 지금 그가 처한 상황이 간단치 않기 때문이었다.

그는 절대라고 불리는 가문의 절학을 익힐 방법을 알고 있었다. 그런 그가 다른 무공을 익힐 필요는 없는 것이다. 그럼에도 그가 구환기를 익힌다면 그것은 그가 가문의 무공을 포기했다는 것을 의미했다.

결국 구환기를 익히려 한다면 먼저 그가 결정을 내려야 하는 것이다.

가문의 대를 이을 것인지 아닌지에 대한 결정을.

그나마 구환기를 어느 정도 참오하는 것은 구환기를 운공하면 신경을 건드리는 소리와 냄새가 약화되는 듯했기 때문이다.

구환기를 운공하며 가라앉았던 기운이 다시 움직이려 했다. 끊어졌던 상념이 이어지려 했기 때문이다.

검엽이 와호당에 머문 지 보름이 지났다.

짧은 시간이었다. 하지만 그동안 검엽은 자신이 머물고 있는 척천산장이 중원무림에서 차지하고 있는 위치와 와호당에 대해 대략적인 윤곽을 잡을 수 있었다.

그의 의사와는 전혀 무관하게 얻어진 정보들의 출처는 이천룡과 첫날 보았던 네 노인이었다.

네 명의 노인은 강호상에서 대단한 명성을 가진 사람들이었다. 팔절의 일인인 이천룡을 그저 이가, 혹은 이 늙은이라 부를 정도였으니 그들의 신분이 이천룡에 버금가는 것임은 당연한 일이었다.

도관을 쓰고 있던 통통한 염소수염의 노인은 복장과는 달리 도인이 아니었다. 그의 별호는 천수자(千手子), 이름은 장현(張賢)이었다. 그는 이천룡을 이가라고 부를 자격이 있었다. 이천룡과 함께 팔절의 일원인 암절(暗絶)이 바로 그였기 때문이다.

 말상의 비녀노인의 신분도 장현에 못지않았다. 비록 팔절에는 들지 못하나 팔절 중의 그 누구도 한창때의 그를 무시하지 못했다는 권법(拳法)의 고수 개산권(開山拳) 노굉(盧宏)이었다.

 푸른 학창의의 노인, 진수재(陣秀才) 남일공(南日供)과 음침한 안색의 흑포노인, 풍도유자(風道遊子) 구양문(九陽紊)은 다른 사람에 비해 크게 이름을 떨친 인물은 아니었다. 물론 앞의 두 사람에 비해 그렇다는 것이지 그들의 명성은 작지 않았다.

 남일공은 기관건축과 진법으로 일가를 이룬 인물이었고, 구양문은 술법으로 이름이 높았다. 단지 그들이 이룬 성취가 무림과는 일정한 거리가 있는 것이어서 무림에서의 명성이 팔절에 미치지 못할 뿐이었다.

 이천룡을 비롯한 네 명의 노인은 모두 칠십대에서 팔십대의 나이였고, 강호상에서 모습을 감춘 지 십여 년 이상 되어 죽었다고 소문난 사람도 있었다. 모두 어느 문파에도 적을 두지 않고 독행강호하던 이들이다.

 그들이 척천산장의 와호당에 모여 있다는 것이 소문나면 그

파란이 만만치 않을 터였다. 공식적인 그들의 신분은 척천산장의 호법이었다. 와호당은 척천산장의 호법전이었던 것이다.

십여 년 전 척천산장의 후원 이만여 평의 대지에 와호당을 조성한 이는 소진악이었다.

그가 인재를 아끼고 기인이사들과 교류하기를 즐기는 사실은 유명한 일. 그런 그가 만든 와호당에 대해 강호에 소문나지 않았을 리는 없다.

그러나 와호당에 호법으로 머무는 사람들의 면면에 대해 상세히 아는 사람은 척천산장의 수뇌부 이십여 명에 불과할 정도로 알려진 바가 적었다. 비밀은 아니었지만 산장의 진정한 힘이랄 수 있는 사람들을 소문내서 좋을 건 없었기 때문이다.

그래서 와호당의 당주 직을 맡고 있는 이천룽이 산장에 머무는 것을 아는 사람조차 거의 없는 게 현실이었다.

다섯 노인의 말에 의하면 척천산장은 당대 무림에서 가장 강력한 무력과 재력을 보유한 세 개의 집단 중 하나가 아니라 그 세 개의 집단 중 하나에 속하는 하부 문파였다. 하부 문파로는 일이 위를 다툴 만큼 강력한 문파이긴 했지만.

세인들은 이들 세 개의 집단을 일컬어 구주삼패세(九州三覇勢)라고 부른다고 했다.

구주삼패세(九州三覇勢).

당대의 중원무림을 삼분하고 있는 무력 집단. 근 삼백 년래 그들과 같은 강력한 무력을 보유한 집단은 존재한 적이 없다는 평가를 받는 자들이다.

강자존(强者存)이라는 무림의 생리를 극명하게 증명하며 등장한 자들.

삼패세 중 대중원정도무림총연맹(大中原正道武林總聯盟) 줄여서 정무총련(正武總聯)이라고 부르는 세력은 육파일방과 칠대세가가 중심이 된 정파의 연합이었고, 정무총련과 대립각을 세우고 있는 사마외도의 연합 세력은 군림칠마성(君臨七魔星)이 중심이 되어 만든 세력으로, 그 이름은 천추군림성(千秋君臨城)이라고 했다.

마지막으로 정무총련과 천추군림성에 들기를 거부한 문파의 무인들이 모여 만든 세력이 대륙무맹(大陸武盟)이었는데, 척천산장은 이 대륙무맹을 떠받치고 있는 다섯 개의 기둥 중 하나였다.

다섯 노인이 검엽에게 살갑게 굴면서 온갖 얘기를 다 해주고 있는 것에는 흑심이 있기 때문이었다.

검엽이 앞을 보지 못한다는 것을 알게 된 노인들의 실망은 이틀이 지나기도 전에 활활 타오르는 집요한 탐욕으로 바뀌었다.

검엽은 앞을 보지 못했지만 그 오성(悟性)만큼은 온갖 풍파를 다 겪은 그들 다섯 노인으로서도 본 적이 없는 경이로운 것이었다. 검엽은 한 번 들으면 아무리 어렵고 복잡한 것이라도 잊지 않았고, 그것을 이해했을 뿐만 아니라 응용까지 했다.

가히 문일지백(聞一知百)의 천재가 검엽이었다. 그런 천재성 앞에 맹인이라는 그의 신체적 결점은 별 의미가 없었다.

마땅한 후인을 찾지 못하고 초조하게 세월을 보내던 노인들이 검엽에 대한 탐심을 일으킨 것은 그들이 욕심쟁이들이기 때문은 아니었던 것이다.

그들 중에서도 남일공과 구양문은 검엽을 광적으로 원했다.

"왔느냐?"

담장이 없는 자신의 거처 앞마당에서 몇 개의 돌과 깃발을 여기저기 놓거나 꽂으며 움직이던 남일공이 허리를 폈다. 검엽이 마당의 입구에 서서 그에게 공손히 인사를 하고 있었다.

"예, 노야."

"이리 와보아라."

검엽은 예의 망설임없는 걸음으로 남일공의 옆에 다가섰다. 남일공이 손보던 돌과 깃발의 영역의 경계선을 돌아서.

그의 걸음은 특이했다.

그가 맹인이라는 것을 모르는 사람에게는 대단히 자연스러운 걸음걸이였다. 그러나 그가 맹인이라는 것을 아는 사람이라면 의아해하고 놀랍기 그지없는 걸음이었다.

그는 마치 앞이 보이기라도 하는 사람처럼 일말의 망설임이나 주저함도 없이 걸어가고 있었던 것이다. 걸음만이 아니라 태도 또한 마찬가지였다.

그와 함께했던 모든 사람, 여은향을 비롯해 이천륭과 네 노인까지 그의 맹인답지 않은 행동을 기이하게 여겼다. 그러나 해답을 구하지는 못했다. 당사자인 검엽도 모르는 답을 그들이 어떻게 구할 수 있겠는가.

남일공도 검엽의 맹인답지 않은(?) 운신에 이제는 어느 정도 익숙해졌다. 볼 때마다 신기한 건 마찬가지였지만.

그는 검엽을 일별하고는 자신이 마당에 뿌려놓은 돌과 깃발들을 훑어보며 물었다.

"마당에 펼쳐진 진법이 무엇을 기반으로 한 것인지 알겠느냐?"

"오행 중 토(土)입니다."

검엽은 생각할 것도 없다는 듯 바로 대답했다. 남일공의 눈매가 파르르 떨렸다.

"그리고?"

"팔괘의 방향 중 일곱 곳이 사문이고, 마당을 통과하는 수맥의 길을 따라 생문이 배치되어 있습니다. 토(土)의 기운을 끝까지 끌어올린 후 수(水)를 생(生)하게 만든 것으로 보입니다. 토극수(土克水)만을 보는 자라면 저곳도 사문으로 보일 것입니다."

검엽의 대답은 거침이 없었다.

남일공은 소리 나지 않게 한숨을 쉬며 멍한 눈으로 검엽을 보았다. 그는 검엽이 이곳에 오기 전 주역을 배웠다는 것을 알 수 있었다. 검엽이 역의 용어를 빌어 대답하는 것은 그 배움

덕분이었다. 그러나 남일공은 검엽이 역의 용어를 사용했다는 것에 대해 하등의 관심을 갖고 있지 않았다.

그가 관심을 가진 것은 검엽이 그가 펼친 반오행팔괘진의 모든 것을 입구의 마당에 도착하자마자 파악했다는 사실이었다.

남일공은 떨리는 가슴을 진정시키기 위해 이를 악물었다.

검엽은 그가 평생을 노력하며 얻고자 했던 것을 이미 갖고 있었다. 배워 얻은 것이 아니라는 건 분명했다. 검엽이 아무리 천재라 해도 그 나이에 얻을 수 있는 것이 아니었으니까.

남일공이 검엽의 진법 재능을 눈치챈 것은 검엽이 와호당에 온 지 이틀 뒤였다.

그날 그는 자신에게 패한 것이 분명한 바둑판을 뒤집어엎은 이천릉을 골탕 먹이기 위해 이천릉의 거처 앞에 돌멩이들을 이용해 사상진을 펼쳐 놓았었다.

생명에 지장은 없되 식은땀을 두 말은 쏟아야 벗어날 수 있는 진이었다.

그런데 그 진에 먼저 들어선 사람은 이천릉이 아니라 검엽이었다. 그리고 검엽은 사상진에 들어서자마자 생문을 찾아낸 후 진을 벗어났다. 마치 사상진이라는 진이 펼쳐져 있지 않기라도 한 것처럼.

사상진은 검엽의 발걸음을 한순간도 멈추게 하지 못했다.

진법은 맹인도 벗어나지 못한다.

자연의 기를 통제하는 진법은 단순히 감각에만 영향을 미치는 것이 아니라 의식과 무의식에도 영향을 미치기 때문이다. 맹인이 진의 영향을 받지 않는다면 눈만 감으면 누구나 진을 벗어날 수 있을 것이 아닌가.

그 믿을 수 없는 장면을 목격한 남일공은 자신이 헛것을 본 것이 아니라는 걸 확인하기 위해 오늘 검엽을 불렀다. 그리고 그는 자신이 제대로 보았다는 것을 확인한 것이다.

'허, 전설인 줄 알았더니……'

남일공은 검엽의 능력이 선천적인 것이라고 결론을 내렸다. 그렇지 않으면 검엽이 보여준 능력을 이해할 방법이 없었다.

무림 중에 진법에 능한 사람은 극히 드물었다. 그리고 그 드문 진법가들 중에 다른 사람이 설치한 진을 보고 진의 기반을 한눈에 알아차릴 정도의 대가는 더 드물었다. 남일공이 아는 한 그 정도의 진법 대가는 전 무림을 통틀어도 다섯 명이 채 되지 않았다.

고수라 불리는 사람들은 더 높은 경지에 오르기 위해 진법의 기반이 되는 음양, 오행, 팔괘, 구궁의 이치를 탐구한다. 삼라만상의 이치를 이해하지 않고는 절정지경에 들 수 없으니까.

그러나 진법은 이치만을 안다고 구현할 수 있는 것이 아니다. 진법을 구현하기 위해서는 역(易)의 이치에 따라 자연에 흩어져 있는 기운을 끌어와 재배치해야 한다. 기운을 일정한 영역 내에 가두고 풀고 또 흐르게 해야 하는 것이다. 그 과정을 거치며 가공된 기운이 머무는 영역 내에서는 어떤 능력자라도 영향을 피할 수 없다.

그 가공된 기운이 흐르는 길, 진(陣)의 진체(眞體)를 혼(魂)으로 느끼는 능력.

전설은 그 능력을 이렇게 부른다.

관천신안(貫天神眼).

진법을 배우는 자들이 꿈꾸는 최후의 경지.

진(陣)의 근원을 직관으로 알며 진의 생성과 소멸을 의지로 좌우할 수 있다고 전해지는 경지.

남일공은 검엽의 재능이 전설로 전해지는 관천신안이 아닐까 생각하고 있었다. 그의 생각을 뒷받침해 주는 결정적인 증거는 검엽이 맹인이라는 것이었다.

앞을 보지 못하는 자가 진세의 근원을 눈으로 본 것보다 더 정확하게 파악한다.

이런 능력을 가진 사람이 이제 열한 살의 아이라는 현실을 받아들이기가 어떻게 쉬운 일이겠는가.

그가 검엽의 재능을 선천적인 것이라고 판단한 것도 무리는 아니었다.

그러나 진실은 남일공이 생각한 것과는 달랐다.

그것도 아주 많이.

검엽은 남일공이 흥분했다는 것을 어렵지 않게 알 수 있었다. 긴 머리카락으로 인해 절반 이상이 가려진 그의 입가에 씁쓸한 미소가 떠올랐다.

'남 노야를 놀라게 한 모양이구나. 기감이 예민해지면서 생

긴 능력인데 설명을 해드릴 수가 없으니······.'

남일공이 관천신안이라고 생각한 검엽의 능력은 선천적인 것이 아니었다.

그 능력은 신화곡이 무너지던 그날 이후 생긴 능력 중 하나였다. 검엽이 부작용이라 생각하는 것들 가운데 하나.

시간이 갈수록 예민해진 그의 기감은 방원 십 장 내에 존재하는 모든 사물의 기를 느낄 정도가 되었다. 살아 있는 것과 죽은 것, 살아 있지도 죽어 있지도 않은 것의 기는 처음에 안개처럼 흐릿했다.

그러나 그 안개는 점차 한 가닥의 선으로 변했고, 그 선들이 이어지면서 형태를 갖추어갔다.

정가장을 떠날 무렵 선으로 이루어진 형태들은 완전해졌다. 그리고 검엽은 기감으로 전달되는 선의 완전해진 형태가 눈으로 보는 것과 다를 바 없으며 오히려 더 근원적이라는 것을 깨달았다.

선의 완전해진 형태가 그에게 보여주는 세상은 흑백이었다.

윤곽의 선은 백색이고 그 외의 모든 것은 흑색인 세상.

아무도 알지 못했고, 들어도 믿지 않을 일.

검엽은 세상을 볼 수 있었다.

비록 흑백의 세상이긴 했지만.

여은향을 만났을 때도 그는 흑백으로 이루어진 세상의 윤곽을 안개처럼 흐릿하긴 해도 볼 수 있었다. 그리고 지금은 흐릿하던 세상의 윤곽이 더욱 선명하고 뚜렷해졌다.

그는 자신의 감각이 예민해진 것과 흑백의 세상을 볼 수 있는 능력을 신화곡의 붕괴에 따른 부작용이라고 생각했다. 그 외에는 마땅한 답이 없었으니까.

남일공이 펼친 진법이 어떻게 구성되었는지 진의 생문이 어디인지를 아는 건 그에게 숨을 쉬는 것만큼이나 쉬운 일이었다.

진은 기(氣)로 이루어진 것이고, 기로 이루어진 것은 그가 심안(心眼)이라고 부르는 것을 벗어나지 못했다.

진세의 기운이 오행 중 어떤 기운인지, 그리고 기운이 강한 지점과 그 강한 지점들 사이에 비어 있는 길이 어디인지 선(線)은 그의 심안에 명확하게 투영시켜 주었던 것이다.

검엽은 멍한 눈으로 정반오행진을 들여다보고 있는 남일공에게 조용히 인사를 한 후 마당을 떠났다. 아직 들러야 할 곳이 한 군데 더 남아 있었다.

구양문은 자신이 부리는 이매와 망량들이 두려움과 환희에 차 미친 듯이 날뛰기 시작하는 것을 느꼈다. 통제를 벗어나지 않을까 두려움을 느끼게 만들 정도의 광기가 이매망량들에게서 흘러나왔다.

귀신들의 광기.

소름 끼치는 귀기(鬼氣)가 칠흑처럼 어두운 지하실을 가득 메웠다.

그 녀석을 처음 보던 날과 같은 반응이었다. 그는 무섭게 이

글거리는 눈으로 계단을 보았다. 계단을 내려온 그 녀석이 그를 향해 인사하고 있었다. 어둠 속에서 육십 년을 산 그다. 어둠은 그에게 아무런 방해가 되지 못했다.

"구양 노야를 뵙습니다."

"큭."

검엽을 보는 구양문의 이글거리는 눈은 무저의 공동처럼 깊었다.

풍도문(風道門)의 비전을 얻은 후 그는 검엽을 만나 겪은 것과 같은 일을 겪은 적이 없었다.

막아주는 주인이 없다면 연옥으로 끌려가거나 혼마저 소멸될 수밖에 없는 이매망량들이 주인의 통제를 벗어나려 하다니 있을 수 없는 일이었다.

"네 녀석은 누구냐?"

"예?"

뜻을 이해하기 어려운 질문에 대한 대답이 있을 리 없다. 검엽은 어리둥절한 낯빛으로 반문했다.

구양문은 혀를 내밀어 입술을 핥았다.

이매망량들의 광기가 점점 더 심해지고 있었다. 그와 함께 그의 가슴속에서 휘몰아치는 찬바람도 거세졌다. 검엽과 마주하고 있는 시간이 길어질수록 그는 풍도귀왕공(風道鬼王功)의 기세가 저절로 강해지는 기괴한 경험을 하고 있었다.

풍도귀왕공은 이매망량의 귀기를 기반으로 한 것이기에 풍도귀왕공의 기세가 강해진다는 것은 이매망량의 귀기가 강해진다는 것과 같은 의미였다.

구양문의 무저갱과도 같은 눈빛이 혼란에 뒤덮였다.

'불가능한… 어찌 이런 일이… 대체 저놈이 누구이기에……?'

풍도귀왕공은 일반의 무공과는 완전히 궤를 달리한다. 일반의 무공이 수련을 통해 그 깊이를 더해가는 것이라면 풍도귀왕공은 부리는 이매망량의 숫자에 비례해서 그 깊이를 더해간다.

그러나 부리는 자의 능력이 아무리 뛰어나도 부리는 이매망량의 수는 무제한일 수 없고, 그 수가 제한되면 풍도귀왕공도 진전을 멈춘다. 이매망량의 귀기를 기반으로 한 공부이기에 그것은 필연적인 한계였다.

대신 이매망량의 숫자가 많아지고, 그 이매망량이 본래 가진 기운이 강하다면 끝없이 강해질 수 있는 것이 또한 풍도귀왕공이다. 그전에 미치지 않아야 한다는 조건이 붙지만.

구양문의 풍도귀왕공은 한계에 봉착해 있었다. 그가 부릴 수 있는 한계까지 이매망량을 포용한 상태였기 때문이다. 그런 그의 귀왕공의 기세가 강해진다는 것은 그가 아는 한 불가능한 일이었다.

이매망량의 본질은 귀신. 귀신의 기운은 한 가지 경우 외에는 절대로 강해지지 않는다.

죽음[死]은 변화의 종착점.

종(終)에 이른 자의 성장이란 역천(逆天)이다.

순천하는 천지자연의 섭리 속에 역천을 허락하는 경우가 잦을 수는 없는 일.

그래서 귀기를 강하게 하는 경우는 한 가지로 제한된다.

귀신들이 귀역(鬼域)에 들었을 때가 그것이다.

그러나 귀역은 인세에 존재하지 않는다.

귀역이란 지옥을 다스리는 자, 염왕의 의지가 닿은 땅.

사람에 속하지 않은 영역인 것이다.

그것이 상식이다.

그러나 구양문은 그런 상식에 예외가 있다는 것을 알고 있었다.

풍도문이 추구하는 궁극의 경지가 바로 귀역의 인세 구현이었기 때문이다.

비록 비전을 이은 자의 육신을 통해 국지적으로 구현된다는 한계를 갖고 있지만 귀역이 구현된다면 그 영역 내에서 그것을 구현시킨 자의 능력은 염왕과 같아질 수 있다.

죽음을 관장한다는 지옥의 대제, 염왕과 같은 능력.

그것이 풍도문의 이상이었다.

그러나 그 이상을 실현시킨 자는 수백 년에 이르는 풍도문의 역사 속에서 단 한 명도 없었다.

그런데 그런 문파의 궁극적 경지를 이제 열한 살의, 귀신에 무지한 아이가 구현하는 것을 구양문은 보고 있었다.

다섯 자도 떨어지지 않은 눈앞에 귀역이 그 문을 열려 하고 있는 것이다.

"너는… 내 주변에 떠도는 '것'들이 보이느냐?"

그도 검엽이 맹인이라는 것을 안다. 때문에 자신의 질문에 문제가 있다는 것을 모를 리 없다. 하지만 알면서도 묻지 않을 수 없게 하는 신비스런 능력을 검엽은 갖고 있었다.

검엽은 대답을 잠시 망설였다. 하지만 거짓을 말하고 싶지도 않았고, 구양문이 보여주고 있는 반응으로 보아 거짓을 말한다고 해서 통할 일도 아니었다.

구양문의 주변에는 일곱의 기이한 존재가 그를 호위하듯 둘러싸고 있었다.

세 개의 머리에 뿔이 달린 거대한 뱀도 있었고, 삼 장 길이의 언월도를 든, 일 장 오 척이나 되는 장수도 보였다. 머리를 풀어헤친 소복 차림의 여인과 곰방대를 문 노인, 색동옷을 입은 어린아이와 날개가 달린 호랑이, 그리고 꼬리가 네 개인 여우도 있었다.

그들은 흰자위가 없는 붉은 눈으로 검엽을 보고 있는 중이었다. 검엽은 그들의 눈에서 공포와 환희를 느꼈다.

그는 대답했다.

"예, 구양 노야."

구양문의 머릿속은 헝클어진 실타래처럼 되었다.

보통 사람은 귀신을 보지 못한다. 무림의 고수라도 그건 마찬가지다. 귀신을 보기 위해서는 영력(靈力)을 타고나거나 불문이나 도문의 수련, 그것도 대단히 특별한 수련을 해야 한다.

그런데 검엽에게서는 아무런 영력도 느껴지지 않았다. 불문이나 도문의 수련을 받은 흔적도 없었고. 수련을 받았다고 해도 갑자의 세월 동안 닦은 도력이 아니라면 귀신을 보는 건 꿈도 꾸지 못할 일이다. 검엽의 나이에 가능한 일이 아닌 것이다.

第四章

팔월도 다 지나갈 무렵이 되었다. 그러나 척천산장의 후원에 있는 와호당 이천륭의 거처에서는 한여름의 뙤약볕도 뜨겁다고 자신하지 못할 열기가 쉴 새 없이 흘러나오고 있었다.
 "엽아는 앞을 보지 못해. 그런 아어에게 자네들의 무공을 전수한다고 어찌 대성할 수 있겠나. 투로는 어떻게 볼 것이며 배움이 올바른지 그른지는 또 어떻게 알 수 있을 것인가. 게다가 적의 접근은 또 어떻게 알고 막아낼 수 있겠는가. 저 아이가 세상을 살아가는 데 필요한 것은 내가 알고 있는 것들이지 자네들의 그 손발을 힘겹게 놀리는 무공이 아니야!"
 구양문의 음침하던 눈매는 들끓는 열기로 인해 뜨겁게 변해 있었다. 그 열기가 얼마나 뜨거웠는지 음침해 보이던 그의 얼굴이 열혈의 청년처럼 보일 지경이었다.

그의 좌우와 정면에는 네 명의 노인이 빙 둘러앉아 있었는데 이천룡을 비롯한 노인들이었다.

구양문의 말에 장현이 둥그스름한 코에서 콧물이 튀도록 크게 코웃음 쳤다.

"흥! 구양 노귀야, 그 무슨 네가 부리는 이매망량들이 자다가 재채기할 헛소리냐. 무공이 일정한 경지를 넘어서면 시력은 오히려 본질을 보는 것을 방해하는 귀찮은 물건일 뿐이야. 오감을 넘어선 곳에 기감(氣感)이 있고 그것을 넘어서 초감(超感)의 영역이 있다는 것을 몰라서 하는 말이냐! 기감의 단계만 도달해도 시력이 있고 없고는 아무런 문제가 되지 않는다, 이 시커먼 영감탱이야!"

말을 하는 장현도 그런 경지가 말처럼 쉽게 얻어지는 것이 아님을 어찌 모르랴. 유례없는 전성기를 누리고 있다는 당대 무림에도 그 정도의 성취를 얻은 이는 손가락으로 꼽을 정도에 불과할 것이다.

그러나 지금 장현은 억지라도 부려야만 했다. 구양문이 익히고 있는 공부는 시력이 없는 상태에서 배우기에 무공보다 훨씬 나은 종류였으니까.

그가 다시 한 번 코웃음 치며 말했다.

"흥, 하긴 일 년 열두 달 삼백 육십오 일을 그 음침한 지하 골방에서 부적과 귀신 나부랭이와 뒹굴며 사는 네가 그처럼 높은 경지를 알 수야 있겠느냐마는."

"이 짜리몽땅한 늙탱이가!"

서로를 노려보는 구양문과 장현의 눈에서 불똥이 튀었다. 누군가 두 사람 사이에 심지만 가져다 대면 바로 불이 붙을 것만 같은 분위기이고 기세였다.

이천룽, 남일공, 노굉은 구양문과 장현의 말싸움을 지켜보며 한숨을 내쉬었다.

벌써 엿새가 넘도록 계속되고 있는 말싸움이었다. 방금 전까지는 남일공과 노굉이 구양문과 장현처럼 싸웠었다. 그들이 지쳐 입을 다물자 구양문과 장현이 기다렸다는 듯이 나선 것이다.

남일공과 구양문이 검엽을 욕심내는 것에는 이유가 있었다. 그것도 엄청나게 중요한 이유가. 그러나 장현과 노굉이 맹인인 검엽을 욕심내는 것은 이해하기 어려운 일이었다.

장현의 암기술과 노굉의 권법은 맹인이 배우기에는 실로 난해한 무공들이었으니까. 그러니 남일공과 구양문은 장현과 노굉에게 더 화를 내고 있는 것이다.

그러나 장현과 노굉에게도 남일공이나 구양문 못지않게 검엽을 욕심낼 만한 이유가 있었다.

검엽이 도착하고 나서 이틀 뒤부터 이천룽은 검엽에게 도인술을 전수했다. 자신의 거처에서 밖으로 나올 생각도 하지 않는 검엽의 건강이 걱정되었기 때문이다.

검엽이 아프면 자신을 믿고 검엽을 맡긴 여은향을 볼 면목이 없으니까.

마침 이천룡의 거처에 놀러 왔던 장현과 노굉은 흥미진진한 얼굴로 도인술의 전수 과정을 지켜보았다. 그리고 일각도 지나기 전에 기절초풍한 얼굴들이 되어야 했다.

그들 중 검엽의 맹인답지 않은 운신을 눈치채지 못한 사람은 한 명도 없었다. 그러나 도인술은 몸을 움직여 배워야만 하는 종류의 공부였다. 앞을 보지 못하는 검엽에게 전수하는 과정은 시력이 정상인 사람에게 전수할 때와는 다를 수밖에 없는 일.

이천룡은 검엽에게 도인술의 구결을 알려준 후 직접 검엽의 몸에 손을 대고 자세를 잡아주었다.

도인술의 구결이라고 해야 삼백여 자에 불과했다. 그래서 이천룡 등은 처음에 그 구결을 한 번 듣고 외운 검엽의 머리가 똑똑하다는 정도의 인상을 받았을 뿐이다.

그러나 이천룡이 검엽의 몸을 움직이며 한 번 가르쳐 준 도인술의 일흔두 가지 자세를 검엽이 두 번째에 완벽하게 재현하는 것을 본 노인들은 경악했다.

눈으로 본 것도 아니고 이천룡이 손으로 이리저리 몸을 움직여 알려준 일흔두 가지의 복잡한 자세를 한 치의 오차도 없이 재현하는 재능은 그들이 일찍이 누구에게서도 본 적이 없는 것이었다.

그들은 검엽의 천재성을 알아차렸다. 그리고 그가 앞을 보지 못하는 게 배움에 전혀 장애가 되지 않는다는 것도.

노인들 사이에 검엽을 차지하려는 치열한 경쟁이 벌어진 건 자연스러운 수순이었다.

네 노인의 말다툼을 지켜보던 이천릉이 참다못해 한마디 했다.
"언제까지 어린아이들처럼 다툴 건가? 더구나 내 방에서! 요 칠팔 일 동안 시끄러워서 살 수가 있나 말일세! 누가 가르칠 것이든 빨리 결론을 내라고!"
짜증이 잔뜩 묻어나는 어투.
네 노인의 시선이 일제히 이천릉을 향했다. 경계심이 가득한 눈초리였다.
그들이 이구동성으로 말했다.
"자네는 입 닥치고 앉아 있어!"
그 기세의 흉험함은 절정이라 이천릉은 바로 짜증스런 기색을 얼굴에서 지워야 했다. 그렇지 않으면 주먹 네 개가 동시에 날아올 분위기였으니까.
검엽을 가르칠 권리(?)를 얻으려는 네 노인에게 이천릉은 경계 대상 제일호였다. 검엽이 찾아온 사람이 이천릉이었기 때문이다. 당연히 이천릉에게는 그들 네 명에게 없는 무언의 권리가 있었다. 검엽에 대한. 물론 당사자의 동의를 받지 않은 것이긴 했지만.
만약 이천릉이 누군가의 손을 들어준다면 다른 세 명은 헛물을 켤 수밖에 없는 것이다.

아직까지 이천룽이 그런 기색을 내비친 적은 없었다. 그러나 앞으로 그가 어떤 태도를 취할지는 아무도 모르는 일. 그가 누구의 손을 들어줄지 알 수 없는 이상 노인들은 누구도 그의 개입을 원하지 않았다. 그러니 경계할 수밖에.

이천룽은 한숨을 내쉬며 혀를 찼다.

그는 다른 노인들과는 달리 검엽의 자질을 알고도 그에게 별 욕심을 내지 않았다.

검엽을 데리고 온 여인과 그녀의 주인이 어떤 능력을 갖고 있는 사람인지 알고 있는 그로서는 당연한 일이었다.

그와 다른 노인들의 능력이 당세 무림 중의 누구도 무시하지 못할 것임은 분명했다. 그러나 그녀들이 일신에 지닌 공력과 비교한다는 것은 애초부터 불가능한 일임도 분명했다. 그런 그녀들이 검엽을 가르치지 않고 자신에게 보냈음은 필유곡절(必有曲折)이었다.

짜증을 삭이며 자신의 방을 시장 바닥으로 만들어 버리는 네 노인의 다툼을 지켜보던 이천룽의 인내심도 마침내 바닥을 드러냈다.

그는 가는 눈을 부릅뜨며 소리쳤다.

"시끄러!"

네 노인은 일제히 고개를 돌려 그를 잡아먹을 듯 노려보았다. 그러나 이천룽은 그들의 살벌한 기세에 굴하지 않으며 기세등등하게 말을 이었다.

"입만 뻥긋하면 제일 먼저 이 방에서 쫓아버리겠다. 그러니

닥치고 들어!"

 지금이야 척천산장의 후원에서 하늘만 보며 소일하는 노인이 된 이천룡이지만 한때는 섬전수라는 별호보다 노해광도(怒海狂濤)라는 별칭으로 더 유명했던 그다.

 노인들은 침묵했다.

 이천룡이 정말 화났다는 것을 알 수 있었기 때문이다. 그가 진심으로 화를 내면 다혈질의 정점에 있다는 척천산장주 소진악도 손을 쓰지 못한다.

 "그렇게 그 녀석을 원하면 그 녀석이 선택하게 해라. 그 녀석이 사부로 모시겠다고 하는 녀석이 사부가 되면 되잖아. 여기서 백날을 싸워도 결론이 나지 않을 게 뻔한 이런 짓을 더 이상 할 필요는 없다고 본다."

 장현 등은 떨떠름한 눈초리로 서로를 돌아보았다.

 이천룡이 제시한 해결책은 현명한 것이었다. 그러나 그들로서는 쉽게 받아들이기 어려운 것이기도 했다. 그들이라고 그런 방법을 몰라서 지금까지 신경전을 벌인 게 아니었다.

 이천룡의 제안대로 하면 검엽이 지목하지 않은 세 사람은 입 다물고 조용히 물러나야 했다. 그러나 검엽의 자질은 그렇게 쉽사리 포기할 정도로 찾기 쉬운 게 아니었다. 그래서 그들은 검엽이 선택하기 이전에 다른 사람의 양보를 얻어내려고 치졸한(?), 그러나 한편으로는 절실하기 짝이 없는 신경전을 벌였던 것이다.

 서로의 눈치를 보던 노인들은 한숨을 토하며 어깨를 늘어뜨렸다. 아무도 먼저 양보할 기색을 보이지 않았다. 결국 이천룽의 제안을 받아들이는 것이 최선이라는 데 그들은 의견 일치를 보아야 했다.

이천룽을 제외한 장현 등 네 노인은 마른 입술을 침으로 축이며 검엽을 주시했다.

그를 부른 것이 일각 전.

일각 동안 노인들은 검엽에게 자신들의 무공에 대해 간략하게 설명하는 일종의 품평회(?)를 갖은 후 자신들 중 한 명을 사부로 선택할 기회를 준다고 말했다.

그리고 지금 그의 대답을 기다리고 있었다.

긴장된 순간이었다.

문파의 비전을 전해줄 훌륭한 자질의 제자를 맞이할 순간인데다가 별다른 관심이 없는 이천룽을 제외하더라도 경쟁자가 셋이나 되는 것이다.

검엽은 가볍게 한숨을 내쉬며 자리에서 일어나 탁자에 빙 둘러앉아 자신을 바라보고 있는 노인들을 향해 장읍을 취했다.

"어르신들께서 저를 이처럼 예뻐해 주시니 무어라 감사드려야 할지 모르겠습니다."

윗사람에게 엄한 훈육을 지속적으로 받지 않았다면 검엽의 나이에 저런 정중함을 자연스럽게 드러낼 수 있는 아이는 정말 드물다.

'뉘 집 자식인지 정말 제대로 키웠네. 저 녀석을 제자로 들이면 말년은 대접받으면서 지낼 수 있겠다.'

고개를 끄덕이는 장현의 생각.

'꼬마 놈이 너무 늙은 티를 내는 거 아녀?'

평생을 제멋대로 살아와 예의범절과는 거리가 먼 노굉의 생각.

'분위기가 밝기보다는 야간 음침한 것이 본 문의 후예로 딱이다.'

스산한 미소를 짓는 구양문.

'저만큼 자세가 잡힐 정도로 가르친 집안이니 다른 것의 기초도 훌륭할 거야. 놓칠 수 없어.'

욕심과는 거리가 멀다고 알려진 남일공의 탐욕스럽게 느껴지는 눈빛.

그들 사이에 심드렁한 얼굴로 턱을 괴고 앉아 돌아가는 걸 지켜보고 있는 이천룽.

노인들의 기색이 어떤지 알 도리가 없는 검엽은 말을 이었다.

"하지만 저는 사정이 있어 사문을 가질 수 없습니다. 죄송합니다, 어르신들."

턱을 괴고 있던 이천룽의 팔이 탁자 위로 툭 소리를 내며 떨어지고 네 노인의 입이 쩍 벌어졌다.

폭탄선언이었다.

그들이 누구던가.

이천룡을 논외로 치더라도 장현은 당대 무림의 최정상을 달리는다는 팔절의 일인이었고, 다른 세 사람도 장현에게 뒤지지 않는 비전을 가진 노인들이었다. 가히 기연이라고 해도 어색하지 않을 기회를 검엽은 간단하게 걷어차 버린 것이다.

장현이 다급하게 침을 삼키며 말했다.

"엽아, 네가 아직 어려서 잘 모르는 모양인데, 살면서 이런 기회가 자주 찾아오는 게 아니란다. 다시 생각해 보거라."

"장가의 말이 맞다. 우리 중 어느 한 사람의 진전이라도 물려받으면 천하의 어느 누구도 너를 함부로 무시할 수 없을 것이다. 네가 가진 신체적 결함으로 인해 생길 수 있는 곤란도 전혀 장애가 되지 않을 거라고 내가 장담할 수 있다. 한 번 더 생각해 봐라."

장현을 거든 사람은 남일공이었다.

노인들의 쟁탈전에서 한 걸음 물러나 있던 이천룡도 끼어들었다.

"엽아, 이 늙은이들이 주책없기는 하다만 그들의 말이 틀린 건 없어. 이건 쉽게 찾아오는 기회가 아니란다. 그렇게 단번에 거절하지 말고 좀 더 숙고한 후 결정을 하는 게 좋겠구나."

하지만 검엽은 노인들의 만류에도 태도가 변하지 않았다.

"죄송합니다."

그는 노인들을 향해 정중하게 고개를 숙여 보인 후 방을 나갔다. 그 태도는 정중하면서도 단호해서 산전수전 다 겪은 와호당의 노인들조차 더 이상 말을 붙여볼 엄두를 낼 수가 없을 정도였다.

 남은 노인들은 넋을 잃은 표정으로 의자에 앉아 있었다.

 그들로서는 생각조차 해본 적이 없는 방향으로 결론이 난 것이다. 자신들의 비전을 가르쳐 주겠다는 걸 면전에서 일언지하에 거절하는 아이가 있을 줄이야.

 이천룽조차 정신이 없다는 얼굴이었다.

 이천룽을 꼬아보는 노굉의 시선이 곱지 않았다.

 "이가야, 엽아에 대해 말해봐라. 저 아이에게 있다는 사정이 대체 어떤 것이기에 이런 기회를 발로 걷어차는 것인지 나는 도통 이해할 수가 없다. 엽아가 보통의 평범한 아이라서 지금 자신에게 주어진 기회가 어떤 것인지 가늠을 못하는 것이라면 차라리 이해가 되겠지만……."

 이천룽은 어깨를 으쓱했다. 그라고 검엽에 대해 알고 있는 것이 있을 리 없는 것이다.

 "나도 몰라."

 "저 아이를 데려온 그 여자가 아무 말도 하지 않았단 말이냐?"

 남일공이 고개를 갸웃하며 물었다.

 이천룽은 고개를 끄덕였다.

 "그녀도 별말이 없었다. 그저 가능하면 저 아이가 원하는 대로 살도록 옆에서 도와달라는 말뿐이었다."

 "원하는 대로?"

 남일공은 미간을 찌푸렸다. 검엽을 데려온 여인이 검엽에게

악의를 갖고 있지 않다는 건 이천룡이 검엽을 대하는 태도에서 충분히 유추할 수 있는 사실이었다.

그런 여인이 이천룡에게 검엽을 원하는 대로 살도록 도와달라는 말을 남겼다는 것은 한 가지를 의미했다. 그녀도 검엽의 삶에 관여할 권한을 갖고 있지 않다는 것을.

다섯 노인 중 머리 좋기로는 그가 제일이다. 평생 그 어렵다는 진법과 기문진식을 벗하며 산 그였기에. 그것은 다른 노인들도 인정하는 바였다.

그가 생각에 잠겨 있는 동안 노인들 중 성격이 가장 괴팍하고 급한 구양문이 불쑥 말했다.

"그 여자가 뭐라 했든 또 엽아의 사정이 무엇이든 난 엽아를 포기할 수 없다. 말로 해서 안 되면 강제로라도 엽아를 제자로 삼아버리겠다!"

결기가 느껴지는 어조였다.

다른 노인들의 눈빛도 구양문의 눈빛과 비슷해졌다.

하지만 그들의 결기는 이천룡이 입을 여는 순간 무참하게 부서져야 했다.

그는 입술을 비틀며 웃었다.

명백한 조소였다.

"강제로라도? 미쳤구먼. 만약 그 사실을 그녀가 알게 된다면 명년 그날이 자네들의 제삿날이 될 거야."

"뭐라고!"

분노한 노인들은 이구동성으로 소리쳤다. 방 안의 기물들이

지진에 휘말린 것처럼 뒤흔들렸다.

평생을 살아오는 동안 그들 중 누구도 타인에게 이런 무시를 당한 적이 없었다. 말을 한 사람이 이천룽이 아니었다면 그들은 당장 출수했을 것이다.

이천룽의 심드렁한 대답이 방 안을 울렸다.

"말 그대로야. 그녀가 노한다면 자네들은 죽어. 내가 일 초를 제대로 받아내지 못할 무공을 가진 그녀야. 자네들 중 나를 꺾을 사람 있나? 그러니 강제로니 뭐니 하는 망상은 하지도 말게."

지난날 여은향은 그를 삼 초 만에 패배시켰다. 그러나 당시 그녀의 나이는 열여섯, 그는 절정기인 사십대였다. 삼십 년의 세월이 흐른 지금 그녀가 얼마나 강해졌을지는 불문가지였다.

그녀와 겨루게 된다면 그는 그녀의 일 초가 아니라 반 초를 받아낼 자신도 갖고 있지 못했다.

그가 자존심이 없어서가 아니었다.

현실이 그러했다.

검엽을 데리고 온 여인은 그녀의 수하에 불과한 듯했는데도 그보다 강했다. 팔절의 일인인 그도 그녀가 얼마나 강한지 뚜렷하게 알아볼 수 없을 정도로. 수하조차 그러한데 당사자야 말해 무엇 하랴.

명백한 현실을 부정하는 것은 자신을 더욱 초라하게 만들 뿐이다.

침묵이 강물처럼 흘렀다.

노인들의 쩍 벌어진 입에서 침이 떨어질 것만 같았다.

이천룽이 아무렇지 않게 한 말이 준 충격은 그렇게 컸다. 자존심 강하기로 천하에서 둘째가라면 서러워할 섬전수 이천룽이 스스로를 저렇게 낮추는 것을 그들은 본 적이 없었다. 그리고 그런 이천룽의 태도는 노인들에게 검엽을 이곳으로 보낸 여인의 능력이 어떠한지를 단적으로 알게 해주었다.

당세를 삼분해 지배하고 있는 구주삼패세의 주인들, 천공삼좌(天公三座)의 누구도 이천룽을 단 일 초에 패배시키지는 못할 터였으므로.

장현이 슬쩍 이천룽의 눈치를 보며 말했다.

"그녀가 대체 누구이기에 자네가 그렇게까지 말하는 건가?"

이천룽의 진물 가득한 눈이 장현을 향했다.

"장가야, 알려고 하지 마. 다쳐!"

심드렁한 어조지만 이천룽의 눈 깊숙한 곳에 흐르는 것은 경외심이었다.

그것을 느낀 노인들은 진짜 침묵했다. 섬전수 이천룽이 경외심을 느끼는 여인이라니… 그들로서는 상상도 할 수 없었던 진실에 직면한 것이다.

말을 할 수 있는 분위기가 아니었다.

방문을 닫고 나선 검엽은 씁쓸한 미소를 지었다.

등 뒤로 어수선해진 방 안의 분위기가 그대로 전해지고 있었다. 자신의 말에 황당해할 노인들의 입장을 그는 충분히 예상하고 또 이해할 수 있었다.
 그러나 노인들이 어떻게 받아들이든 그는 사부를 모실 수 없었다. 이제는 멸문했지만 그는 일문의 주인이었다.
 무맥의 다른 종가들조차 경원하던 위대한 가문의 주인.
 학문이라면 스승을 모실 수도 있었다. 그러나 무공은 사정이 완전히 달랐다.
 '본가의 종주에게 무공의 스승은 있을 수 없다. 배워야 할 모든 것은 가문 내에 있으니까. 아니, 있었으니까.'
 검엽은 걸음을 옮기며 아버지가 해준 말을 떠올렸다.
 가문의 절학은 대를 이어 전해진다.
 아버지에게서 아들에게로.
 수천 년 동안 그것은 변하지 않는 절대적인 율법이었다. 가문 내에 사제(師弟)의 관계는 존재할 수가 없는 것이다. 가문 밖에서도 마찬가지였다. 선대에도 외부에서 스승을 구한 사례는 없었다.
 가문 밖에서 스승을 구할 필요가 없는 가문, 그것이 검엽의 가문이었다.

 이천룽의 거처는 독립된 두 개의 작은 집으로 이루어져 있었는데 이천룽이 왼쪽 집을, 검엽이 오른쪽 집을 썼다.
 그 사이엔 오 장 정도의 공간이 있었다. 그리고 그 공간에는 잘 관리되고 있는 잔디밭이 있었다. 검엽이 그곳을 가로질러 자신의 방 앞에 도착했을 즈음이었다.

검엽은 자신의 방문 앞에서 자신을 주시하고 있는 시선을 느낄 수 있었다.

걸음을 멈춘 그에게 시선의 주인이 불쑥 물었다.

"네가 이(李) 노야가 데리고 있기로 했다는 검엽이야?"

맑고 가느다란 고음. 그 또래의 여자 아이였다.

"누구?"

"먼저 물은 건 나잖아. 그럼 대답부터 해야지."

당연히 그래야 한다는 기색이 완연한 말투였다.

초면에 자신을 먼저 소개하지 않은 채 질문부터 하는 건 예의가 아니다. 하지만 검엽은 그다지 기분이 나쁘지 않았다.

막무가내이긴 해도 여자 아이의 목소리는 시원하고 맑아서 듣기에 좋았다. 아무도 믿지 않을 일이지만 검엽이 그 또래 여자 아이의 목소리를 처음으로 들은 건 여은향과 함께 다니면서였다.

"그래, 내가 검엽이야. 넌 누구지?"

검엽이 순순히 대답하자 여자 아이는 기분이 좋은지 한결 부드러워진 어투로 대답했다.

"소운려. 주인집 딸이지."

검엽은 피식 웃었다. 운려의 시원스런 말투는 여자 아이 같지가 않고 마치 남자 아이 같았다.

검엽의 미소를 본 운려는 눈을 휘둥그레 떴다.

와호당에 아름다운 맹인소년이 머물기 시작했다는 소문은 검엽이 도착한 날부터 났다. 시녀들의 입을 통해서였다.

산장 내를 놀이터로 여기는 운려도 당연히 그 소문을 들었다. 처음에는 한 귀로 듣고 흘렸지만 소문이 수그러들기는커녕 점점 커지자 호기심을 참지 못한 그녀가 검엽을 찾아온 것이다.

어려운 일도 아니었다.

본래 와호당은 외부인의 출입이 엄격하게 제한되는 지역이다. 하지만 그녀는 예외였다.

그녀의 말마따나 그녀는 주인집 딸이었으니까.

잔디밭을 가로질러 걸어오는 검엽을 처음 보았을 때 그녀는 시녀들이 낸 소문이 허황된 것이 아니라는 걸 알았다.

준걸과 기재가 들끓는다는 산장 내에서도 그녀는 검엽처럼 아름다운 소년을 본 적이 없었다. 게다가 눈앞이 환해진다는 느낌을 줄 정도의 미소라니.

"야, 너, 나하고 친구하자."

"쿨럭."

검엽은 난데없는 제안에 사레가 들렸다.

신화곡에는 그 또래의 남자 아이는 물론이고 여자 아이도 없었다. 가장 나이가 어린 사람도 서른이 넘었다. 모친과도 태어나는 것과 동시에 사별한 그가 언제 그 또래 여자 아이와 어울리는 법을 배울 수 있었을까.

그가 여자에 대해 아는 것은 책에서 배운 것이 전부였다. 그것도 딱딱한 고전을 통해서 배운 것뿐이었다. 남녀칠세부동석(男女七歲不同席)과 같은.

신화곡에 그 또래의 아이들이 없었던 것은 그들 가문이 안고 있는 비밀 때문이었다. 그것을 가문의 어른들은 업(業)이라고들 했다.

 검엽의 당황한 얼굴에 홍조가 떠오르는 것을 보며 운려는 짓궂은 어투로 말을 이었다.

 "왜 얼굴까지 빨개지고 그래? 할 거야, 말 거야?"

 질문이 끝나자마자 검엽이 대답할 틈도 주지 않은 채 그녀의 말이 계속되었다.

 "할 거지? 그래, 알았어. 그럼 이제 우리는 친구야. 난 열한 살인데 넌 몇 살이야?"

 "…열한 살."

 "어? 동갑이네?"

 운려의 음성이 날아갈 듯 가벼워졌다. 행여나 검엽이 자신보다 어리면 자신에게 손해일 거라는 걱정이 덜어진 것이다. 그녀는 검엽의 의사는 전혀 염두에 두지 않고 있었다.

 어안이 벙벙한 검엽이 미처 생각을 가다듬지도 못하고 있는데 운려는 벌써 그의 곁을 스쳐 지나 제 갈 길을 가고 있었다.

 그녀가 마지막으로 남긴 활기찬 한마디가 검엽의 등 뒤에서 들렸다.

 "또 놀러 올게, 친구!"

 검엽은 이를 드러내며 웃었다.

 한마디도 제대로 하지 못하고 일방적으로 맺어진 친구 사이였다. 더구나 대화(?)가 오간 시간은 반 각도 채 되지 않을 만큼 짧았다. 서로를 알기에는 터무니없이 짧은 시간이다. 그런데 운려의 음성이 워낙 밝고 거침이 없어서인지 그는 운려가 싫지 않았다.
"친구라……. 훗."
방으로 들어서는 검엽의 입가에는 아직도 지워지지 않은 미소가 떠올라 있었다.

이천릉이 검엽을 다시 부른 것은 이틀 뒤였다.
검엽이 자리에 앉자마자 그가 물었다.
"엽아, 려아가 너를 찾아왔다는데 사실이냐?"
이천릉이 려아라고 부를 만한 아이, 더구나 그를 찾아온 아이는 단 한 명뿐이었다. 난데없는 질문에 어리둥절하기에는 이천릉의 질문에 대한 답이 너무나 명확했다.
"노야께서 말씀하시는 아이가 소운려라는 여자아이라면 사실입니다."
"친구를 하기로 했다던데, 그도 사실이냐?"
검엽은 내심 쓰게 웃었다.
운려를 만난 일에 대해서 그는 누구에게도 말한 적이 없었다. 그녀를 만날 때 주변의 시선도 느낄 수 없었으니 이천릉이 들을 정도의 소문을 낼 사람은 운려밖에 없었다.
'여자는 입이 가볍다고 하더니 사실이었나?'
생각은 생각이고 대답은 해야 했다.
"예, 노야."

그 당시의 막무가내에 가깝던 운려의 일방적인 행동에 대해서 말할 필요는 없었다.

"흠……."

이천륭의 눈에 무거운 기색이 나타났다 사라졌다.

이천륭은 말없이 일어나 뒷짐을 지고 방 안을 서성거리기 시작했다. 그에게서 느껴지는 태도가 무겁기 그지없어 검엽은 자신이 운려와 친구를 하기로 한 것이 의외로 간단치 않은 일이라는 걸 깨달았다. 하지만 저간의 사정을 모르는 그로서는 할 말이 있을 리 없었다. 그는 묵묵히 이천륭이 입을 열기를 기다렸다.

일각여 동안 서성거리던 이천륭의 움직임이 멈췄다. 그는 서 있는 자세 그대로 건너편의 검엽을 보며 말했다.

"척천산장주 소진악은 능력과 인품 모두 흠잡을 것이 없을 만큼 훌륭한 사람이다. 그는 이백여 년의 역사를 갖고 있음에도 지방의 토호에 불과하던 자신의 가문을 수십 배의 규모로 키워냈지. 어린 시절의 기연을 토대로 절차탁마한 무공의 깊이는 추측하기 어려울 만큼 강하고, 천성적인 매력에 후천적인 노력까지 더한 덕분에 그의 주변에는 사람이 끊이지 않는다. 혹자들 중에는 그의 무공이 더 뛰어났다면 대륙무맹은 맹주가 두 명이 되었을 거라는 말을 하는 사람도 있을 정도지. 그가 무맹의 창건에 뛰어들었을 나이가 스물일곱이었다. 그에 대한 사람들의 평가는 모자라면 모자랐지 결코 후하지 않다."

검엽은 진지한 얼굴로 귀를 기울였다.

그는 이곳에 머물며 다섯 노인들에게서 척천산장과 그 주인 소진악에 대한 대략적인 얘기는 들었지만 지금처럼 상세한 얘기를 들은 적은 없었다.

"하지만 완벽한 사람은 없듯이 소 장주에게도 고민은 있단다. 자식이 딸 하나밖에 없다는 것이 그것이다."

"운려가 장주님의 딸입니까?"

검엽은 미미하게 눈살을 찌푸리며 물었다.

운려의 성은 소 씨였다. 이천룡이 하는 말과 운려의 성을 연결 지으면 결론은 자연스럽게 나왔다. 그러나 처음 만난 운려가 자신을 주인집 딸이라고 했을 때도 척천산장에 소 씨 성을 가진 사람이 장주 외에 없으리란 법도 없어서 그는 설마 했었다.

하지만 설마가 역시나였다.

"맞다. 운려는 소 장주의 장중보옥이지. 그 아이가 자신에 대해 말을 하지 않더냐?"

"예."

이천룡은 혀를 찼다.

"허, 그럴 수도 있겠지. 그 아이는 나이답지 않게 속이 깊고 장주처럼 털털한 성격이라 남에게 신분을 내세우지 않으니까."

말없이 자신의 말에 귀를 기울이고 있는 검엽을 흘깃 본 이천룡의 두 눈이 가늘어졌다.

그는 검엽이 자신의 말을 알아듣는지 그렇지 않은지 속을 읽어낼 수가 없었다.

그는 속으로 혀를 찼다.

어린아이의 생각을 읽지 못하는 자신이 한심하게 생각되기 때문이었다. 그로서는 경험한 적이 드문 경우였다.

'확실히 이 아이는 놀라운 점이 있다. 그러나 드물게 뛰어난 오성이라고 해도 아직 열한 살의 아이다. 운려의 주변에 얽힌 문제를 파악하는 건 아직 무리겠지.'

그는 말을 이었다.

"운려는 장주의 하나밖에 없는 딸이다. 장주뿐만 아니라 그 아이의 주변에 있는 사람들이 하나같이 예뻐하기만 해서 성격이 천방지축이지만 정이 많고 사려가 깊은 아이다. 그러나 신분 때문인지 그 아이는 또래의 친구를 갖고 있지 못해. 그 아이가 너와 친구하기로 한 건 네가 우리와 함께 있기 때문일 것이다. 우리와 함께 머무는 네게 거리감을 느끼지 않는 것이겠지. 성격이 쾌활한 운려는 항상 웃고 다니지만 실제로는 외로운 아이다. 나는 네가 운려에게 잘 대해주었으면 싶구나."

검엽은 싱긋 웃었다.

"어려운 일이 아닙니다, 노야. 운려가 제게 진심으로 대한다면 제가 그녀를 홀대할 이유가 있겠습니까."

"그렇게 말해주니 고맙구나."

이천륭이 고개를 끄덕이자 검엽은 자리에서 일어나 읍을 하고 방을 나갔다. 대화가 끝난 것이다.

방을 나서는 검엽의 등에 꽂힌 이천륭의 눈빛이 쏘는 듯 날카로워졌다.

'그녀의 부탁대로 엽아가 하고 싶은 것을 하며 성장하는 것을 지켜보려 했거늘… 려아가 엽아에게 친구를 하자고 한 이상 저 아이도 산장과 무맹(武盟)의 권력 구도에서 비켜가기 어렵게 되었다. 가르치지 않고 그냥 둔다면 저 아이는 후일 자신의 앞에 분명하게 모습을 드러낼 위험에 대처하지 못할 테니까. 혹여 내가 예상하는 성취를 뛰어넘는다면 운려에게 도움이 될 수도 있겠지. 설마 사제지연을 맺지 않고 가르치겠다고 하는 것까지 거절하지는 않겠지.'

이천룡은 입맛을 다셨다.

그와 다른 노인들이 비전을 전수해 주겠다고 하면 목숨을 걸고 배우려 할 이가 널린 천하였다. 그런데 엉뚱하게도 배우려고 하지 않는 아이를 가르쳐야 할 상황이 된 것이다. 그것도 가르쳐 주겠다고 구걸해야 할 판이다.

'장가를 비롯한 녀석들이야 내가 엽아를 가르치기 시작하면 침을 삼키며 달려들 테니 염려할 게 없는데… 정작 당사자인 엽아는 무공에 별로 관심이 없어 보이니… 고생 좀 해야겠지. 후우.'

그는 어깨를 늘어뜨리며 길게 한숨을 내쉬었다.

'다른 놈들은 제자들 시봉 받아가며 팔자 좋게 늘어져 있더구먼, 나는 어째 말년까지 제자 복이 이렇게 없을 수 있을까.'

그는 털썩 의자에 주저앉아 등을 묻었다. 혀를 차는 그의 눈빛이 강해졌다.

'엽아는 앞을 보지 못하는 신체적 결함을 극복할 만한 자질을 갖고 있다. 허허허, 운려가 저 아이의 자질을 느낀 것일까. 한 가지 마음에 걸리는 것은 엽아를 내게 보낸 그녀의 의도가 무엇인지 알 수 없다는 것인데…….'

이천룽은 허탈하게 웃으며 고개를 저었다.

'천룽아, 천룽아, 그녀는 천외천의 사람이다. 마음으로 승복한 지 이미 수십 년이 되었거늘 네가 그녀를 읽으려 하느냐.'

그는 쓴웃음을 지었다.

누가 상상이나 할 수 있으랴.

자존심 강하고 성질 괴팍하기로 당대제일이라는 섬전수 이천룽이 진심으로 경외하는 여인이 있다는 것을.

방문을 닫고 걸음을 옮기는 검엽은 자신을 휘돌아 지나가는 바람을 느꼈다.

가슴에 부딪쳐 온 바람은 몽실거리며 그의 겨드랑이 사이로 빠져나갔다. 손에 잡힐 듯한 감각.

그는 이천룽과 운려를 생각하고 있었다.

'척천산장의 후계 구도에 문제가 있나 보네.'

이천룽은 운려가 소진악의 외동딸이라고 하며 몇 마디만 했다. 그러나 그 간단한 몇 마디에서 검엽은 운려의 주변 상황이 심상치 않다는 것을 알 수 있었다.

'권력과 부의 정점에 있는 자에게 정통성 있는 후계자라고는 혼인하면 남의 집 며느리가 될 수밖에 없는 딸 한 명이라……. 그리고 그 딸의 친구. 위험하겠는걸.'

이천룡은 상상도 못했고, 여은향조차 완전히 알고 있지 못한 부분이 검엽에게는 있었다. 가문의 다른 이가 모두 죽은 지금 이제는 오직 그만이 알고 있는 부분이.

그리고 그것은 그의 천재성과 결합하여 그에게 나이와 상관없는 사고의 폭과 넓은 시야를 갖게 해주고 있었다.

검엽은 소리없이 이를 드러내며 웃었다.

피처럼 붉은 입술 사이로 드러나는 가지런한 하얀 이.

조각처럼 아름다운 모습이었음에도 주변은 기이한 마기(魔氣)에 전율했다.

검엽의 얼굴에서 미소가 사라지며 마기도 함께 사라졌다. 그러나 그 여운만으로도 주변의 공기가 변해 있었다.

유령처럼 후원을 부유하는 마기. 그로 인해 투명하던 햇빛조차 아지랑이처럼 흐릿해져 있었고, 주변은 환상처럼 무채색의 어둠으로 탈색되었다.

비록 찰나지간이었고, 설령 그를 지켜보는 자가 있었다 하더라도 느낄 수 없었을 테지만.

당사자인 검엽조차 자신의 전신에서 마기가 흘러나온 것을 알지 못했다. 그것은 현재의 그가 의식할 수도, 수발을 제어할 수도 없는 기운이었다.

그로부터 흘러나온 마기는 후천적으로 얻은 것이 아니라 선천적인 것이었기에.

그의 전신에서 흘러나온 마기(魔氣)는 마도의 인물들이 뿜어내는 것과는 차원이 달랐다.

마공을 익힌 자들이 뿜어내는 마기는 얻는 경로가 다양했고, 그 성취의 결과는 상대에게 공포심을 갖게 만든다.
　그러나 검엽의 마기는 마공을 수련함으로 해서 얻어지는 것과는 차원이 다른 것이었다. 뿐만 아니라 그의 마기는 공포를 넘어선 공포, 천지의 근원을 두드리는 것이었다.

　그의 가문 명에는 신화(神火)라는 글자가 포함되어 있다.
　신의 불[神火].
　가문, 그것도 평범하지 않은 가문의 이름에 들어간 글자다. 그 글자에는 거대한 의미가 포함되어 있었다.
　신의 불[神火]이 아니면 중화가 불가능한 사기(邪氣)와 마기(魔氣)를 다루는 가문이 그의 가문인 것이다.
　그의 가문의 근원이 되는 선천절대사마지력(先天絶對邪魔之力), 가문에서 지존신마기(至尊神魔氣)라 부르는 것은 중화되지 않았을 때 어떤 일이 일어날지 누구도 알지 못하는 미증유의 힘이었다.
　검엽의 가문은 지존신마기를 다듬고 제어하는 데 모든 것을 건 곳이었다.
　그리고 지존신마기는 배워 익히는 것이 아니라 인연이 있는 후인에게 혼과 혼으로 대를 이어가며 전해지는 기운이었다.
　그 인연은 선택이 불가능했다.
　태어날 때부터 지존신마기를 지니지 못한 자는 가문의 일원이 될 수 없었던 것이다.

그의 가문에 전승되는 비전은 지존신마기를 기반으로 했다. 결국 지존신마기가 없으면 가문의 비전을 익히는 것은 가능하지 않았다. 그래서 수천 년을 이어오면서도 언제나 그의 가문을 이루는 구성원의 수는 일백 명을 넘지 못했다.

'이 노야는 내가 운려에게 도움이 되어주었으면 하는 거 같은데……'

검엽은 짧게 한숨을 내쉬었다.

비록 그 이외에는 살아남은 자가 없다 해도 그는 일문의 종주였다. 은(恩)과 원(怨)을 바라보는 시각이 평범한 소년과 같을 수는 없었다.

'성년이 될 때까지 이곳에 머물기로 고모님과 약속을 했으니 그 대가는 치러야… 겠지.'

자신의 방문을 열고 들어서는 그의 작은 어깨에 아지랑이로 변한 햇볕이 걸렸다.

'그런데 고모님께서는 무슨 생각으로 나를 이곳에 보내신 걸까. 이처럼 복잡한 곳에 있으면 내 의사와는 상관없이 엉뚱한 일에 휩쓸릴 가능성이 많다는 것을 모르실 분이 아닌데……'

그는 고개를 갸웃했다.

하지만 여은향의 속내를 짐작하기에 그는 아직 너무도 어렸다.

그가 아무리 천재라 해도 여은향 또한 그에 못지않은 여인이었다. 더구나 그녀가 살아온 세월은 그의 다섯 배에 달했고, 그 세월 동안 그녀는 한시의 방심도 허용하지 않는 절대의 능력을 가진 자들과 부대끼며 살아왔다.

경험의 격이 다른 것이다.

*　　　*　　　*

태극무늬가 선명한 도포를 입은 노인은 뒷짐을 진 한가로운 자세로 하늘에 시선을 주고 있었다.

주변을 덮고 있는 흰 눈만큼이나 새하얀 백발과 배꼽에 이르는 흰 수염, 귀밑까지 이어진 백미와 어린아이처럼 맑고 불그레한 안색. 인세의 신선과도 같은 풍모였고, 한 마리 고고한 학을 연상케 하는 노인이었다.

자연과 하나가 되기라도 한 것처럼 노인은 그렇게 그 자리에 오랫동안 서 있었다.

하늘과 가장 가깝다는 백두의 정상에서 바라본 밤하늘이었다. 은가루를 뿌린 듯 빛나는 헤아릴 수 없이 많은 별이 온 하늘을 메우고 있었다.

만년설이 덮고 있는 백두의 정상이다. 살을 에는 칼바람이 그의 도포를 파고들었다. 하지만 노인의 온화한 얼굴에서는 한기를 느끼는 기색을 찾아볼 수 없었다.

그런 노인의 옆 공간이 이지러지는 듯하더니 사람의 그림자가 생겨났다.

그것은 그림자였다.

구름과 안개로 뭉친 듯한 그림자.

그림자는 온전히 모습을 드러냈음에도 있는지 없는지 존재감이 느껴지지 않았고 뚜렷하게 형체를 분별할 수도 없었다.

공간이 이지러지는 순간부터 노인의 부드러운 눈길은 그림자를 향해 있었다.

"부주, 오셨는가."

"문주의 이목은 세월이 갈수록 더 밝아지니 나로서는 그저 감탄할 뿐일세."

그림자의 음성은 오랜 세월의 흔적이 여실했다. 그러나 그 세월을 무색하게 만드는 맑고 무서운 힘도 실려 있었다.

백두의 산하를 한순간 숨죽이게 만드는 가공할 역도. 그러나 그 음성의 밑바닥에는 믿을 수 없게도 자괴감과 경외심이 복잡하게 뒤얽혀 있는 것도 사실이었다.

"늙으면 몸도 쇠하는 것이 자연의 이치. 그 이치에 반한 능력이 무에 감탄할 거리가 되겠는가."

노인은 담담한 어조로 말을 한 후 부주라 불린 그림자노인을 바라보았다.

그림자노인은 내심 탄식했다. 노인의 말이 진심이라는 것을 알고 있었기 때문이다.

'그는 이미 선도(仙道)에 들었다. 사람들은 그를 넘어서고자 평생을 바치고 있거늘 그는 모든 것을 떨쳐 버리는 경지에 들어서고 있으니… 아아, 마음을 비운 지 오래되었어도 한 가닥

욕망은 버릴 수 없었거늘… 결국 넘어설 수 없는 거인이란 말인가.'

그림자노인은 씁쓸한 미소와 함께 입을 열었다.

"그 아이는 장강 아래 척천산장에 들었네. 여 곡주의 배려인 듯하네만 그녀의 마음은 알 수가 없네."

"척천산장이라……."

그림자노인에게서 시선을 뗀 노인은 심원한 눈빛으로 하늘을 올려다보았다.

하나둘 유성이 늘어가고 있었다.

눈을 두어 번 깜박거릴 시간이 지나기도 전에 하늘은 쏟아지는 별의 조각으로 가득 찼다.

유성우(流星雨).

평생 한 번 보기 힘들다는 별들의 잔치였다.

그 광경을 말없이 지켜보던 노인이 말했다.

"고천강은 희대의 천재였네. 그리고 포기라는 말을 모르는 진짜 사내대장부였지. 나는 그가 아무런 안배 없이 자신의 유일한 혈육을 천애고아로 남겨두었을 가능성은 전무하다고 생각하네. 부주, 그 아이를 지켜봐 주게."

"흠… 그렇게 신경이 쓰이나? 그 아이는 혈혈단신이고, 살펴본 바로는 가문의 비전을 얻지 못한 듯했는데? 조사한 바로는 신화곡에서 일어난 불상사는 고천강조차 손을 쓸 틈이 없을 정도로 순식간에 일어났고 저항이 불가능할 정도로 강대한 것이었네. 고천강이 뛰어나다는 것은 나 또한 인정하지만 그런 순간에 어떤 안배를 남길 정도라고는 생각되지 않는구먼."

"글쎄……."

"만약 그 아이가 그의 가문에 전해지는 비전을 익혔다면 어찌할 것인가?"

"금약에 예외는 없네."

노인의 음성은 부드럽지만 단호했다.

그림자노인은 피식 웃었다.

"어련하겠는가. 하지만 나는 그 아이가 금약을 위배할 가능성이 없다고 보네. 설령 그러고 싶어도 가문의 유진을 얻지 못하는 이상 방법이 없을 걸세. 정황이 내 생각을 뒷받침하지."

노인은 고졸한 미소를 지으며 그림자노인의 말을 받았다.

"세월이 증명하겠지. 자네와 나의 생각 중에 어느 것이 맞았는지는."

"그럴까?"

그림자노인은 짓궂은 음성으로 말했다.

"그럼 내기를 하는 것이 어떻겠는가?"

"내기?"

노인의 백미가 흥미롭다는 듯 꿈틀거렸다. 그는 그림자의 주인과 백여 년에 가까운 세월 동안 우정을 이어왔다. 그렇게 오랜 시간 그와 벗이었던 그림자는 이 갑자를 넘기는 나이를 먹고도 장난기를 잃지 않고 있었다.

그림자노인이 말했다.

"지는 사람이 이기는 사람의 부탁을 하나 들어주기로 하지.

어떤가?"

"어떤 부탁이든 상관없이 말인가?"

"그렇네."

"좋아, 내기함세."

노인과 그림자노인은 서로를 보며 웃었다.

자신의 판단에 대한 강한 믿음이 어린 웃음이었다.

그리고 세월은 그들 중 누구의 믿음이 옳았는지를 알려줄 터이다. 어떤 존재도 거스를 수 없는 힘, 그것이 세월이니까.

두 노인의 미소 속에 백두의 밤을 불태우는 화려한 유성의 비는 계속되고 있었다.

第五章

사방의 벽에 하나씩 꽂혀 있는 횃불이 힘겹게 어둠을 밀어내려 노력하고 있었다. 기름을 가득 먹인 횃불의 크기는 넉 자에 달했다. 그러나 그들 네 개의 횃불만으로 어둠을 밀어내기에 지하 연무장은 너무나 넓었다.

 사방 삼십여 장, 높이 삼 장.

 지하에 마련된 일반적인 연무장의 두 배가 넘는 공간이었다.

 검엽은 그곳의 중앙에 우뚝 서 있었다.

 그는 전방으로 교차하며 뻗었던 두 손을 가슴 앞으로 거둬들이고 살짝 구부렸던 오른 무릎을 폈다. 그와 함께 륜(輪)의 형태를 이루며 그의 전신을 겹겹이 두르고 있던 무형의 기운이 그의 몸으로 빨려 들어가며 사라졌다.

'칠 년을 노력했는데도 구환기의 성취는 육성에 불과하군.'

검엽은 혀를 찼다.

구환기의 방대한 구결은 여러 가지를 포함하고 있지만 그 근본은 단순했다.

구환기는 팔괘의 여덟 가지 기운이 천지를 이루는 근원이라고 본다. 그리고 그 중앙에 혼돈의 일원을 두고 팔괘의 기운이 고리를 이루어 무한으로 회전하면서 일원으로 수렴되는 것이 구환기의 절정이다.

건천진결(乾天眞訣), 곤룡진결(困龍眞訣), 이화진결(理火眞訣), 뇌정진결(雷霆眞訣), 풍마진결(風魔眞訣), 수혼진결(水魂眞訣), 신목진결(神木眞訣), 암현진결(暗玄眞訣), 일원진결(一元眞訣).

이들 구환기의 아홉 진결은 각기 팔괘와 일원의 이치를 담고 있었고, 그 하나하나의 진결은 심공이면서 신공이었고, 권과 무기술의 깨달음이 포괄되어 있었다.

신공으로써의 구환결은 건천결에서 일원결까지 아홉 마리의 용처럼 꼬리를 물고 일어나 상생하며 서로의 기운을 북돋는다.

그 공능은 실로 거대해서 내력의 증진 속도는 상궤를 벗어날 정도이고, 구환을 함께 돌리는 경지 전륜구환경(轉輪九環境)에 달하면 전설상의 금강불괴지체도 꿈이 아닐 듯싶을 정도였다.

또한 하나하나의 진결이 독자적으로 움직일 때는 일원과 건태이진손감간곤의 팔괘에 속한 기운이 극대화되어 시전자의 뜻을 따라 움직인다.

만일 그 힘이 특정한 초식에 담겨 외부로 쏟아진다면 그 결과는 상상을 넘어설 것이다.

어느 한 사람이 창안한 것이라고는 믿어지지 않을 정도로 방대하며 심원한 무론(武論). 무(武)로써 도(道)에 이르고자 했던 창안자의 마음이 그대로 녹아 있는 것.

그것이 구환기였다.

'다섯 노야의 가르침은 훌륭해. 그러나 구환기와 비교하는 건 무리다. 구환기는 노야들의 것과는 경지가 완전히 다른 천외천의 절학이다. 구환기를 가문의 것에 비견할 만하다고 하셨던 고모님의 말씀은 과장된 것이 아니었어.'

검엽의 상념은 이어졌다.

'흠, 노야들이 전수해 준 것들은 더 이상 익힐 게 없다. 그래서 요 일 년은 구환기에만 신경 썼는데… 구환(九環)을 이루는 것은 성공했지만 전륜구환(轉輪九環)은 아직도 요원하다. 칠 년 동안 고작 네 개의 환을 돌리는 것도 아니고 그저 연결시키는 것에 그치고 있으니……. 더구나 환이 아직도 유형화되지 않고 있다는 것은 내가 쌓은 내공이 일천하기 때문이라고 할 수만도 없어. 구환기는 내력만으로는 완성되지 않는 심공(心功)을 기반으로 한 공부. 구환에 대한 이해와 깨달음의 깊이가 부족한 탓이야. 후우.'

한숨이 절로 흘러나왔다.

전륜구환공의 단계는 크게 세 단계로 나누어진다.

일단계는 득구환(得九環), 이단계는 구환득련(九環得聯), 삼단계는 전륜구환(轉輪九環)이다.

현재 검엽은 득구환을 넘어 이단계 구환득련의 중간 정도에 도달해 있었다.

그는 자신의 성취가 보잘것없다고 생각하며 자책하는 중이었다. 그러나 전륜구환공의 창안자가 그의 생각을 알았다면 넋이 나갔을 것이다.

그가 평생의 심득을 종합해 창안한 것이 전륜구환공이었고, 당시 그는 하늘이 낸 천재일지라도 일단계인 득구환을 완성하기 위해서 이십 년 이상의 적공이 필요하다고 장담했었다.

'나는 내 자질이 쓸 만하다고 생각했는데 자만이었어. 가문의 비전도 아닌 외부의 무공을 칠 년 동안 제대로 수습하지 못할 정도에 불과하다니……. 구환기가 소리와 냄새를 견딜 만하게 만들어준다는 것 때문에 나름대로 공을 들였는데도 성취가 이래서야 어디 가서 내 한 몸 지킬 수나 있을지 모르겠군. 선친께서 이 사실을 아신다면 아마도 무덤에서 벌떡 일어나시겠지.'

검엽은 곤란하다는 듯 쓰게 웃었다.

육 척이 넘는 키.

말랐다는 느낌을 주는 늘씬하면서도 후리후리한 몸매.

어둠 속에서도 확연하게 보일 정도로 흰 피부.

칠흑처럼 검은 흑의.

 허리까지 흘러내린 숱이 많은 검은 머리카락.

 맑고 흑백이 뚜렷하면서도 초점이 맞지 않아 기이함을 더하는 두 눈은 감은 듯 뜬 듯 가늘다.

 묶지 않은 머리카락이 가운데 가르마를 경계로 얼굴 양쪽의 절반을 가리고 있었다.

 그래서 그의 얼굴 윤곽 중 온전하게 드러난 것은 준령처럼 솟은 콧날과 감았는지 떴는지 구분하기 어려운 양쪽 눈의 절반, 그리고 양끝이 가려진 피처럼 붉은 입술뿐이었다.

 드러난 모습만으로도 사람의 시선을 뗄 수 없게 만드는 조각처럼 아름다운 얼굴.

 칠 년의 세월은 그의 외모를 소년에서 청년으로 바꾸어놓았다. 사람 같지 않은 아름다움은 남녀를 불문하고 보는 이의 가슴을 울렁이게 만들 정도였다.

 하지만 그의 분위기는 변하지 않았다.

 오히려 소년 시절의 모호하면서 사이하게까지 느껴지는 신비로운 분위기는 더욱 강해져 있었다.

 이천룡은 미간을 잔뜩 찌푸린 채 눈앞에 펼쳐진 흑과백의 전장, 바둑판을 내려다보았다.

 누가 봐도 확연하게 알 수 있을 만큼 백이 전멸 직전에 있는 판세였다. 그리고 그 백은 이천룡의 세력이었고.

 그의 입에서 풀무질이라도 하는 것처럼 거센 숨결이 흘러나왔다.

"엽… 아……."

맞은편에 정물처럼 고요한 모습으로 앉아 있던 검엽이 모른 척하며 대답했다.

"예, 노야."

칠 년을 하루같이 묘시 초부터 진시 말까지 두 시진간 이루어지는 아침 수련을 마치고 늘 그렇듯이 이천릉에게 불려와 강제로 하게 된 바둑이었다.

맹인인 검엽과 바둑을 두면서도 이천릉은 그것을 전혀 의식하지 않는 듯 보였다.

"한 수만 물러라."

"일수불퇴를 누구보다 강조한 분이 누구시더라?"

검엽의 음성은 탁하지는 않지만 그렇다고 맑다고 할 수도 없었다. 귀에 들릴 듯 말 듯 낮았다. 그럼에도 기이하게 사람의 마음을 파고드는 음색이었다.

검엽의 뜬 듯 감은 듯 가는 눈을 쏘아보는 이천릉의 눈매가 한층 더 일그러졌다.

그는 이를 갈며 말했다.

"딴… 놈… 으드득… 이겠지. 한 수 물러라!"

"이제는 제게 주실 것도 없으시잖습니까?"

"군자는 양보를 할 때 대가를 바라지 않는다."

억지로 위엄을 담기 위해 노력하는 빛이 역력한 음성.

하지만 검엽의 답변은 심드렁했다.

"저는 군자가 아닌데요?"

"젊은 놈이 노인네 희롱하면 천벌받는다."

"희롱 안 했는데요."

여전한 태도.

그래서 더 듣는 이의 속을 뒤집어놓는 태도였다.

이천룽은 내심 이를 갈았다.

'어렸을 때는 느끼할 정도로 예의 바르고 진중하던 놈이 왜 이렇게 요상하게 변했을까. 분명 구양문 그놈의 영향이야. 골방에서 귀신하고 노는 법을 그렇게 기를 쓰고 가르쳤으니 이 녀석의 성격도 그놈처럼 요상해진 거야.'

그는 자신이 검엽에게 미친 영향에 대해서는 전혀 생각하지 않았다. 와호당에 있는 노인 중 누구보다도 더 괴팍하고 고집스러운 그였음에도.

그가 이를 갈며 검엽에게 양보를 어떻게 받을지 맹렬히 머리를 굴리고 있을 때 방문이 벌컥 열렸다.

"이가야!"

들어선 사람은 장현이었다.

와르르.

화들짝 놀란 표정의 이천룽이 자리에서 벌떡 일어났다. 그리고 그의 옷자락에 휘말린 바둑판이 무너졌다.

"어… 허허… 허, 이건 사고다, 사고야. 절대로 고의가 아니라는 걸 너도 알지?"

이천룽은 어색하게 웃었.

한심하다는 얼굴로 이천릉을 보고 있던 장현이 성큼성큼 방 안으로 들어섰다.
"늙으면 애가 된다고, 세월 따라 느는 건 잔머리밖에 없지?"
이천릉이 장현에게 눈을 부라렸다.
"객쩍은 소리 하지 말고, 왜 왔어?"
"앞도 보지 못하는 녀석한테 매일 지는 바둑을 그렇게 두고 싶냐? 그리고 화제를 바꾸고 싶다고 그렇게 온몸으로 웅변할 필요까지야 없지 않냐?"
"이 늙은이가!"
이천릉이 고함을 질렀지만 장현은 귀를 후빌 뿐이었다. 이천릉을 가볍게 무시한 장현의 시선이 자리에서 일어나 읍을 하고 있는 검엽을 향했다.
"오셨습니까, 장 노야."
"그래, 왔다."
장현은 의자에 털썩 앉으며 되는 대로 말했다. 뒤에 '어쩔래?'라는 말만 붙이면 완전히 시비조였다. 그러나 칠 년 동안 이런 장현의 말투에 만성이 된 검엽이다.
검엽도 소리없이 웃으며 자리에 앉았다.
방의 주인이면서도 두 사람에게 무시당한 이천릉도 꿔다 놓은 보릿자루처럼 자리에 앉았다.
"무맹에서 사람이 왔다."
장현의 말은 이천릉을 대상으로 하는 것이었다. 하지만 시선은 검엽을 향하고 있었다.

"응?"

이천륭은 어리둥절한 얼굴이었다.

무맹에서 척천산장에 사람을 보낸 것이 한두 번이던가.

한 달에 서너 번씩 사람이 오고 가는 게 무맹과 척천산장이었다.

당연히 장현이 언급한 무맹의 사람은 그런 일상적인 방문자가 아니라는 뜻.

그래서 묻는 그의 어조에서는 의혹이 잔뜩 묻어났다.

"그런데?"

"그자의 말로는 무맹의 수뇌부에서 무맹오대세력의 후인들로 승룡단을 만들고 일 년간 수련을 시킨 다음 그들을 철혼단(鐵魂團) 예하에 두려 한다는군. 외단의 형태인 듯한데… 어쨌든 철혼단의 일을 승룡단도 하는 거지."

장현의 말에 이천륭의 입이 떡 벌어졌다.

대륙무맹에는 다섯 개의 단(團)이 있다.

금백단, 수정단, 목혼단, 화신단, 토의단이 그것이다.

그들 중 토의단을 달리 철혼단이라고도 불렀다. 그것은 토의단이 무맹의 최일선에서 정무총련, 그리고 천추군림성과 직접 칼을 마주하는 역할을 맡고 있기 때문이었다.

철(鐵)의 혼(魂)을 갖고 있지 않다면 긴장으로 가득한 토의단의 생활을 버틸 수 없다는 뜻으로 무맹의 무사들이 지어준 별칭, 그것이 철혼단이었다.

"철혼단의 일을 아이들에게? 미쳤군!"

장현이 동의한다는 얼굴로 고개를 끄덕였다.

"미친 게 맞아. 그렇지 않다면 수뇌부라는 작자들이 그런 황당무계한 발상을 할 리가 없지."

"이해할 수가 없군."

이천룡은 정말 모르겠다는 얼굴이었다. 그가 말을 이었다.

"무맹 수뇌부라면 장주도 포함되어 있는데, 그가 그런 계획에 동의했다는 건가?"

무맹은 맹주가 있지만 오대세력이 중심이 되어 만들어진 조직의 특성상 그 권한이 절대적인 것은 아니었다. 비상시국에서는 달라지긴 하지만.

무맹에는 맹주와 동등한 권력을 가진 기관, 무맹평의회가 있다. 평의회의 구성원은 오대세력의 수장들이고, 평상시에는 그들을 대리한 사람들이 무맹에 파견되어 있다.

무맹평의회의 결정은 맹주의 권한에 버금간다. 그리고 중요한 안건은 먼저 평의회의 의결을 거치고 맹주의 인준을 받는다.

장현이 말한 내용대로라면 승룡단은 평의회의 의결을 거쳐야 할 정도의 무게를 가진 사안.

무맹평의회는 만장일치제를 채택하고 있어서 한 명이라도 거부하면 그 안건은 부결된다. 결국 무맹평의회의 일원인 소진악도 동의한 사안이라고 보아야 했다.

"그런 모양이야. 무맹에서 보낸 자는 승룡단에 속할 자들이 오월 말까지 무맹에 도착해야 된다는 전갈을 가지고 왔어. 승룡단 계획은 훨씬 전에 승인되었다고 보아야야겠지."

"명분이 뭐야, 대체?"

"긴 평화기를 거치면서 후인들이 약해져 가는 걸 우려하기 때문이라고 하는 거 같더구먼."

이천룽은 침묵했다.

구주삼패세가 확고하게 무림을 삼분하며 군림한 지 삼십여 년의 세월이 흘렀다. 세력이 확장되던 시절에는 하루도 피가 마를 날이 없었지만 각 세력이 자리를 잡은 후에는 자잘한 국지전 외에 큰 싸움은 없었다.

평화는 길었다.

이천룽이 말했다.

"평화가 길었다는 건 나도 동의하네. 하지만 후인들이 약해져 간다는 건 동의하기 어려워. 무맹만 해도 무맹오대세력의 힘이 자파 사상 최강이라 할 만큼 성세를 이루는 게 현실 아닌가."

"무맹 수뇌부는 다르게 보는 모양이지, 뭐."

대화가 이어질수록 이마의 주름이 늘어나던 이천룽이 무언가에 생각이 미친 듯 눈을 크게 떴다.

그가 물었다.

"설마 려아가 거기 포함된 건 아니겠지?"

"포함되어 있어. 확인했네."

장현은 와호당에 있는 노인 중 가장 돌아다니기 좋아하는 사람이어서 소식이 누구보다 빨랐다. 그가 확언하면 그것은 사실이라고 보아야 했다.

"허……."

이천룡은 어처구니없다는 눈빛으로 장현을 보았다.

그때 구양문과 남일공, 노굉이 방문을 밀고 들어왔다. 그야말로 문을 부술 듯한 기세, 흥분으로 벌게진 얼굴들이었다.

어지간한 일에는 흥분하지 않는 남일공의 얼굴도 흥분이 지나쳐 돌처럼 보일 정도였다.

그가 소리치듯 물었다.

"정말인가, 무맹으로 떠날 아이들 중에 려아가 포함되어 있다는 것이?"

한발 늦기는 했지만 그들도 소식을 들은 모양이었다.

장현은 고개를 끄덕였다.

방 안이 침묵에 잠겼다.

그들은 와호당을 제집 드나들 듯하며 큰 소운려를 친손녀처럼 아꼈다.

친할아버지처럼 자신들을 따르는 밝은 성격의 소녀를 싫어할 노인이 어디 있을까.

그들이 소운려에게 정을 준 것은 당연한 일이었다.

영문을 모르는 검엽만이 표정의 변화 없이 앉아 있을 뿐 다섯 노인의 안색은 다리에 납덩이를 달고 물에 빠진 사람처럼 무거웠다. 그들과 오랜 시간을 함께한 검엽도 처음 보는 모습들이었다.

그는 내심 고개를 갸우뚱했다.

정확하게 이해하진 못했어도 돌아가는 일의 내용은 얼추 이해할 수 있었다.

그래서 더 이상했다.

다섯 노인이 운려만을 언급하고 있었기 때문이다.

소진악에게는 두 명의 제자가 있다.

둘 모두 그의 문하에서 십여 년 이상 수련했고, 나이도 스물이 넘었다.

만나본 적이 없어 어떤 인물들인지는 몰랐다. 하지만 어쨌든 노인들이 언급한 유의 일이라면 운려보다 그들이 더 적임자가 아닌가. 그런데 노인들은 그들에 대해 전혀 언급을 하지 않고 있는 것이다.

반 각 동안 계속된 침묵을 깬 사람은 얼굴이 일그러질 대로 일그러진 이천룽이었다.

"장주가 미쳤나? 삼패세가 전면전을 피하고 있지만 국지전은 심심찮게 발생하고 있는 상황 아닌가. 그런 상황인데 아이들에게 철혼단의 예하에서 일을 하라는 건 그냥 죽으라는 말이나 마찬가지야."

"흐흐흐, 동의하네. 장주가 미친 것임에 틀림없어."

구양문이 고개를 주억거렸다.

가뜩이나 음산한 그의 얼굴에 스산한 기색까지 더하자 방 안엔 한풍이 몰아치는 듯했다.

"말려야 하지 않겠나?"

과묵한 편이어서 평소 별말이 없던 남일공도 끼어들었다.

그의 얼굴에도 걱정스러워하는 빛이 역력했다.

"말릴 수 있는 일이라면 내가 벌써 말렸네."

장현은 어두운 얼굴로 남일공의 말을 받았다.

"어떻게 이런 중대한 일을 산장 내의 사람들에게 말 한마디 하지 않고 장주 혼자서 결정할 수가 있단 말인가!"

노굉은 무서운 눈으로 다른 노인들을 둘러보며 소리쳤다.

이천릉이 굳은 얼굴로 자리에서 일어섰다.

"아무래도 장주를 만나봐야겠네."

장현을 비롯한 노인들은 이천릉을 따라 몸을 일으켰다.

와호당에 머물고 있는 호법 중 가장 발언권이 강한 사람이 이천릉이었다.

장현도 이천릉과 같은 팔절의 일인이기는 하나 비중은 이천릉에 비해 약간 처졌다. 이천릉이 고집도 더 세고 성질도 더 괴팍했기 때문이다.

무엇보다도 그는 노물들이 모여 있는 와호당의 당주였다.

성격이 드세기로 유명한 소진악도 그에게는 한 수 양보하는 것이다.

노인들이 기세등등하게 문을 박차고 떠난 방에는 검엽 혼자 남았다. 승룡단의 구성이나 운려의 승룡단 참여 문제는 그가 관여할 수 있는 사안이 아니었다.

칠 년을 와호당에 머물렀지만 와호당의 밖에 있는 사람들 중 그가 이곳에 있다는 것을 아는 사람은 열 명도 채 되지 않을 정도로 적었다.

그가 칠 년 동안 한 일이라고는 자신의 방과 노인들의 방, 그리고 지하 연무장을 오간 것뿐인 탓이었다.

그처럼 존재감없는 그가 산장의 중대한 일에 대해 무슨 말을 할 수 있겠는가. 그에게는 산장의 일에 관여할 자격 자체가 없었다. 알고 있는 것도 없었고.

정물처럼 고요하게 앉은 검엽의 긴 머리카락이 미미하게 출렁였다. 노인들이 박차고 나가며 열린 방문을 통해 따스한 온기를 품은 오월의 바람이 불어 들어오고 있었다.

검엽은 깊게 숨을 들이마셨다.

척천산장이 자리 잡고 있는 곳은 대륙의 중남부, 여름이 빨리 찾아온다. 그래서인지 바람에 초여름의 향기가 묻어났다.

'노야들께서 저렇게 흥분하는 건 처음인데……. 철혼단이 상당히 위험한 일을 맡고 있었나 보군. 그런 곳에 굳이 운려를 보낼 필요가 있나? 눈에 넣어도 아프지 않을 것처럼 운려를 아끼는 장주가 그런 결정을 한 데에는 뭔가 생각이 있겠지. 그렇다 해도 납득하기 어려운 결정이긴 해.'

검엽은 내심 고개를 갸웃했다.

그는 무림 중의 영향력이 결코 작지 않은 척천산장에 몸을 담고 있었지만 당대의 정세에 대해서는 아는 것이 거의 없었다. 그래서 그는 오늘 일어난 일의 배경을 이해하는 데 상당한 곤란을 겪을 수밖에 없었다.

그가 알려고 했다면 풍파무쌍한 세월을 보낸 다섯 명의 노인에게서 얼마든지 무림에 대한 지식을 얻을 수 있었을 것이다. 실제로 그가 주워들은 지식은 적지 않았다. 그러나 그중에 당대 무림의 정세에 대한 것은 거의 없었다.

그가 묻지 않았고, 노인들도 그 부분에 대해서는 굳이 언급하려 하지 않았다.

그가 묻지 않은 이유는 간단했다. 관심이 없었기 때문이다.

그는 전륜구환결을 수습하고 다섯 노인의 진전을 배우면서도 자신이 무림인이라는 생각을 한 적은 한 번도 없었다. 무공에 대한 관심도 그렇게 크지 않았다.

그가 구환기와 노인들의 진전을 익힌 것은 열정이 있었기 때문이 아니라 와호당에서는 그가 할 일이 없었기 때문이다. 무위도식은 죄악이라고 입에 거품을 무는 이천룽을 비롯한 노인들의 협박(?)도 작용했고.

만약 그가 무공을 익히는 것에 열정을 갖고 전력을 다해 임했다면 어떤 성취를 이루었을지는 미지수였다.

그리고 그렇게 했다면 지금처럼 자신의 성취가 보잘것없다고 생각하진 않았을 것이 분명했다.

그러나 자신의 성취에 대한 그의 생각처럼 과연 남들도 그렇게 생각할지는 알 수 없는 일이었다.

그는 아직 다른 사람과 생사를 걸고 손속을 나누어본 경험이 없었다. 이천룽을 비롯한 노인들과 행했던 비무가 경험의 전부였다.

손에 사정을 두는 비무로는 객관적인 실력을 파악하기 어렵다. 더구나 앞을 보지 못하는 그를 배려하는 노인들과의 비무는 더욱 그랬다.

타인과 비교 가능한 대적 경험을 갖고 있지 않다는 것도 중요한 이유이긴 하지만 그가 자신의 성취를 보잘것없다고 생각하는 결정적인 이유는 다른 데 있었다.

그가 갖고 있는 무공의 기준은 무림에서 일반적으로 통용되는 상식적인 것과는 완전히 달랐다.

그의 기준이 되는 무공은 가문을 비롯한 다른 무맥들이었다. 그는 그 잣대로 자신을 평가하고 있었던 것이다.

그는 맹인이 되기 전 보았던 가문 인물들의 능력과 맹인이 된 이후에 느낄 수 있었던 그들의 기세를 어제 일처럼 생생하게 기억하고 있었다.

비록 평범한 세상에 묻혀 일생을 보내기로 결심하며 가문을 기억 깊은 곳에 묻었지만, 저절로 떠오르는 추억을 어찌할 수 있는 방법은 없었다.

검엽은 탁자를 손으로 짚으며 천천히 일어섰다. 어린 시절에도 그랬던 것처럼 앞을 보지 못하는 사람들 특유의 망설임이 전혀 느껴지지 않는 몸짓이었다.

그의 훤칠한 신형이 방을 나섰다.

중천을 향해 달려가는 태양이 밝은 빛을 사방에 뿌리고 있었다. 와호당의 거처들을 둘러싸고 있는 나무와 잔디는 생명의 기운을 가득 머금고 푸른빛을 더했다.

그 푸른빛 가운데 온통 검은빛 일색의 검엽이 섰다.

머리카락 사이로 드러난 그의 얼굴에 표정은 없었다. 그러나 그는 아쉬워하고 있었다.

'색을 볼 수 없다는 게 정말 아쉽군.'

검엽은 자신과 다섯 노인의 거처 중앙에 위치한 정자로 걸어갔다. 일 장이 되지 않는 작은 나무들에 둘러싸인 정자는 나무들만큼이나 작고 아담했다.

검엽을 가르치기 시작한 후 얼마 되지 않아 명상을 좋아하는 검엽을 위해 남일공이 사람을 부려 만든 정자였다.

정자에 도착한 검엽은 그곳에 자신보다 먼저 온 사람이 있다는 것을 깨달았다. 그가 누군지도.

그가 물었다.

"왔냐?"

"왔어."

정자의 모서리에 아무렇게나 엉덩이를 붙이고 앉아 있던 적색 장삼의 여인이 대충 고개를 끄덕이며 대답했다.

삼단처럼 풍성한 긴 머리를 허리 뒤쯤에서 적색 건으로 질끈 묶은 여인은 큰 눈을 들어 검엽을 보고 있었다.

눈뿐만 아니라 키도 크다.

일어선다면 검엽의 눈에 닿을 듯했다.

햇볕에 그을린 갈색의 피부는 손가락으로 누르면 튀어나올 것 같은 탄력이 넘쳤다. 이마는 시원스럽게 넓었고 눈썹은 짙었다. 콧날의 선도 뚜렷하고 도톰하면서도 조금 크다 싶은 입술의 붉은 선도 뚜렷했다. 대단한 미모였다.

그러나 그 미모는 여성적이기보다는 남성적이었다. 사내가 입는 장삼, 그것도 피처럼 붉은 장삼이 그녀의 남성적인 분위기를 더욱 강하게 했다.

사내처럼 시원스런 분위기를 풍기는 여인.

여인은 턱을 괴고 있던 손으로 이마를 긁었다. 은어처럼 매끈하고 긴 손가락을 따라 한숨이 흘렀다.

검엽은 그녀의 옆에 엉덩이를 붙이고 앉았다.

"너 때문에 노야들께서 장주님을 보러 가셨다."

"알고 있어."

운려는 어깨를 으쓱했다.

"네가 장주님을 설득한 거겠지?"

검엽의 말에 운려는 풀썩 웃으며 그의 어깨에 팔을 둘렀다. 그리고 손바닥으로 그의 어깨를 툭툭툭 두드렸다.

"너를 속일 수 있을 거라고는 생각지 않았어."

칠 년 동안 운려의 이런 행동에 만성이 된 검엽은 그녀의 행동을 자연스럽게 받아들이며 물었다.

"왜?"

"사정이 복잡해. 알고 싶어?"

"아니."

검엽은 간단하게 고개를 저었다. 그럴 줄 알았다는 듯 운려는 한 번 더 검엽의 어깨를 두드렸다.

그녀와 검엽이 알고 지낸 세월이 칠 년이었다.

그녀가 아는 검엽은 세상사에 전혀 관심이 없었다. 그는 칠 년 동안 와호당을 한 번도 벗어난 적이 없었고, 벗어나려 한 적도 없었다. 십만 평에 육박하는 드넓은 산장조차 답답하게 여기는 운려로서는 도통 이해하기 어려운 일이었다.

게다가 그는 욕심이 없었다.

운려는 검엽이 무언가를 원하는 것을 본 적이 없었다. 물질적인 것이든 정신적인 것이든 그 어떤 것에도 검엽은 욕심을 내지 않았다. 그녀의 주변에 검엽과 같은 사람은 단 한 명도 없었다.

검엽은 여러모로 독특했다. 하지만 그녀에겐 자신과 다른 남을 인정할 줄 아는 마음의 여유가 있었다. 그래서 그녀는 검엽과 친구가 될 수 있었다.

그리고 검엽은 그런 이해할 수 없는 몇 가지를 제외하고서라도 그녀에게 충분히 믿을 수 있는 친구였다.

"위험한 곳인 듯하던데?"

"위험하기야 하지. 싸움과 죽음이 끊이지 않는 곳이니까. 걱정하고 있는 거야?"

"안 할 수야 있나. 네가 간다는데."

검엽의 대답에 운려는 싱긋 웃으며 그를 돌아보았다. 말과는 달리 마치 정자의 일부분이 된 듯 정물처럼 앉아 있는 검엽에게서 걱정하는 기색은 보이지 않았다.

검엽은 팔꿈치를 무릎에 댄 채 상체를 약간 숙이고 앉아 있어서 운려는 그의 얼굴을 볼 수 없었다. 지나가는 바람이 건드릴 때마다 일렁이는 그의 흑단 같은 머리카락만을 볼 수 있을 뿐.

그래서 그녀가 보는 것은 그의 표정이 아니라 그의 전신에서 전해져 오는 느낌이었다.

"걱정하지 마. 감히 천하에 누가 나를 위험하게 할 수 있겠어?"

운려는 허리를 펴고 주먹을 들어 허공에 흔들며 장난스럽게 소리쳤다.

검엽의 입가에 미소가 떠올랐다.

"어련하겠습니까, 척천소패왕(拓天小覇王) 소운려 대협!"

"하하하하!"

운려는 허리를 젖히고 유쾌하게 웃었다. 그 웃음소리를 따라 크게 일어난 호기(豪氣)가 정자를 휘감았다.

척천소패왕(拓天小覇王)

그것이 운려의 무명(武名)이었다.

열여덟의 나이에 얻은 무명, 그리고 여인의 별호라고는 전혀 생각되지 않는 무명.

운려를 모르는 사람이라도 그 별호를 들으면 대번에 그녀의 성격과 손속이 어떤지를 알 수 있을 것이다.

웃음을 멈춘 그녀가 말했다.

"사실 승룡단에 지원하고 난 후 망설이던 게 있는데… 널 만나서 결정할 수 있게 되었어."

그녀의 음성에서 묘한 여운을 느낀 검엽은 갑작스레 마음이 불안해졌다.

"뭘?"

"흐흐흐."

운려는 기괴하게 웃으며 검엽을 내려다보았다. 그리고 손으로 검엽의 어깨를 짚으며 그의 이마에 이마를 댔다.

초승달 모양의 검은 보석이 달린 목걸이가 그녀의 적포 앞섶 사이로 늘어졌다.

"함께… 가는 거야."

운려의 입김이 검엽의 코에 닿았다.

검엽의 무표정하다 싶을 정도로 담담하던 얼굴이 확 변했다. 그녀의 입술이 불과 두 치 떨어진 곳에 있기 때문은 아니었다. 지난 시간 동안 운려가 했던 장난 중에는 지금보다 더 심한 것도 부지기수다.

그의 안색이 변한 것은 운려의 말이 무엇을 의미하는지 대번에 알아들었기 때문이다.

"……."

할 말을 잃은 그의 멍한 얼굴을 코앞에서 보며 운려는 의미심장하게 웃었다.

검엽의 어깨를 툭툭 치며 그녀가 유쾌하게 말했다.

"칠 년 동안 공짜로 먹은 밥값은 해야지."

검엽은 멍한 얼굴로 입을 벌렸고, 운려의 가슴 앞에선 햇빛을 받은 묵빛의 목걸이가 산란하듯 은은한 빛을 뿌렸다.

이천룡과 노인들이 어깨를 축 늘어뜨린 채 돌아온 것은 운려가 돌아가고 나서 한 시진 정도 후였다.

힘없이 걸어오던 그들은 정자의 모서리에 앉아 난감해하는 얼굴로 고민에 빠져 있는 제자(?)를 볼 수 있었다. 그리고 그들이 제자를 보는 순간 자리에서 일어나는 그의 모습도.

그들의 거리는 십 장이 넘었다. 그리고 노인들은 귀를 기울여도 가까이 있는 기척을 잡아내기 힘든 절정의 고수들이었다. 비록 노인들이 공력을 끌어올리지 않았다고 하지만 평생 수련해 온 무공이 어디 가겠는가. 게다가 그들의 제자는 맹인이었다.

당연히 믿기 힘든 장면이었는데 노인들 중 그것을 이상하게 생각하는 사람은 없었다.

아무리 기이한 일이라도 매일 보고 겪으면 당연한 일이 된다.

검엽은 노인들을 향해 가볍게 읍을 하며 말했다.

"다녀오셨습니까."

고개를 끄덕인 이천룡이 물었다.

"운려가 다녀갔느냐?"

그가 아는 한 검엽을 고민스럽게 만들 수 있는 사람은 운려가 유일했다. 사실 그녀밖에 없기도 했다. 산장에서 그들 외에 검엽과 대화라는 것을 하는 사람은 그녀 한 명뿐이었으니까.

"예."

"간다고 하더냐?"

"예."

"그런데 네 표정이 왜 그러냐?"

이천룡은 의아한 어조로 물었다.

검엽이 운려와 친한 건 그도 익히 알고 있었다. 그러나 운려가 아무리 위험한 곳에 간다고 해도 검엽은 그러려니 할 성격이었다.

운려가 승룡단에 속했다는 말을 그녀에게 직접 들었다고 해서 저렇게 길 가다 마른하늘의 날벼락을 맞은 사람 같은 표정을 지을 검엽이 아닌 것이다.

검엽은 창백해진 얼굴로 대답했다.

"운려가……."

그는 고개를 푹 떨어뜨리며 말을 이었다.

"저도 데려가겠답니다."

"헉!"

"컥!"

"허걱!"

"쿨럭!"

"헛!"

갑자기 막힌 숨을 트기 위해 가슴을 두드린 노인들의 눈은 화등잔만 해져 있었다.

구양문이 어처구니없다는 얼굴로 중얼거렸다.

"아비만 제정신이 아닌 줄 알았더니 딸도 제정신이 아니었구나. 앞을 보지 못하는 엽아를 싸움이 주된 업무가 될 것이 분명한 승룡단에 동행하자고 하다니!"

뒤를 이은 건 이천릉의 노성이었다.

"내 이 미친 망아지를!"

흥분한 그들을 가라앉힌 건 그나마 평정을 어느 정도 유지하고 있던 남일공이었다. 학문과 진법에 정통한 그의 수양은 다른 노인들보다 조금 나았다.

"진정들 하게나. 그 아이의 성격상 엽아에게 같이 가자고 말할 정도면 벌써 손을 다 써놓았을 걸세. 잘 알고들 있지 않은가."

노인들의 얼굴이 일제히 일그러졌다.

그녀를 눈에 넣어도 아프지 않을 것처럼 아끼는 그들이었다. 운려의 성격이 어떤지 모를 리가 없는 것이다.

노굉이 허탈한 어조로 말했다.

"한 번 결정한 것은 앞뒤 가리지 않고 밀어붙이는 것이 그 아이의 성격이지. 고집은 쇠심줄보다 더하고."

"미친 망아지… 이 미친 망아지가 대체 무슨 생각을 하고 있는 거야?"

이천릉은 어안이 벙벙한 얼굴이었다.

소진악을 만난 자리에서 운려를 왜 승룡단에 포함시켰는지를 따졌던 그는 생각지도 못했던 말을 들었다.

자신도 그 고집을 꺾지 못했다는 말과 함께 운려가 승룡단에 자원했다는 내용의 말을.

그가 만난 소진악도 당황하고 있었다.

운려는 소진악이 거절할 것을 대비해 무맹의 수뇌부에 자신이 승룡단에 자원했다는 전언을 몰래 전한 상태였다.

그 상황에서 소진악이 운려를 승룡단에서 탈퇴시킨다면 무맹 내에서 산장의 체면과 권위는 심각한 타격을 받게 될 것이 분명했다. 운려는 산장의 유일한 후계자였기에.

그런 그에게 무슨 말을 할 수 있으랴.

소진악의 집무실에 이어 그들이 득달같이 달려간 운려의 거처에서 그들은 운려를 만나지 못했다. 그리고 그녀를 찾기 위해 사방을 뒤지다가 결국 찾지 못하고 와호당으로 돌아온 터였다.

이천륭의 중얼거림이 이어졌다.

"우리한테 언질이라도 했어야지!"

남일공이 혀를 차며 이천륭의 말을 받았다.

"우리가 너무 귀여워한 탓이야. 누굴 탓하겠나."

입을 다문 노인들은 복잡 미묘한(?) 눈으로 검엽을 보았다.

그들의 눈빛은 말 그대로 복잡 미묘했다. 근심과 우려, 그리고 기대와 흥미가 쉴 새 없이 교차하는 그런 눈빛을 그 말 외에 무엇으로 표현할 수 있을까.

이천륭이 물었다.

"어떻게 할 생각이냐?"

"수락하려 합니다."

한숨이 흘러나올 듯한 검엽의 대답에 이천륭은 눈을 가늘게 떴다.

"사람과 섞이는 것을 그렇게 싫어하는 네가 웬일이냐?"

"그동안 공짜로 먹은 밥값을 하랍니다."

"쿨럭."

이천룡은 사레들린 기침을 했다. 그는 가는 눈을 둥그렇게 뜨며 물었다.

"그런다고 수락했단 말이냐?"

"같이 가지 않는다면 앞으로 밥을 안 준답니다."

"흠."

이천룡의 안색이 심각하게 변했다.

"그건 무서운 협박이로군."

다른 노인들도 고개를 끄덕였다. 집주인의 딸이 밥을 안 주면 굶어야 하지 않는가.

"저는 이만 들어가겠습니다."

검엽이 인사를 하고 자신의 거처로 간 후 노인들은 정자에 빙 둘러앉았다.

먼저 운을 뗀 사람은 남일공이었다.

"다들 말릴 생각이 사라진 것처럼 보이는데, 내가 잘못 본 건 아니겠지?"

노인들은 일제히 고개를 아래위로 주억거렸다. 그들의 표정은 검엽의 앞에서 놀라고 흥분한 것처럼 보였던 것과는 완전히 딴판으로 변해 있었다.

노굉이 말했다.

"이미 운려를 말릴 시기는 놓쳤어."

남일공은 혀를 차며 노굉의 말을 받았다.

"운려가 일신에 지닌 능력이 간단하지 않고, 장주도 손을 놓고 있지는 않을 테니 운려에게 곤란은 있어도 위험은 적을 거라고 생각하네. 그리고 재주가 많은 검엽이 운려의 옆에 있으면 아무래도 좀 더 안심이 될 거 같고."

구양문이 그 뒤를 이었다.

"열정이라고는 약에 쓸려고 해도 찾아볼 수 없는 저 녀석도 바깥바람을 쐬면 바뀔지도 몰라."

"흐흐흐, 위험한 바람이라면 가능성은 더 커질걸."

기괴한 웃음소리와 함께 장현은 입을 열었다.

그의 말이 계속되었다.

"잠능의 끝을 알 수 없는 녀석이야. 하지만 우리는 녀석의 잠능을 끌어내는 데는 실패했지. 무엇 때문인지 몰라도 저 녀석은 바깥세상은 물론, 심지어 자기 자신에 대해서조차 그 어떤 관심이나 열정도 갖고 있지 않아. 그동안 우리가 와호당 밖으로 내보내려고 그렇게 무진 애를 썼는데도 녀석은 이곳에서 꼼짝도 하지 않았어."

"밖으로 내보낼 기회라······."

혼잣말처럼 중얼거린 이천릉은 창밖으로 시선을 돌렸다. 초록으로 물든 후원의 정경이 한눈에 들어왔다.

그가 말했다.

"자네들이 녀석을 가르치겠다고 서로 나섰을 때 나도 한몫

거든 것은 녀석의 자질을 아껴서라기보다는 이곳의 생활이 무료했기 때문이라는 게 사실일세. 자네들도 그런 마음이 있었다는 건 부인하지 못할 것이고."

노인들은 계면쩍은 얼굴이 되었다.

그들이 검엽의 자질을 탐낸 건 사실이었다. 하지만 이천륭의 말처럼 와호당에서의 무료한 시간을 때우고자 한 것도 부인할 수 없는 하나의 이유였다.

"난 녀석을 가르치면서 많이 놀랐었네. 녀석은 솜이 물을 빨아들이듯 가르치는 것을 흡수했으니까. 내가 일 년 걸려 익혔던 것을 녀석은 열흘 만에 익혔네. 그리고 그렇게 경이적인 속도로 내가 가르쳐 주는 것을 배우는 게 그 녀석에게는 그저 건성일 뿐이라는 걸 알았을 때 나는 정말로 하늘을 원망했네."

이천륭이 눈을 부릅떴다.

억울해하는 기색이 완연한 눈빛이었다.

"하늘이 준 재능을 저렇게 소일하는 건 죄악일세. 그런데 저 녀석한테는 아무런 죄의식도 없네. 정말 눈 뜨고 볼 수 없는 일이 아닌가. 남들은 자질이 부족해 배운 것도 완벽하게 수습하지 못하며 하늘을 원망하고 있는데, 어떤 놈은 자질을 갖고 있으면서도 그것을 팽개쳐 두고 전혀 아까운 줄 모르다니! 그런데 기회가 온 거야. 운려가 무슨 생각으로 저 녀석을 끌어들였는지는 모르겠지만 무림의 험난함을 겪는다면 저 녀석도 깨닫는 게 있을 걸세. 재능을 낭비하며 건성으로 살기엔 이 세상이 그렇게 만만치 않다는 것을 말일세."

노인들의 입가에 음험한 미소가 떠올랐다. 그들은 서로의 얼굴을 돌아보며 고개를 끄덕였다.

의견이 일치된 것이다.

구양문이 갑자기 생각난 듯 중얼거렸다.

"엽아가 위험에 빠지지는 않을까?"

노굉이 씨익 웃었다.

"그 녀석은 자신이 어느 정도의 성취를 이루었는지에 대한 자각이 전혀 없어. 녀석이 위험에 빠진다면 그건 몰지각과 무관심이 원인일 거야. 하지만 저 녀석이 자신의 능력을 올바르게 파악하고 주변 상황에 관심을 기울이면 무엇이 저 녀석을 위험하게 만들 수 있겠나."

"그래도 앞을 보지 못하지 않나."

"그게 엽아에게 어떤 장애가 되지? 몰라서 그런 말을 하는 거냐?"

노굉이 시답잖은 소리를 한다는 얼굴로 구양문을 노려보았다.

"그건 그렇지만……."

구양문이 긍정하는 것을 보며 이천릉이 한마디를 덧붙였다.

"엽아는 비밀이 많네. 입이 태산보다 무거운 녀석이라 그 비밀을 알아낼 수는 없었지. 나는 녀석의 믿기 어려운 몇 가지 능력이 그 비밀에 기반하고 있다고 생각하네. 와호당 밖의 거친 풍파 속에서도 녀석이 그 비밀을 유지할 수 있을지 궁금하기 그지없어. 알겠나? 잘하면 우리는 말년에 굉장한 이야깃거리를 갖게 될지도 몰라. 그러니까 지켜보자고, 그 녀석이 가는 길을."

노인들의 표정이 흐물흐물해졌다.

음모를 꾸미기 좋아하는 자들이 있다면 바로 노인들과 같은 얼굴일 것이다.

닫힌 창 사이로 스며드는 달빛이 어렴풋이 방 안에 있는 사물의 윤곽만을 드러내 줄 뿐 방은 어둠에 잠겨 있었다.

벽에 등을 기대고 편안한 자세로 앉아 있던 검엽은 손을 들어 머리를 쓸어 올렸다. 어둠 속에서도 확연하게 보일 정도로 푸르스름한 빛이 반개한 그의 눈에 어렸다.

'이 년이라…….'

검엽은 소리없이 웃었다.

가지런한 흰 이가 드러났다.

'운려는 내가 떠나려 한다는 것을 안다. 그래서 그런 제안을 한 거야. 똑똑한 놈. 후후후.'

그의 입술 사이로 나직한 웃음이 흘러나왔다.

일 년 전 그는 자신의 나이가 이십이 되면 산장을 떠날 거라는 걸 운려에게 말해준 적이 있었다. 운려는 그 말을 기억하고 있던 것이다.

운려를 생각하는 것만으로도 그의 기분은 유쾌해졌.

밥값의 대가로 운려가 그에게 제시한 것은 이 년 동안 그녀와 함께 승룡단에서 일을 하는 것이었다.

그가 듣기로 일 년은 수련 기간이라고 했으니 실질적으로 일을 하는 기간은 나머지 일 년일 터였다.

그리고 그의 일이라고 해야 운려의 호위가 주일 것이다. 다른 일이 주어질 수도 있었다. 하지만 그거야 그때 가서 응변하면 될 터였다.

어쨌든 그걸로 그동안 산장에서 그가 먹은 밥값은 상쇄된다는 것이 운려의 제안이었다.

검엽은 그 제안을 받아들였다.

그는 척천산장에서 머문 칠 년의 세월을 은혜라고 생각하지는 않았다. 원해서 온 것이 아니었으니까. 그러나 산장 안에서 그는 평온을 얻고 많은 것을 배웠다.

그것은 그가 갚아야 할 빚이었다.

그가 빚을 갚지 않는다고 뭐라 할 사람은 없었다. 그러나 빚을 갚지 않는다는 건 그의 성격과 신분상 있을 수 없는 일이었다.

'산장에 계속 머물면 내 의사와 무관하게 풍파에 휩쓸리게 된다. 노야들과 산장이 내게 베풀어준 것을 갚지 않고 떠날 수 없어 고민스러웠는데 운려가 내게 떠날 수 있는 기회와 명분을 주었다. 나쁘지 않은 일이지.'

계속 머물러도 누구 하나 뭐라 할 사람이 없는 산장에서 그가 떠날 마음을 완전히 굳힌 것은 일 년 전부터였다.

일 년 전 구환기가 육성의 경지에 도달하면서 그를 끊임없이 자극하는 소리와 냄새는 더 이상 괴로움이 되지 않았다. 그때 검엽은 사람들 속에서 견딜 수 있다는 자신을 얻었다.

그는 다섯 노인의 절기를 건성으로 배웠다.

가문을 자신의 대에서 끝내기로 결심하면서 세상에 대한 관심을 끊은 그였다. 노인들의 가르침에 열정을 갖고 임할 자세가 근본적으로 결여되어 있을 수밖에 없었다.

당연히 노인들이 가르쳐 주는 것을 수련하는 시간도 불규칙했고, 어떤 때는 한 달 가까이 수련을 하지 않은 적도 있었다. 하지만 그는 하루 세 시진 동안은 무슨 일이 있어도 구환기를 수련했다.

구환기의 성취가 깊어질수록 신경을 팽팽하게 잡아당기는 소리와 속을 뒤집어놓는 냄새가 약해졌기 때문이다. 그것 말고도 구환기를 수련하는 다른 이유도 있었지만 시급한 것은 소리와 냄새였다.

소리와 냄새를 견디지 못한다면 사람들 속에 섞일 수 없고, 사람들 속에 섞일 수 없다면 평범하게 사는 것도 불가능했다.

그는 평범하게 살다 죽기를 원했다. 그리고 그것을 가능하게 만들어주는 공능이 구환기에는 있었다.

그런 공능이 없었다면 그는 구환기를 배우는 데 단 일각도 쓰지 않았을 것이다. 물론 여은향이 배려한 것이라 아주 버려두지는 않았을 테지만.

다섯 노인은 그가 수련하는 것의 명칭이 구환기라는 것을 알지는 못했다. 하지만 그들이 가르쳐 주지 않은 무언가를 수련한다는 건 어렵지 않게 눈치챘다. 그러나 그 이상은 알 수 없었다.

검엽을 가르치는 데 아쉬운 건 그들이었지 검엽이 아니었기에 그를 추궁하지도 못했다. 노인들은 그렇게 묘하게 피동에 몰려 칠 년의 세월을 보냈다.

'스물… 운려와의 계약이 끝날 때쯤 고모님과의 약속도 끝이 난다. 약관이 될 때까지는 당신께서 마련한 곳에 있기로 한 약속. 비록 강요된 약속은 아니지만 고모님의 배려에 대해 내가 마음으로 했던 약속의 기한도 끝나는 거지. 바람처럼 물처럼 한세상 떠돌며 살다가 그렇게 가는 거다. 그게 내 앞에 놓여 있는 운명이다.'

검엽은 손가락을 깍지 끼워 뒷머리에 댔다.

그는 걱정이라는 걸 모르는 청년이 되어 있었다.

세상에 대한 관심도 없고, 자신의 삶에 대한 관심도 없었다.

하고 싶은 일도 없고, 해야 할 일도 없었다.

앞날에 대한 두려움이나 걱정이 끼어들 여지가 전혀 없는 것이 그의 마음이었다.

그의 마음은 오직 하나의 감정으로 가득 채워져 있었다.

그것은……

허무(虛無)였다.

第六章

대륙무맹의 사자가 소식을 전하고 간 후 칠 일 동안 척천산장은 저잣거리처럼 부산스러웠다. 승룡단에 속할 후기지수들을 선별하고 출발 준비도 더불어 해야 했기 때문이다.
 후기지수들이 오월 말까지 무맹에 도착하려면 시간이 빠듯했다. 무맹의 총타는 절강의 항주에 있었고, 그곳은 장강의 물길을 이용한다 해도 보름이 넘게 걸리는 먼 곳이었다.
 무맹에서 요구한 후기지수들의 숫자는 오십 명이었다. 칠 일에 걸친 고심 끝에 소진악은 후기지수들을 선별했다. 그들 중에는 검엽은 물론이고 산장의 유일한 후계자인 소운려도 포함되어 있었다.

예를 올리고 돌아서는 젊은이들의 등을 바라보는 소진악의 안색은 굳어 있었다. 하늘이 무너져도 웃을 거라 평해질 만큼 호방한 그에게선 보기 힘든 표정이었다.

산장의 주요 대소사를 회의하고 결정짓는 척천전의 입구 계단 위에 뒷짐을 지고 선 그를 중심으로, 폐관하고 있다고 알려진 두 명의 제자를 제외한 산장의 요인들이 시립해 있었다.

산장의 살림을 맡고 있는 총관 석충명을 비롯해 이원, 이각, 사전의 수뇌들이 모두 있었다. 그들뿐만 아니라 대로변에는 수백여 명의 사람들이 서 있었다.

어둡다고까지 할 분위기는 아니었다. 그러나 표정이 밝은 사람도 보이지 않았다.

그도 그럴 것이 그들의 전면, 산장의 대문까지 일직선으로 난 오 장 넓이의 대로를 채우며 걸어가고 있는 오십 명의 젊은이 중에는 그들의 피붙이가 섞여 있는 것이다.

"걱정되지요, 장주?"

소진악과 어깨를 나란히 하고 서 있던 이천룽이 퉁명스러운 어투로 물었다. 다른 노인들은 보이지 않았다.

사자를 닮은 소진악의 얼굴에 쓴웃음이 떠올랐다.

"당주께서는 이번 행사가 마음에 들지 않는가 보오."

오십대 후반의 소진악과 이천룽은 스물다섯 살 정도의 나이 차이가 난다. 무림의 배분으로 따진다면 근 한 배분의 차이. 반공대로 대할 수 없는 배분이다.

그러나 소진악은 척천산장의 주인이고 이천룽은 신분이 약간 애매하긴 하지만 그 수하에 있는 사람이다. 완전한 공대는 오히려 비례(非禮)였다.

"킁."

이천룡은 기괴한 콧소리를 냈다. 그리고 말을 이었다.

"려아만 껴 있지 않아도 괜찮았을 거외다."

"그 아이의 고집이 어떤지는 당주도 아시지 않소."

"그래도 그렇지. 킁."

예의 콧소리.

어느새 엄지손가락만큼 작아진 산장의 후인들을 보는 소진악의 두 눈이 깊어졌다.

오월의 하늘은 구름 한 점 없이 맑았다. 대로의 좌우에 심어진 십여 장 높이의 거목들 사이를 걸어가는 젊은이들의 어깨 위로 은가루처럼 빛나는 햇살이 내려앉는다.

소진악이 웃으며 말했다.

"당주도 날 걱정하고 있을 상황은 아닌 듯하오만……."

그의 시선은 젊은이들의 선두를 향해 있었다. 그와 젊은이들은 백여 장 정도까지 멀어졌지만 그의 안력이 방해받을 정도의 거리는 아니었다.

가장 선두에 선 자는 사십 중반의 화의를 입은 사내였다.

그의 이름은 조운상. 산장의 무력을 담당하고 있는 척천전의 척천일대주였다.

그는 전주와 부전주에 이은 척천단의 삼인자일 뿐만 아니라 호남십대도객의 일인으로 꼽히는 도법의 고수였다.

그는 산장의 대문 밖에서 기다리고 있는 삼십 명의 수하와 함께 무맹까지 산장의 후인들을 안전하게 호위하는 책임을 맡고 있었다.

평소라면 산장의 공식 서열 오십위 안에 드는 요인인 그가 단순한 호위를 맡을 리 없었다. 그러나 오십 명의 젊은이 중에는 산장의 후계자인 운려가 포함되어 있었다.

그보다 더한 사람이 호위를 맡아도 이상하게 여길 사람은 하나도 없었다.

그는 풍부한 경험을 가진 중견 무인이었고 지리에 밝았다. 무맹에 도착할 때까지 산장의 후인들은 그의 지시를 따르도록 되어 있었다. 후인들 중 조운상이 어려워할 사람도 몇 섞여 있었지만 지휘권은 그에게 주어졌다.

만일에 발생할 수 있는 곤란한 상황에서 경험이 일천한 산장의 후인들이 그보다 더 나은 대처를 할 리는 없었으니까.

조운상의 한 걸음 뒤에서 언제나처럼 적색 장포를 입고 터벅터벅 걸어가는, 남녀 구분이 모호한 사람이 그의 딸 운려였다.

운려를 일별한 소진악의 시선이 그녀와 어깨를 나란히 하고 걸어가는 훤칠한 키의 죽립흑의인을 향했다.

흑의인이 쓴 죽립은 약간 특이했다. 챙이 넓고 그 모서리에 어깨까지 내려오는 면사가 원형으로 매달려 있어 생김새를 알아볼 방법이 없는 것이다.

소진악의 시선이 닿은 흑의인을 본 이천륭은 예의 콧소리를 냈다.

"쿵."

"당주가 제자를 키운다는 얘기는 들었소만 그동안 소개를 시켜주지 않아서 늘 궁금했소. 괜찮겠소?"

검엽은 그의 제자가 아니다. 그러나 일일이 설명하는 것도 귀찮았다. 이천룽은 손으로 허리를 두드리며 말했다.

"어차피 칼날을 밟고 사는 게 무인의 인생. 죽고 사는 건 저 녀석의 운명이 아니겠소이까. 다 큰 놈 따라다니며 지켜줄 수도 없는 노릇이고 말이외다."

작은 체구에 백발이 성성한 이천룽이 허리를 두드리는 모습은 영락없는 촌로였다. 누가 그를 보고 절정의 고수라 하랴.

"하하하."

소진악은 나직하게 너털웃음을 터뜨렸다.

제자를 보내면서도 태평해 보이는 이천룽의 모습이 그의 마음에 여유를 가져다주었다.

그가 아무리 담대하고 호방한 사람이라 해도 마흔이 넘어 얻은 일점혈육, 그것도 아들이 아닌 딸을 전장이나 다름없는 곳으로 보내는데 불안하지 않을 수 있겠는가.

"앞을 보지 못하는 제자를 험한 곳으로 보내면서도 평정심을 유지하는 당주가 참 대단하오."

이천룽은 피식 웃었다.

"앞 못 보는 게 무에 그리 대수겠소."

"호오!"

소진악의 눈이 호기심에 젖었다.

그는 선발 과정에서 검엽이 맹인이라는 치명적인 결함을 가진 것을 알고 승룡단에서 제외시키려고 했었다.

그랬던 그가 검엽을 승룡단에 포함시킨 것은 검엽을 포함시켜 달라는 운려의 고집스런 주장보다 이천룽이 포함시켜도 상관없다고 했기 때문이다.

"당주가 그리 말할 정도면 걱정하지 않아도 되겠소."

"그러시구려. 가르칠 건 다 가르쳤소이다. 죽기 싫으면 제 놈이 알아서 할 거요."

심드렁한 어투.

하지만 소진악은 이천룽의 말에 깃든 강한 믿음을 어렵지 않게 읽어낼 수 있었다. 칠백의 무인과 일만의 식솔을 거느리고 있는 그가 아닌가.

이제는 까마득히 멀어진 젊은이들을 향하는 그의 눈에 강한 빛이 떠돌았다.

'고검엽이라······. 차 각주가 예전에 한 번 언급한 적이 있지. 게다가 이 당주가 저리 말할 정도면 범상한 아이는 아닐 터인데······. 흠, 오령(五靈)에게 틈틈이 살펴보라 해야겠구나. 그건 그렇고, 이 노인네가 쓸 만한 녀석을 키웠으면 말이라도 해줬어야지, 장주 알기를 호구로 알고 있으니.'

소진악이 가는 눈으로 째려보는 것을 아는지 모르는지 이천룽은 어구구 하며 허리만 두드릴 뿐이었다.

오월도 중순이 다 되어가는 어느 날,
검엽은 그렇게 산장을 나섰다.

*   *   *

산장의 후예들이 항주로 가는 행로는 뱃길이었다.

상음에서 오십 리도 떨어지지 않은 곳에 천하제일대호(天下第一大湖)라는 동정호가 있었고, 동정호에서 배를 이용해 장강의 물길을 타면 강소성 남경까지는 육지를 밟지 않아도 되었다.

남경에서 항주까지는 말을 타고 닷새 거리다.

척천산장은 대륙무맹이라는 초거대 세력의 한 축을 지탱하는 무림세가이기도 했지만 대륙십대상단 중 하나라는 호남상단을 운영하는 상인 가문이기도 했다.

산장에서 주로 취급하는 품목이 호남의 주요 생산물인 쌀과 모시풀이었고, 그들을 대륙 전역으로 운송하는 주된 경로가 장강을 이용하는 물길이었다.

당연히 산장은 거대한 상선을 수십 척 소유하고 있었고, 운려 일행이 탄 배도 산장이 소유하고 있는 상선 중 하나였다.

산장을 떠난 지 사흘째 되던 날 저녁 무렵, 운려 일행을 태운 상선은 호북성 무창(武昌)에 도착했다.

일행의 호위 책임자인 조운상은 무창에서 하루를 머물 것이라고 말한 후 하선을 허락했다. 대륙 중동부를 세력권으로 하는 무맹이다. 무창도 무맹의 영향력하에 있는 도시, 하선한다 해도 불상사가 생길 염려는 없었다.

현재의 삼패세는 속마음이 어떨지 몰라도 상대 세력의 중심 영역 내에서 공개적으로 상대를 자극하는 행동을 하지는 않았다. 물론 각 세력의 경계를 이루는 지역은 예외였지만.

사흘 동안 배 안에만 있었던 터라 운려 일행은 환호작약하며 하선했다. 무맹에 놀러 가는 것이 아니라는 걸 알지만 마냥 긴장하기에는 그들이 너무나 젊었다.

포구에 있다가 영기 발랄한 오십 명의 청춘 남녀가 우르르 배에서 내리는 것을 본 사람들은 눈을 휘둥그레 떴다.

하지만 배의 선수에 척천산장의 깃발이 바람에 휘날리는데다 오십 명의 남녀 중 태반이 무기를 소지하고 있어 사람들의 호기심 어린 눈길은 빠르게 사라졌다.

무림인들에 대한 공연한 호기심은 만수무강에 해롭다는 걸 사람들은 아는 것이다.

산장의 후인들은 삼삼오오 짝을 지어 흩어졌다.

조운상이 제한 시간으로 정한 내일 오전 진시 말까지만 배에 타면 되었다. 조운상과 일백 장 이상 떨어져서는 안 된다는 조건이 붙어 있긴 해도 거리 외에는 아무런 제약이 없었다.

하룻밤의 자유가 어딘가. 제한 시간 내로 아무 때나 돌아오면 되었지만 아무도 그전에 돌아오지 않을 것이다.

흩어지는 사람들의 발걸음은 날듯이 가벼웠다.

조운상의 부하 삼십 명은 이인 일조를 이루어 십여 장의 거리를 두고 흩어지는 젊은이들의 뒤를 따랐다. 조운상은 그들에게 산장의 후인들에 대한 호위와 더불어 그와의 연락을 맡으라는 지시를 내린 상태였다.

"날 새우며 한잔 거하게 해볼까? 오늘 밤 잠잘 사람 없잖아?"

포구를 벗어나던 운려가 툭 던지듯 말했다.

그녀를 중심으로 걸음을 옮기던 육남 삼녀 중 여덟 명의 눈이 반짝 빛났다. 한 명은 눈을 빛낼 수 없다.

칠 척 가까운 키에 이백 근이 넘는 육중한 체격의 청년이 걸걸한 음성으로 대답했다.

"불감청이언정 고소원이올시다, 소장주."

왼손에 든 넉 자 길이의 대감도를 휘저으며 말하는 그의 모습에 사람들은 싱긋 웃었다.

그의 이름은 위천곡. 척천전주 대력패도(大力覇刀) 위경의 아들이다. 발군의 도법과 두주불사의 주량은 부친에 버금간다는 평을 받는 청년이기도 하고.

"항주까지 가는 행로 중에 이런 날이 다시 오리란 보장이 없으니 저도 소장주의 의견에 따르렵니다."

위천곡의 뒤를 이어 말한 청년은 평범한 체구에 평범한 얼굴이었다. 하지만 신분은 평범하지 않았다. 산장의 정보를 관장하는 밀각의 각주 비연신(飛燕身) 차미중의 아들 차종헌이 그였다.

열일곱에서 스물한 살의 비슷비슷한 나이인 그들의 마음은 운려와 크게 다르지 않았다.

운려와 함께 걷고 있는 육남 삼녀 중 팔 인은 산장의 기둥인 이원, 이각, 사전을 맡고 있는 요인들의 후예였다.

무골호인처럼 늘 웃는 통통한 청년 마천중은 호남상단의 경영을 맡고 있는 금사원주 천낭복호(天囊伏虎) 마유렴의 장자였고, 차분한 인상의 미녀 석자연은 산장의 살림을 책임진 천주원주 총관 석충명의 장녀였다.

차종헌은 밀각주 비연신 차미중의 삼남, 한기가 풀풀 날리는 냉막한 표정의 육청기는 산장의 내부 비리 색출과 형벌을 책임진 천형각주 무정철심(無情鐵心) 육곤의 차남, 위천곡은 척천전주 대력패도 위경의 장자, 눈매가 날카로운 송여경은 산장 호위를 책임지고 있는 천호전주 낙일검(落日劍) 송대산의 차녀, 둥근 눈이 귀여운 오유진은 상단 호위를 맡은 상호전주 철수추운(鐵手追雲) 오학손의 삼녀, 입꼬리가 치켜 올라가 약간 오만해 보이는 수려한 외모의 청년은 요인 경호를 책임지고 있는 와룡전주 구지룡(九指龍) 진백의 차남 진월성이었다.

그들 중 장남이나 장녀도 셋이나 되었고, 하나같이 직계 후손이었다. 한 사람만 빼고.

운려가 그 한 사람에게 말했다.

"빠질 생각 하지 마!"

자신의 의사를 묻고 자시고 할 것도 없이 바로 못을 박는 말이어서 검엽은 혀를 찼다.

그리고 위천곡을 비롯한 일행은 검엽을 대하는 운려의 태도에 내심 고개를 갸우뚱했다.

운려는 결정된 일은 끝까지 관철하는 고집과 추진력이 있었다. 그러나 독선적이지는 않았다.

결정을 할 때까지는 다른 사람의 의견에 귀를 기울일 줄 알았고, 아무리 사소한 의견이라도 무시하지 않았다. 그런 그녀가 다른 사람에게 저렇게 말할 틈도 주지 않고 강압적으로 말하는 것을 그들은 여지껏 본 적이 없었다.

그들이 운려가 왜 검엽을 그리 대하는지 알지 못하는 건 당연했다. 그들이 검엽을 본 것은 산장을 떠나기 전 소진악에게 인사할 때가 처음이었으니까.

그전에는 산장에 검엽이라는 사람이 있다는 것조차 그들은 몰랐다. 와호당의 호법들이 가르치는 제자가 몇 명 있다는 소문은 들었다. 하지만 그 제자 중에 검엽이 포함되어 있다는 걸 아는 사람은 없었다.

그리고 처음 본 그날부터 지금까지 검엽은 사람들과 있을 때 어깨까지 내려오는 면사로 빙 둘러쳐진 죽립을 썼다. 그래서 사람들은 아직도 그가 어떻게 생겼는지 알지 못했다.

운려의 속내를 짐작하는 이는 검엽뿐이었다. 사람들과 섞이는 걸 그가 얼마나 싫어하는지 운려는 안다. 그녀가 끌고 나오지 않았다면 그는 배에서 내리지도 않았을 것이다.

혀를 찬 검엽은 고개를 끄덕인 후 다른 사람과 함께 운려를 따라 걸음을 옮겼다.

'오랜만에 마셔보는 것도 나쁘지는 않겠지.'

그가 술을 마셔본 경험이라고는 운려가 가끔 품에 숨겨 가지고 왔던 소홍주를 그녀와 나눠 마신 게 전부였다. 다 합쳐도 다섯 번이 되지 않았고, 그 양도 매번 한 병을 넘지 않았다.

하지만 가끔 마셨던 술맛은 상당히 괜찮았다. 조금 나른하면서도 기분 좋은 느낌. 그것이 운려와 함께 마셨던 술에 대한 그의 기억이었다.

모두의 의견이 일치되자 위천곡이 앞으로 나섰다. 그의 나이는 스물하나. 일행 중 차종헌과 더불어 가장 나이가 많고 여행 경험도 풍부했다.

그는 예전에 무창에 여러 번 와본 적이 있어서 무창의 지리에 밝았다. 당연히 좋은 술을 어디에서 파는지도 잘 알았다.

그가 일행을 이끌고 간 것은 무창의 명물 황학루가 코앞에 보이는 이층 주루였다.

이름도 황학루와 비슷한 청학루는 상당히 유명한 곳인 듯 일행이 들어섰을 때 이백여 평에 달하는 일층은 빈자리를 찾기 어려울 만큼 사람들로 가득 차 있었다.

입구에서 일행을 맞은 점소이는 위천곡과 구면인 듯 그에게 반갑게 인사를 하고는 일행을 바로 이층으로 안내했다.

구면이 아니더라도 점소이로서는 일행을 번잡한 일층 자리로 안내할 생각을 하지 못했을 것이다.

장강 변에 자리 잡은 마을에서 눈치로 먹고사는 사람들 중 일행의 가슴에 수놓인 곧추선 은빛의 검, 척천산장의 표식을 알아보지 못하는 사람은 없다.

이층에도 사람은 많았다. 하지만 일층에 비할 정도는 아니어서 삼분지 일쯤은 비어 있었다.

일행이 이층에 오르자 사람들의 시선이 일제히 쏠렸다. 범상치 않은 풍모의 젊은이들이다.

시선을 끄는 것은 당연했다.

그러나 점소이와 같은 이유로 사람들의 시선은 곧 사라졌다. 그래서 일행의 뒤를 따라 이층에 올라온 조운상과 척천단의 호위무사 세 명은 시선을 피할 수 있었다.

일행이 창가에 면한 커다란 탁자로 다가가 자리에 앉자 위천곡은 익숙하게 술과 음식을 주문했다. 일각 후 형형색색의 음식이 탁자 위를 가득 채웠다.

검엽은 홀로 자음자작했다.

그는 일행과 물과 기름처럼 섞이지 않고 있었다. 그도 알고 있었고 다른 일행도 그것을 알고 있었다. 하지만 그 부자연스러운 분위기를 누구도 깨뜨리려 하지 않았다.

검엽은 다른 사람이 자신에게 주목하지 않는 걸 원했고, 다른 사람들은 그를 데리고 온 운려가 그를 소개하지 않은 터라 먼저 말을 걸기가 껄끄러웠던 것이다.

하지만 술이 어느 정도 들어가자 그 부자연스러움을 깨뜨리려 시도하는 사람이 나왔다.

"왜 죽립을 벗지 않는 거예요?"

맑게 빛나는 크고 둥근 눈을 빛내며 검엽에게 질문한 사람은 오유진이었다. 호기심 가득한 눈이 검엽의 전신을 훑었다.

크지도 작지도 않은 키에 마늘쪽 같은 코와 도톰한 입술을 가진 그녀는 열일곱 살로 일행 중 가장 어렸다. 그 나이와 귀여운 외모 때문에 승룡단의 사내들이 가장 아끼는 소녀였다.

빈 술잔을 탁자에 내려놓던 검엽은 쓴웃음을 지었다. 죽립의 끝에 병풍처럼 빙 둘러 어깨까지 내려온 면사 때문에 사람들은 그 웃음을 보지 못했다.

그러나 운려는 지금 그의 얼굴이 어떨지 알 것이다.

산장을 떠날 때 면사가 달린 죽립을 준 사람도 그녀였고, 절대로 벗지 말라고 한 사람도 바로 그녀였으니까.

그의 마음이 전달된 걸까.

운려가 피식 웃으며 말했다.

"그는 천하제일추남이야. 얼굴에 종횡으로 난 칼자국도 많아. 귀신도 기겁할 얼굴이지. 그러니까 진 매도 그의 얼굴을 보려 하지 마. 장담하는데, 그의 얼굴을 보게 되면 끔찍한 악몽을 꾸게 될 거야."

그녀의 말에 오유진은 물론이고 다른 사람들도 어리둥절했다. 당사자를 면전에 두고 한 말이다. 농담이 아니라면 당장 주먹이 날아갈 내용이었다.

검엽은 내심 고개를 저었다.

하지만 그는 운려의 말이 농담이라는 것을 밝히기 위해 죽립을 벗고 싶은 생각은 없었다.

그는 자신의 얼굴이나 외모가 어떤지 정확하게 알고 있지 못했다. 그가 기억하는 자신의 얼굴은 일곱 살 때의 것이었다. 그 후로는 본 적이 없는 것이다.

그러나 그는 일곱 살 때 자신의 얼굴이 못 봐줄 정도는 아니었던 것으로 기억하고 있었다.

적어도 운려가 말한 정도는 아닐 것이다.

설령 자신의 외모가 운려가 말한 것과 같이 지독한 추남이라도 상관없었다. 그는 다른 사람이 자신을 어떻게 보는지에 대해 전혀 관심이 없었다.

그가 심안으로 보는 세상은 흑과 백으로 이루어져 있었다. 윤곽의 선만이 백색일 뿐 모든 것이 흑색인 세상.

그런 세상에서 겉으로 보이는 미추는 아무런 의미도 갖고 있지 않았다.

운려의 말을 들은 오유진의 눈이 별처럼 반짝이든 말든 그는 다시 한 잔의 술을 따랐고, 천천히 그것을 마셨다.

오유진을 비롯한 일행은 더 이상 검엽에게 관심을 보이지 않았다. 일행의 수장이라고 할 수 있는 운려의 말에 깃든 뜻, 관심을 끊으라는 의미를 알아차린 것이다.

'일곱……. 한 명이 늘었군. 서로를 알아보지 못하는 다섯 패라……. 다섯 개의 조직에 속한 자들이라고 봐야 하나. 많기도 하군. 흠, 한 사람은 주의하지 않았다면 놓칠 뻔했다. 첫 걸음부터 거슬리네. 어느 정도 예상은 했지만 생각보다 더 긴장이 필요할 거 같구먼.'

검엽은 입구에 있는 상인 차림의 두 명과 일행과 탁자 세 개를 사이에 둔 건너편의 흑의인 두 명, 끝 쪽 창가에 앉은 어눌한 기색의 낙척문사와 중앙의 허름한 마의중년인, 그리고 안쪽 구석 자리에 앉은 반백의 농부의 기척에 주의를 기울이고 있었다.

그들 중 반백의 농부를 제외한 여섯 명은 일행이 정박한 포구에서부터 따라온 자들이었다. 반백의 농부는 일행이 이곳에 들어온 후 따라 들어왔고.

'아무도 저들의 기척을 느끼지 못했나 본데……. 조 대협도 다르지 않은 기색이고. 왜지?'

탁자 두 개 건너편에 앉은 조운상과 호위무사들에게서 일말의 긴장된 기색이 엿보이지 않는 건 아니었다.

그러나 그 긴장감은 산장을 떠날 때부터 그들에게 흐르던 기운.

변함없는 그들의 기운은 일행을 감시하는 자들의 기척을 모르고 있다는 걸 말해주고 있었다.

그들과 달리 검엽은 여섯 명의 사내가 포구에서부터 일행을 따라붙을 때 기척을 알아차렸다.

일정한 시간을 두고 자신의 일행을 끊임없이 훑는 그들의 살 같은 시선은 다른 사람들과 달랐다. 최대한 기세를 감춘 시선이라 하나 그 시선에는 일반인에게 없는 기운이 실려 있었다.

검엽은 그 기운을 느낀 것이다.

그가 느낀 기운의 주인들이 알았다면 기함할 일이었다. 그들은 자신들이 속한 조직에서 철저한 훈련을 받았다. 그 훈련에서 무엇보다 중요한 것은 은(隱)이었다.

자신을 감추는 것.

정보를 취급하는 조직의 최일선에서 일하는 자들에게 그보다 중요한 것이 무엇이 있을까.

게다가 그들이 속한 조직은 무림의 조직이었다. 때문에 고수들의 감각으로부터 벗어나는 훈련은 그들이 받은 훈련 중 가장 혹독한 것이었다.

그런 그들의 기척을 어렵지 않게 알아차린 검엽이 이상한 사람이었다. 알아차리지 못한 다른 일행은 오히려 정상이라고 할 수 있었다.

'알아봐야겠지······.'

검엽의 미간에 작은 골이 파였다.

그는 운려의 강요(?)로 시작된 이 년 동안의 계약(?)을 그다지 마음에 들어 하지 않았다. 그러나 내키지 않는다고 해서 수동적으로 임하거나 주어진 일을 회피할 생각은 없었다.

그는 무공을 익혔지만 스스로를 무림인이라고 생각하지 않았다. 무(武)를 통해 입신양명하고자 하는 꿈을 꾼 적도 없었고, 무(武)로 도(道)에 이르고자 하는, 고수라면 누구나 한 번쯤 꾸어보는 꿈을 가져본 적도 없었다.

그는 평범하게 살다가 평범하게 죽고 싶은 평범한 사람이 자신이라고 생각했다.

가문을 마음속에 묻으며 그는 삶의 열정도 함께 묻었다.

열한 살 때.

그러나 스스로를 평범하게 여기고자 한다고 해서 천부적인 능력이 어디로 가지는 않는다.

그 능력 가운데 하나가 상황에 직면하면 나타나는 얼음처럼 차갑고 강철처럼 단단한 정신력이었다.

일곱 살의 나이에 시력을 포기할 정도로 냉철했던 그의 정신.

그 냉철한 정신은 산장을 벗어나는 순간부터 자신이 발을 들여놓은 곳이 어딘지 명확하게 파악하고 있었다.

무림(武林).

도산검림이라 표현되는 무인들의 세계.

방심하면 언제 어느 곳에서 목이 달아날지 모르는 곳.

당세 무림은 무림사에 드문 세 개의 초거대 세력이 각축하고 있는 전장(戰場)이었다. 더구나 그는 그 전장의 울타리 안에 있었다.

그가 발을 들여놓은 곳은 그런 곳이었다.

그는 그런 곳에서 영문도 모른 채 남에게 이용당하거나 목이 달아나고 싶은 생각은 눈곱만치도 없었다.

평범하게 살다 죽을 수 있기 위해서는 무림에서 어떻게든 이 년을 버텨야 하는 것이다.

[어이, 주인집 딸!]

운려의 어깨가 미미하게 흔들렸다. 그녀의 눈에 찰나지간 놀람이 떠올랐다 사라졌다.

'전음?'

전음(傳音)은 기(氣)를 음파의 형태로 변형시켜 타인의 귀에만 들리도록 보내는 공부다.

섬세한 기의 운용과 그에 걸맞은 내공이 전제되지 않으면 가능하지 않은 공부이기 때문에 절정을 바라보는 고수가 아니라면 시전할 꿈도 꾸지 못한다.

그래서 전음을 구사할 수 있는 자의 능력은 최소한 일류의 끝에 서 있다고 보아도 무방하다.

'다섯 분 노야께서 엽이 걱정은 하지 않아도 된다고 호언장담했을 때 의구심을 가졌었는데……'

운려의 입가에 희미한 미소가 스쳐 지나갔다.

검엽이 천재라는 것과 무공을 익히고 있다는 건 그녀도 익히 아는 사실이다. 얽힌 사연도 있어서 무공에 대한 그의 이해가 상상하기 어려울 정도로 깊다는 것도 안다.

그러나 그녀가 아는 검엽은 무공에 별 관심이 없었다. 그녀 앞에서 무공을 펼친 적은 더욱 없었다. 당연히 그녀는 검엽이 현재 어느 정도의 성취를 이루었는지 짐작할 수도 없었다.

그녀가 검엽을 와호당에서 끌어낸 것은 이유가 있었지만 그의 무공에 대한 기대는 포함되어 있지 않았다.

그런데 지금 검엽이 지닌 무력의 일단을 엿본 것이다. 앞에 기다리고 있는 상황을 예측할 수 없는 지금, 주변에 강한 고수가 있다는 것은 유쾌한 일이었다. 뒤를 맡길 수 있는 강한 고수라면 더할 나위 없는 일이었고.

[왜?]

[우리를 감시하는 자들이 있다.]

[……?]

살짝 고개를 숙인 운려의 눈에 놀란 빛이 떠올랐다.

[우리, 감시당할 만한 거냐?]

검엽의 질문에 운려는 고개를 들며 피식 웃었다. 이미 놀람의 기색은 사라지고 없었다.

소패왕이라고 불릴 만큼 대범한 그녀였다. 감정의 동요가 길게 갈 리 없었다. 그리고 그녀가 놀란 것은 자신도 알아차리지 못한 감시자를 검엽이 알아차린 것 때문이었다. 감시자들 때문이 아닌 것이다.

[최근 수년 동안 조용하던 무맹이 벌인 일이니까 관심을 가지는 자들이 있을 거야.]

[감시당할 만하다는 말이군.]

[그런 자들이 있을 거라고는 예상하고 있었어. 정무총련이나 천추군림성에서 주목하지 않는다면 오히려 이상한 일이지. 그들 말고도 더 있을 거라고 생각되지만 말이야.]

[내버려 둬도 돼?]

[우리는 무맹의 권역 내에서 이동하고 있어. 그들도 정보를 수집하는 일 이상은 벌이지 않을 거야. 무맹의 행사에 관심을 가지는 자들이 타초경사할 만큼 어리석은 자들이겠어? 우리가

그들을 끌어내기 위해 쓰이는 미끼도 아니고.]

검엽은 손안에 든 술잔을 어루만지듯 돌렸다.

그는 운려가 하는 말의 이면에 복잡한 의미가 깃들어 있다는 것을 알아차리기는 했지만 그것이 무엇인지는 알지 못했다.

무맹의 내부 사정에 대해 무지한 그였다. 관심이 없어 알아보려 한 적도 없었다. 그래도 대부분의 사람들이 아는 것만큼은 안다고 할 수 있었다. 하지만 깊게 생각해 본 적이 없어 잘 안다고 하기는 어려웠다.

그가 아무리 천재라도 모르는 건 모르는 것이다.

운려의 질문이 생각에 잠겨 있던 그를 일깨웠다.

[몇 명인지 알 수 있어?]

[일곱.]

운려의 눈이 빛났다.

[수준은?]

[여섯은 고만고만해. 하나는 여섯보다 조금 낫고.]

말과 함께 검엽은 일곱 명에 대해 운려에게 알려주었다. 그녀도 알아야 했으니까.

술잔을 들며 검엽이 말해준 자들의 면면을 자연스럽게 살핀 운려의 콧날에 슬그머니 주름이 잡혔다.

고만고만하다거나 좀 더 낫다는 검엽의 표현은 그의 기준에 맞춘 것이었다.

검엽의 정확한 능력을 알지 못하는 그녀가 그의 기준이 무엇인지 알 수는 없는 일. 일행을 감시하는 자들의 능력도 어림짐작하는 수밖에 없었다.

'여섯은 일류를 전후한 실력 같은데……. 한 명은 엽이가 말해주었는데도 기척을 알아채기 어려울 정도로 철저하게 훈련받은 자. 엽이의 이목이 생각보다 더 좋구나. 그나저나 저들 중에 산장의 밀각에서 보낸 사람은 포함되어 있지 않겠지. 차각주님이 엽이의 감각을 피하지 못할 정도로 무능한 사람을 보냈겠어?

나름대로 결론을 내린 그녀가 말했다.

[항주까지 계속 따라올 놈들이야. 위험하게 굴지만 않으면 그냥 두자.]

[뭐, 네가 그렇게 생각한다면 알아서 해. 그래도 한 놈은 어디서 보낸 놈인지 알아봐야 할 거 같다.]

[좀 더 낫다는 놈?]

[그래.]

[왜?]

[맘에 안 들어.]

[응? 뭐가?]

[그런 게 있다.]

술잔을 내려놓던 검엽이 말을 이었다.

[그놈이 나간다. 갔다 올게.]

그가 주목한 일곱 명 중 낙척문사 차림의 장년인이 일층으로 내려가고 있었다.

[시간 내에 돌아오겠다.]
[혼자 가도 되겠어?]
[혼자가 편해.]
[알았어. 조심해. 무리하지 말고.]

자음자작하던 검엽이 자리에서 일어나 말없이 일층으로 내려가자 운려를 제외한 일행은 어리둥절한 얼굴이 되었다.

그들 중에는 기분이 상한 기색을 숨기지 않는 사람도 있었다. 그러나 검엽의 등을 보며 내뱉은 운려의 한마디가 장내를 단숨에 정리해 버렸다.

"분위기 깰 거면 배로 돌아가라고 했어요."

위천곡 등은 일제히 고개를 끄덕였다.

입을 다물고 허리를 세운 채 한 손만 움직여 자음자작하는 검엽의 기묘하게 정적인 태도가 일행의 분방한 분위기를 망치고 있는 건 사실이었으니까.

무창의 명물 황학루 주변이다. 게다가 계절은 봄의 절정인 오월. 휘영청 달마저 밝은 초저녁의 거리는 선선한 밤바람을 맞으며 돌아다니는 사람들로 미어터지고 있었다.

'빠른 놈이구먼.'

검엽은 소리없이 이를 드러내며 웃었다.

낙척문사의 기운이 느껴지지 않았다.

그의 감지력은 하나의 목표에 의식을 집중하는 경우 이십 장 이내에서는 목표를 놓치지 않는다. 낙척문사는 그와 이십 장 이상의 거리를 벌린 것이다.

그가 낙척문사를 따라 일어선 지 다섯을 셀 시간도 지나지 않았고, 쉴 새 없이 어깨가 부딪칠 정도로 붐비는 거리의 상황을 감안하면 대단한 속도였다.

하지만 검엽은 낙척문사의 기운이 느껴지지 않는 것에 대해 염려하지도 초조해하지도 않았다. 목표가 일백 장을 벗어나지 않는 한 그는 상대가 누구라도 그를 추적할 자신도, 능력도 있었다.

'다른 자들과 달리 그자의 눈에서 위험한 기운이 느껴졌다. 무시하고 넘어가기엔 느낌이 너무 강해.'

청학루의 입구를 일 장 정도를 벗어나 처마 밑에 선 그는 정신을 집중했다.

주루의 입구에서 손님을 맞으며 힐끔힐끔 검엽을 살피던 점소이 구삼은 갑자기 심장이 얼어붙는 듯한 기분에 몸을 떨었다. 식은땀이 송골송골 솟으며 전신에 소름이 돋았다.

이처럼 사람이 많은 곳에서 느닷없이 귀신들이 돌아다니는 공동묘지에 온 것 같은 기분이라니 이해할 수 없는 일이었다.

그는 창백한 얼굴로 주루의 문을 부여잡았다. 안 그러면 쓰러질 것 같았다.

'빌어먹. 요새 너무 일을 열심히 해서 몸이 허해졌나 보다. 그러게 일은 요령껏 해야 되는데 뭔 영화를 보겠다고 몸이 상할 정도로 일을 했을까. 염병.'

검엽은 점소이의 기운이 급격하게 움츠러드는 것을 느꼈다.

그래도 심령에 타격을 받은 것 같지는 않았다.

그와 점소이의 거리라고 해봐야 일곱 자가량.

귀기(鬼氣)를 산장 밖에서 운용한 적이 없어 어느 정도의 거리까지 영향을 받을지 알 수 없었는데 그 거리가 일곱 자인 듯했다. 점소이보다 조금이라도 뒤쪽에 있는 사람들의 기운은 변화가 없었다.

그가 귀기를 운용한 시간이 길었다면 점소이는 기절했을 것이다. 기절이라는 말 그대로 기가 끊어져서. 하지만 다행히 검엽이 귀기를 운용한 시간은 눈 서너 번 깜박일 정도에 불과했다.

검엽은 큰 걸음으로 처마 밑을 벗어났다. 그리고 사람들 사이를 미끄러지듯 헤치며 걷기 시작했다.

그리고 그런 그의 머리 위 십여 장 허공에 떠 있던, 형체가 없는 무언가도 함께 움직였다.

'귀응(鬼鷹)을 이런 일에 쓸 줄은 몰랐군.'

그는 떨떠름한 기색이었다.

유용함만을 본다면 두말이 필요없는 존재였지만 정말 쓰고 싶지 않은 것이 또한 저것이었다.

불러내자마자 단숨에 그의 전신을 채우는 활력과 상쾌함. 그것이 어디에서 온 것인지 아는 그였기에 더욱 좋아할 수 없었다. 그 느낌은 그가 잊고자 그처럼 노력했음에도 한순간도 잊을 수 없던 가문의 기억을 일깨우는 것이었으니까.

십 장 상공에 떠 있는, 형체가 없는 것의 이름은 귀응.

다른 사람들은 그것을 볼 수도 만질 수도 없지만 그에게는 생명이 있는 다른 존재와 마찬가지로 심안에 비쳐졌다. 그가 불러낸 것이었으니 당연한 일이다.

그의 심안에 비쳐진 귀응은 현실의 매와 같은 모습이었다.

날개와 꼬리 부분에서 검은 기운을 안개처럼 흘리며 날아다니는 매의 형상.

그가 사라진 낙척문사를 어떻게 쫓을지 걱정하지 않은 것은 귀응이 있기 때문이었다. 귀응은 그와 심안으로 연결되어 있어 귀응이 보는 것은 그도 볼 수 있었다.

일반인들은 상상도 못할 일이었고, 그에게 이러한 능력을 가능케 해준 풍도문의 비전을 전한 구양문도 믿지 못할 일이었다.

사실 검엽은 다섯 노인의 가르침 중 구양문의 가르침을 가장 소홀히 했다.

구양문이 애걸복걸하지 않았다면 배우지도 않았을 것이다. 그러면서도 노인들의 가르침 중 가장 높은 성취를 이룬 것이 구양문의 가르침, 풍도문의 비전이었다.

그의 피에 흐르는 일족의 능력이 그것을 가능하게 했다. 그는 탐탁지 않았지만 그것은 그로서도 어쩔 수 없는 일이었다. 다른 노인들의 절학과는 달리 풍도문의 공부는 수련하지 않아도 시간이 흐르면서 저절로 성취를 높여갔다. 마치 살아 있는 생물처럼.

그로 인해 얻은 능력 중의 하나가 지금 펼쳐지고 있는 것이다.

 날개를 활짝 편 귀응은 무서운 속도로 검엽을 중심으로 사방 일백여 장을 훑었다. 그리고 귀응과 연결된 심안으로 검엽은 곧 그가 찾던 낙척문사를 발견할 수 있었다.

 일행은 의식적으로 검엽에 대한 얘기를 꺼내지 않았다. 그러나 어디서나 예외는 있는 법.

 검엽이 사라진 계단을 바라보던 오유진이 운려에게 반짝이는 눈을 들이대며 물었다.

 "언니, 저 사람 얼굴이 정말 그렇게 못생겼어요?"

 "못 믿겠어?"

 운려가 피식 웃으며 말하자 오유진은 대뜸 고개를 끄덕였다.

 "손이 옥으로 빚은 것처럼 고운 사람의 얼굴이 천하제일추남이라고 하면 그 말을 어떻게 믿겠어요?"

 "손?"

 술잔을 한입에 털어 넣은 운려는 풀썩 웃었다. 거기까지는 생각지 못했다.

 그녀가 말했다.

 "진 매, 관찰력이 좋네. 그런데 검엽에게 너무 관심 갖지 마. 득 될 게 없어."

 오유진이 눈을 동그랗게 떴다.

 "왜요? 못생겨서요?"

'못생기긴, 너무 잘생겨서 탈이지. 그것도 아주 끔찍하게 잘생겼지. 네가 보면 아마 넋이 반쯤 나갈 거야.'

운려는 잔에 술을 따르며 대답했다.

"생김새 때문이 아니야."

"그럼요?"

"성격 때문에 그래."

"성격이요?"

오유진이 고개를 갸웃하며 물었다. 위천곡 등도 의아한 얼굴이긴 마찬가지였다.

검엽이 그들과 함께 있는 동안 말 한마디 없어 껄끄럽다는 생각은 들었지만 성격이 이상하다는 느낌을 받은 사람은 없었다. 단지 사람들과 어울리는 걸 싫어하는 것 같다는 생각을 했을 뿐이다. 그가 맹인이라는 사실을 알아차린 사람은 당연히 없었다.

운려는 피식 웃으며 고개를 휘휘 저었다.

그녀의 눈은 깊었다.

'열한 살 이전에 대한 얘기는 듣지 못해서 나도 몰라. 하지만 그가 와호당에서 산 날들은 잘 알지. 검엽의 또래 친구는 나 하나야. 검엽은 비슷한 나이대의 사람이라고는 나 하나밖에 모른단 말야. 그는 성격이 괴팍하기로 무림에서 둘째가라면 서러워할 노인들에게 둘러싸여 큰 거라고. 그런 날들 속에서 성장했는데 성격이 정상이라면 그게 비정상이지. 게다가 검엽은 생각하는 방식이 근본적으로 보통 사람들과 아주 많이 달라. 사귄 지 몇 년이 흐른 뒤에야 나도 안 사실이지만… 노야들 얘기로는 와호당에 왔을 때부터 검엽은 무척 특별했었단다.'

잠시 생각에 잠겼던 그녀가 담담한 어조로 말했다.

"진 매, 겪어보지 않으면 이해하지 못할 거야. 말로 해서 이해할 수 있는 성격이 아니거든. 그러니까 관심을 갖지 마. 그게 속 편해."

위천곡 등은 운려의 말대로 할 생각이었다.

검엽의 풍모가 특이하긴 했지만 산장에는 그보다 특이한 사람도 많았다. 일행이어서 신경이 쓰였을 뿐 굳이 그들이 검엽에게 관심을 가져야 할 이유는 없었다.

하지만 오유진은 달랐다.

운려의 말은 오히려 검엽에 대한 그녀의 관심을 증폭시켰다.

운려는 여자지만 감성은 오히려 남자에 가까웠다. 그녀가 오유진의 속마음을 이해하는 것은 무리였다.

第七章

검엽은 미꾸라지처럼 사람들 사이를 빠져나가는 낙척문사의 뒤를 큰 걸음으로 쫓았다. 그와 낙척문사의 거리는 십오 장. 상대는 추적과 은신의 달인이었다.

 보통이라면 그리 안심할 수 없는 거리. 그러나 문사가 그의 추적을 알아차릴 가능성은 극히 희박했다.

 그의 가문에 유전되는 지존신마기는 사공과 마공을 익힌 자들에겐 절대의 위력을 발휘한다.

 비록 검엽이 가문에 비전되는 신마기의 운용법을 모르는 상태여서 그 효과는 극히 미미하지만 그것만으로도 낙척문사는 검엽의 추적을 알아차리지 못할 것이다.

 신마기에는 사공이나 마공을 익힌 자들이 신마기의 주인을 의식하기 어렵게 만드는 공능이 있기 때문이다. 물론 그 반대의 공능도 존재한다.

낙척문사의 목적지는 청운루에서 이백오십 장 정도 떨어진 작은 객잔이었다.

그는 그 짧은 거리를 이동하는 데 이각에 가까운 시간을 들였다. 끊임없이 꼬리를 확인하고 흔적을 지우며 객잔과 상관없는 지역을 이리저리 돌아다녔기 때문이다.

검엽은 객잔의 담장을 따라 골목으로 들어갔다. 어차피 눈으로 보고 쫓는 추적이 아니었다. 문사가 객잔으로 들어간 것은 추적에 아무런 지장이 되지 않는 것이다.

그의 머리 십여 장 위 공간이 어느 순간 일그러졌다가 곧 제 모습을 되찾았다. 그와 함께 상공을 유유히 활강하며 낙척문사의 뒤를 따르던 귀옹의 모습이 사라졌다.

골목으로 들어서서 객잔의 담장 그늘에 붙어 선 검엽의 미간에 가는 주름이 잡혀 있었다. 피로가 눈가에 묻어났다. 두어 번의 심호흡으로 몸 안의 탁기를 토해내자 바닥을 드러내던 단전에 조금씩 진기가 차올랐다.

귀옹은 나타날 때 무한할 듯한 활력을 주지만 그것은 얼마 지속되지 않는다. 오히려 귀물의 소환과 유지, 그리고 활용에는 막대한 내력과 심력이 소모된다.

현재 검엽의 내공으로는 실상 귀물의 소환이 불가능해야 정상이었다. 지존신마기가 불가능을 가능케 한 것이다. 그러나 그 대가는 작지 않았다.

'확실히… 힘들어.'

흐른 땀으로 속옷이 축축했다.

'여러모로 달갑지 않구먼. 후우…….'

그는 내심 한숨을 쉬었다.

그는 풍도귀왕공을 익히던 초기의 일 년을 제외하고는 귀왕공을 제대로 수련한 적이 없었다. 귀기를 사용해 귀물(鬼物)을 불러낸 것도 근 이 년 만이었다.

'수련을 하지 않았는데도 성취가 괄목할 정도로 늘었다. 이거야 원…….'

그가 귀물을 불러낸 것은 이 년 전 단 한 번밖에 없었다. 당시 소환한 귀물의 형상을 유지하고 부릴 수 있는 시간은 대략 반 각 정도였었다.

그런데 이 년 동안 수련을 전혀 하지 않았음에도 귀물은 일각 반 정도의 시간 동안 형상을 유지했고, 그의 의지에 종속했다. 무리를 한다면 이각 동안도 가능할 것 같았다.

'이 속도로 귀왕공이 깊이를 더해간다면 조만간 귀물이 물리력을 가질지도 모르겠군.'

검엽의 이마에 주름이 졌다. 필요해서 불러내긴 했지만 귀왕공의 성취가 전과 비교해 괄목상대할 정도로 늘었다는 건 반가운 일이 아니었다.

그는 머리를 저었다.

자신이 소환한 귀웅에 자신도 놀란 터라 생각이 자꾸 이어지려 했다. 그러나 지금은 귀왕공에 신경 쓸 때가 아니었다.

팔 척가량 되는 담장의 그늘을 따라 움직이던 그는 안쪽에 심어진 나무의 그늘이 담장을 덮고 있는 지점에서 한 가닥 검은 안개처럼 허공으로 신형을 솟구쳤다.

담을 넘은 검엽의 신형이 바람처럼 객잔의 측면을 돌아 후원으로 향했다.

그의 운신법은 독특했다.

물이 흐르는 것처럼 자연스러웠지만 속도는 그다지 빠르지 않았다. 그러나 달빛이 내려앉는 듯 소리없는 그 움직임은 눈을 부릅뜨고 보아도 발견하기 어려울 만큼 은밀했다.

암천부운행(暗天浮雲行).

그가 펼치는 경공은 그런 이름을 갖고 있었다. 그 자신 외에는 무림 중의 누구도 알지 못하는 경신법이다.

그럴 수밖에 없었다.

암천부운행은 검엽이 창안한 경공이었으니까.

그를 가르친 다섯 명의 노고수는 그가 무공을 창안했다는 것을 알지 못했다.

무공의 일대종사들도 무공을 창안하기 쉽지 않다. 그런데 무공을 배운 지 이제 칠 년밖에 안 된 검엽이 자신만의 무공을 창안했을 거라고 누가 상상할 수 있겠는가.

그가 무공을 창안하기 시작한 것은 일 년 전부터였다.

암천부운행은 이천릉의 섬전유운신법(閃電流雲身法)과 구양문의 이매보(魑魅步)가 가진 장점에 전륜구환공의 심득을 더해 창안한 경공이었다.

배움을 확인한다면서 자신을 끊임없이 귀찮게 하는 노인들의 마수를 피하기 위해 쾌속(快速)과 은밀(隱密)함에 중점을 두고 만든 경공이 암천부운행이었다.

그가 가장 먼저 만들어낸 무공이기도 했고.

지금 그가 사용하고 있는 경공은 암천부운행의 오대요결 중 암귀행(暗鬼行)으로, 이매보와 구환기의 아홉 진결 중 곤(坤)에 기반한 암현결(暗玄訣)의 심득이 더해진 것이다.

암천부운행 외에도 검엽이 창안한 무공은 몇 가지가 더 있었다. 그는 그것들을 사용하는 경우가 발생하지 않기를 진심으로 바랐다. 하지만 앞날은 누구도 모르는 것이다.

'심심해서 만들어본 건데 생각보다 쓸 만하군.'

이천륭과 구양문이 들었다면 머리에서 김이 펄펄 날 생각을 아무렇지도 않게 하며 몸을 날리던 검엽은 후원 객방의 이층 지붕 위로 한 가닥 검은 구름처럼 날아올랐다.

조심스러운 몸짓으로 방 안에 들어선 낙척문사를 맞은 사람은 평범한 인상의 오십대 백삼문사였다.

의자에 앉아 느긋하게 차를 마시고 있던 그는 자신을 향해 깊이 읍하는 낙척문사를 손짓으로 앉혔다. 그의 손짓에서는 평소 사람을 많이 부려본 사람의 자연스러움이 묻어났다.

초로인의 질문은 없었다.

그러나 낙척문사 모추는 지체없이 입을 열었다. 그의 앞에 앉은 사람의 평범해 보이는 인상 뒤에 숨어 있는 잔혹함을 그는 뼛속 깊이 알고 있었다.

"소운려는 일행 아홉과 함께 청학루에 있습니다. 조운상이 척천단의 호위무사 셋과 그녀를 호위하고 있으며, 사십 명의 꼬마와 나머지 호위무사들은 조운상을 중심으로 방원 일백 장 이내에 있습니다."

"놀러 가는 것도 아닌데 흩어져 있다고? 앞마당이다 이거지. 흐흐흐."

초로인 엄호태는 낮게 웃었다. 그러나 그 웃음은 짧았다.

웃음이 사라진 그의 눈빛은 얼음처럼 차가웠다. 방금 전의 웃음이 헛것처럼 여겨졌다.

그가 말을 이었다.

"공자님께서는 그 아이가 무맹에 도착하기 전 물건을 얻고 싶어하신다. 가능한 조용하게."

모추는 고개를 숙이며 대답했다.

"공자님의 뜻은 한 치의 어김도 없이 이루어질 것입니다."

지붕에 누워 아래쪽에서 들리는 대화에 귀를 기울이던 검엽은 미간을 찡그렸다.

'저들이 무슨 소리들을 하는지 알아들을 수가 없구먼. 운려가 갖고 있는 물건을 빼앗고 싶어하는 거 같긴 한데… 운려의 수중에 다른 사람이 탐을 낼 만한 물건이 있었나? 운려가 가진 물건 중에 값나가는 거라고 해야 장주가 준 검뿐일 텐데? 하지만 그 검도 날이 잘 서 있을 뿐이지 보검이라고 할 수는 없는 거잖아. 설령 그 검이 생긴 것과는 다르게 절세의 보검이라고 해도 저런 자들이 고작 칼 한 자루 때문에 운려를 노린다는 게 말이 되나? 검은 아니라고 보는 게 맞을 테고, 그럼 저자들이 노리는 게 뭐지?'

그가 고개를 갸웃거리는 동안 낙척문사는 방을 나섰고, 안에는 중늙은이만 남았다.

검엽은 갈등했다.

'잡을까 말까?'

갈등은 짧았다.

운려의 신분이 무림 중에서 낮다고 할 수 없고, 무맹의 총타로 향하는 그녀의 행보 또한 가볍지 않은 것인만큼 주변을 배회하는 밀정이나 간세들을 처리할 때 여러 면을 고려해야 함은 기본이라 할 수 있었다.

만약 검엽이 대세의 흐름에 관심이 있는 사람이었다면 분명 그리했을 것이다. 그러나 검엽은 대세에 전혀 관심이 없었다.

그것이 엄호태의 불행이었다.

'개를 패면 주인이 나오는 법이라고 노야들이 말했지. 저자가 불면 더 좋고, 아니라면 저자의 뒤에 있는 자들이 나오겠지. 공자라는 자가 뒤에 있는 모양이니까. 아니면 뭐, 어쩔 수 없는 일이고.'

결심한 검엽의 신형이 미끄러지듯 지붕을 타고 흘러내린다 싶더니 발끝을 처마에 걸고 거꾸로 늘어졌다.

그가 신형을 늘어뜨린 곳은 중늙은이 엄호태가 있는 방의 창문 밖이었다.

창턱을 슬쩍 짚은 그의 신형이 바람처럼 방 안으로 들어섰다.

한 모금 마신 찻잔을 탁자 위에 내려놓으려던 엄호태의 안색이 돌처럼 굳었다.

아무런 기척도 느끼지 못했는데 그의 전신은 방금 전까지 없던 그림자에 묻혀 있었다.

믿기지 않게도 침입자였다. 그림자가 없었다면 알아차리지도 못했으리라.

그는 천천히 찻잔을 놓은 후 자리에서 일어났다.

침입자는 그를 공격하지 않고 있었다. 그의 예민한 이목이 감지하지 못한 자였다. 방에 들어서자마자 그를 공격했다면 흉다길소(凶多吉少)였을 것이다.

그는 도산검림(刀山劒林)의 무림에서 수십 년 동안 칼밥을 먹은 사람이다. 이런 경우 상대를 자극하는 움직임은 별로 현명한 일이 아니었다.

무엇보다도 그는 행적을 드러내서는 안 되는 일을 하고 있었다. 성질 같아서야 당장 출수하고 싶었지만 가능하면 소란은 피해야 했다.

처음 그의 생각은 그랬다.

월광을 등지고 창가에 선 장신의 흑의죽립인.

죽립의 주변을 병풍처럼 가린 면사가 독특했다.

엄호태는 눈살을 찌푸리며 물었다.

"보아하니 양상군자는 아닌 듯싶은데, 남의 방을 이렇게 무단으로 들어오셔도 되는가?"

검엽은 피식 웃었다.

그는 돌려 말하는 화법을 좋아하지 않았다.

유일한 친구인 운려와도 그러했는데 생면부지의 인물과는 말할 것도 없었다.

"왜 척천산장의 소장주를 개처럼 졸졸 따라다니는지 말해라. 그럼 그냥 몸 성하게 내버려 두고 가도록 하지."

조금 탁하게 들리는 중저음.

상대의 말이 귀를 울리는 순간 엄호태는 가슴이 답답해졌다. 마치 거대한 쇠망치로 가슴을 두드려 맞은 듯했다.

그의 눈에 뚜렷한 긴장과 경악의 빛이 폭죽처럼 솟아올랐다.

그는 고수였다.

그것도 그가 모시는 이의 주변에 있는 사람 중 열 손가락 안에는 들어갈 거라 자타가 공인하는 사람이 그였다. 그런 그가 상대의 개방된 기세도 아니고 단순히 말에 실린 기세에 눌린 것이다.

엄호태는 상대의 기세가 무력에서 나오는 것이라고 생각했다. 그래서 놀란 것이다. 상대가 자신을 기세로 압박할 정도의 절정고수라고 생각했기에.

크게 잘못된 판단은 아니었다. 그러나 엄밀하게 따진다면 실상은 그의 생각과 많이 달랐다.

검엽의 기세는 무공 이전에 유전되는 혼(魂)과 피[血]로부터 우러나오는 지존신마기의 기세였다. 사공과 마공을 익힌 자들은 그 무공이 아무리 높아도 검엽의 기세를 견디기 어렵다.

기척을 알아차리기 어렵게 만드는 것과 더불어 상대의 심령에 절대적인 압박과 존재감을 심어주는 기세.

신마기의 공능이었다.

엄호태가 기세에 눌리긴 했어도 멀쩡하게 서 있는 것은 검엽이 가문의 비전을 수습하지 못했기 때문이다.

만약 검엽이 가문의 비전을 수습했다면 엄호태는 그를 보는 순간 고양이 앞의 쥐가 되었을 것이다.

엄호태는 내력을 운기해 검엽의 기세에 저항하며 입을 열었다.

"난데없이 찾아와 영문도 모를 질문을 할 요량이라면 상대를 잘못 찾아오신 듯하외다."

자신도 모르는 사이 그는 반 존대를 하고 있었다.

내력을 운기했음에도 그의 전신에는 소름이 돋았다. 상대의 기세를 이겨낼 수 없는 것은 운기 전이나 다름없었다. 그의 가슴에 두려움이 밀물처럼 차올랐다.

검엽의 얼굴에서 표정이 사라졌다.

말로 해서 통할 자라고는 애초부터 생각하지 않았다. 그럼에도 그가 손부터 쓰지 않은 것은 상대의 무위를 정확하게 판단하지 못했기 때문이다.

그의 잠능은 자신도 정확하게 알지 못할 정도였지만 그는 대적 경험이 전무한 강호초출인 것이다.

먼저 움직인 사람은 엄호태였다.

검엽이 손을 쓸 것을 결심한 순간 그의 전신에서 흘러나온 기세는 엄호태가 견딜 수 있는 수준을 넘어서 버렸다. 움직이지 않으면 싸우기도 전에 쓰러질 것을 직감한 엄호태로서는 선택의 여지가 없어져 버린 것이다.

그와 검엽의 거리는 일 장 반 정도.

고수들에게는 손만 뻗으면 닿을 거리다.

한걸음에 거리를 좁힌 엄호태의 오른손에 한 자루 강철로 만든 판관필이 월광을 받아 요요한 빛을 뿌리며 검엽의 목젖으로 번개처럼 날아들었다.

엄호태의 성명 절기는 이십사 초의 혈루필법(血淚筆法)과 광랑보법(狂浪步法).

지금 그가 펼친 것은 혈루필법의 최후 절초인 혈루필점사(血淚筆點死)였다.

자신의 판관필이 상대의 목을 관통하는 장면이 눈에 들어왔음에도 손에 아무런 느낌이 오지 않자 엄호태는 자신이 헛손질했음을 알았다.

'환영(幻影)? 보법이 극에 달한 자…….'

빠른 운신이 뿌연 잔상을 남기는 수준을 넘어 진체와 동일한 형상을 남기는 경지를 보법에서는 환영(幻影)이라고 한다.

엄호태의 광랑보도 무림일절이라 평가받지만 환영을 남기지는 못했다.

검엽이 움직인 거리는 단 일 보였다. 쇠로 만든 판관필이라고 해야 그 끝은 불과 일 촌도 되지 않는다. 그것을 피하기 위해 멀리 이동하는 것은 바보나 할 짓이었다.

그는 암천부운행 중의 보법 요결인 부운탄섬(浮雲彈閃)으로 좌측으로 반보를 움직였다. 그러자 그의 신형이 두 개로 분리되어 절반이 겹친 것 같은 형상이 되었다.

그의 목을 노리고 날아든 판관필이 우측 목을 종이 한 장 차이로 스쳐 지나갔다.

엄호태의 눈빛이 여지없이 흐트러졌다.

'내 이목을 속였을 때 경신의 고수라는 짐작은 했지만 이 정도라니… 오늘은 길보다 흉이 많겠구나.'

생각하는 동안 손을 놓고 있다면 싸움이 되겠는가.

엄호태의 신형이 바람처럼 좌측으로 두 걸음 이동하며 판관필이 그의 전면에 엄밀한 그물을 만들어냈다.

공격을 잇기에는 상대의 움직임이 너무나 빨랐다.

그가 일시지간 진체를 잡아내지 못할 정도.

그것은 틈이었고, 틈이 생긴 이상 상대가 공격할 것은 자명한 일이었다.

판관필의 끝이 허공에 눈물과도 같은 점을 찍어 만들어낸 그물.

혈루필법 최고의 방어 초식 혈루점망(血淚點網).

엄호태는 상대의 공격을 막고 기회를 만들고자 했다.

검엽은 흑백이긴 하지만 앞을 본다.

그리고 무엇보다도 검엽은 눈으로 보는 것보다 더 정확하게 사물의 기를 느낀다. 그것은 상대의 운신을 가감없이, 그리고 진체를 본다는 것을 의미했다.

검엽을 상대하며 그에게 허초를 쓰거나 현란한 변화를 부리는 것은 그야말로 어리석은 행위였다.

물론 그것을 아는 자는 아무도 없었고, 엄호태는 더더욱 알 수 없는 일이었지만.

검엽의 우수가 눈앞의 그물로 두부처럼 파고들었다. 말 그대로 그의 손은 그물 사이를 파고들었다. 게다가 그 속도가 어찌나 빠른지 엄호태가 그의 손길을 의식했을 때는 벌써 혈루점망에 구멍이 뻥 뚫린 후였다.

엄호태의 얼굴이 시퍼렇게 물들었다.

자신이 만든 혈루점망이 어처구니없게 구멍 난 것이다. 평생 동안 한 번도 경험하지 못한 일이었다.

어떻게 사람의 주먹이 일 촌도 안 되는 혈루점망의 틈을 저렇게 수월하게 파고들 수 있단 말인가.

검엽이 노굉의 개산권과 이천룡의 추뢰섬전수에 구환공의 권법 요결에서 얻은 심득을 더해 창안한 겁천벽뢰타(劫天劈雷打)의 여섯 초식 가운데 쾌의 요결이 집대성된 섬전벽뢰의 초현이었다.

검엽은 전력을 다하고 있었다.

상대의 능력을 제대로 모를 뿐만 아니라 자신의 능력도 정확하게 알지 못하는 그로서는 생사를 다투는 싸움에서 힘을 남겨둘 여유를 갖고 있지 못했다.

대적 경험의 부족 때문이었고, 그 사실을 검엽도 인정하고 있기 때문에 이루어진 선택이었다.

거기에 그를 가르친 이천룽의 가르침도 한몫 단단히 했다.

"일 대 다수의 경우도 마찬가지겠지만 일대일의 경우 쓰러뜨려야 할 상대와 손을 나누게 되면 전력을 다해라. 상대를 탐색하는 과정이 필요하다고 하는 자들이 있는데, 이길 자신이 없는 자들이나 주절거리는 헛소리야. 그렇게 여유 부리다가 누우면 누가 하소연을 들어주기나 할 거 같냐? 하소연할 데도 없고, 재수없으면 염라대왕을 바로 대면하게 돼. 강호는 말이다, 패자(敗者)는 유구무언(有口無言)이야. 그리고… 전부는 아니어도 대다수의 경우 이기면 만사형통이거든."

기품을 중시하는 명문 정파의 원로들이 들으면 한숨을 내쉴 가르침이었지만 당시의 이천룽은 진지했다.

그리고 무림이라는 세상을 전혀 알지 못하는 검엽에게 이천룽을 비롯한 네 노인의 가르침은 그가 아는 무림의 전부일 수밖에 없었기에 무림에 발을 디딘 순간부터 검엽은 그들의 가르침을 충실히 따르고 있었다.

찰나의 순간 검엽의 우수는 엄호태의 판관필이 만들어낸 필영(筆影)을 두드리고 밀쳐 내며 길을 열었다. 하지만 그 손길이 너무나 빨라 엄호태는 필영이 부서지는 것을 보기도 전에 그물에 구멍이 뚫린 것을 보게 된 것이다.

경악한 엄호태가 두 걸음을 물러섰지만 검엽과의 거리는 더 가까워졌다.

검엽이 따라붙은 것이다.

판관필을 밀어낸 그의 손이 엄호태의 양손 팔뚝을 두드리며 지나갔다.

우두둑!

뼈가 부러지는 소리가 고요한 방 안을 울렸다.

기형적으로 팔이 꺾인 엄호태는 핏기가 가셔 시체처럼 변한 얼굴로 정신없이 물러나려 했다.

그러나 검엽의 신형은 그보다 배는 빨랐다.

엄호태와 두 자 거리까지 좁힌 검엽의 손길이 그대로 엄호태의 심장을 눌러갔다.

"……."

비명도 없이 무너지듯 그 자리에 무릎을 꿇은 엄호태는 입가에 흐르는 핏물을 의식하지 못했다.

검엽의 손이 가슴에 닿는 순간 오장육부가 뒤흔들린 뒤였다. 정신을 놓기 직전의 그에게 흐르는 핏물을 의식할 여유 따위가 어디 있으랴.

게다가 단 이 초였다, 그가 검엽과 손을 섞은 것은.

시간이라고 해야 불과 서넛을 헤아릴 정도.

그는 자신이 모시는 사람들을 제외하고 당대 무림에 자신을 단 이 초로 패배시킬 수 있는 사람이 있으리라고는 상상조차 해본 적이 없었다. 그래서 지금 그의 마음은 상처를 차치하더라도 공황 상태였다.

그러나 엄호태의 처참한 패배는 그가 검엽에 대해 아무것도 알지 못했다는 사실에 기인한 것이었다.

만약 검엽이 신마기와 기의 진체를 느끼는 괴이한 감각을 갖고 있지 않았다면 승패의 변동은 없었을지라도 싸움이 이처럼 쉽게 끝나지는 않았을 것이다.

무공이 비슷한 수준의 고수들의 싸움은 기세로 시작해서 기세로 끝난다고 해도 과언이 아니다. 그런데 엄호태는 기세를 돋울 마음의 여유를 갖지 못했고, 그 결과 그는 적과 싸울 때 반드시 필요한 살기를 가다듬지 못했다.

살기가 담겨 있지 않은 초식은 대련에나 유용하지, 목숨을 건 싸움에서는 춤 이상의 의미를 갖지 못한다.

죽립으로 가려진 검엽의 안색은 엄호태와 싸우기 전에 비해 확연할 정도로 창백해져 있었다.

부운탄섬과 겹천벽뢰타와 같은 그의 창안 무공은 하나같이 막대한 내공을 필요로 했다.

그것은 양날의 검과 같았다.

만일 승부가 단숨에 나지 않는다면 탈진한 그는 적에게 목을 내어주어야 할 것이다.

드러나지 않게 내력을 일주천시켜 소모된 진력의 일부를 보충한 검엽은 엄호태의 백회에 손을 올려놓으며 물었다.

"아직도 대답할 생각이 없나?"

방금 전까지 무서운 속도로 움직인 자라고는 생각되지 않는 평이하고 담담한 어조.

엄호태는 정신을 차리기 위해 안간힘을 썼다.

상대의 기세는 그의 심령에 공포를 드리우고 있었다. 그리고 그는 이제야 자신이 상대에게 두려움을 느낀 건 무력 때문이 아니라는 것을 어렴풋하게 눈치채고 있었다.

그가 모시는 사람들은 눈앞의 상대보다 더 강했다. 그렇지만 그는 그들에게서 눈앞의 자와 같은 속수무책의 공포를 느끼지는 않았다. 상대의 공포스러운 기세는 무력에서 우러나는 것이 아닌 것이다.

"…죽여… 라……."

검엽은 말없이 자신의 손에서 느껴지는 상대의 기를 읽었다. 끊어질 듯 이어져 위태위태하지만 완강한 기운.

미간을 살짝 찡그린 그는 고개를 끄덕였다.

"그러지."

검엽의 장심에서 흘러나간 기운이 엄호태의 머릿속을 단숨에 으깨진 어육처럼 만들어 버렸다.

어이가 없는 듯 칠공에서 피를 흘리며 뒤로 넘어가는 엄호태는 눈을 감지 못했다.

죽이라고 했지만 아무것도 묻지 않고 정말 죽일 줄은 그도 예상치 못했다.

그는 검엽이 알고 싶어하는 비밀을 알고 있었고, 그 비밀을 알아내기 위해서는 그를 살려두어야만 했다. 그리고 그가 살아 있는 동안 그를 보낸 사람은 그를 구하기 위해 손을 쓸 것이 분명했다. 그 시간 동안만 버티면 된다고 그는 생각했다. 상대가 그를 죽이는 것은 최악의 경우였다.

그런데 검엽은 망설임없이 그 최악의 선택을 한 것이다.

엄호태는 검엽의 성격을 몰랐다.

유일한 친구인 운려가 정상이 아니라고 했던 그의 성격을.

그것이 그를 죽음에 이르게 했다.

'운려가 가진 것이 중요한 것이라면 또 다른 자가 오겠지. 안 오면 그만이고.'

검엽은 느릿하게 신형을 돌렸다.

와호당의 노인들과의 비무를 제외하면 그가 겪은 최초의 진정한 격투였고, 첫 살인이었다.

그러나 검엽의 마음은 잔잔한 호수처럼 평온하기만 했다.

살인에 익숙한 무림의 노강호보다도 더 평온한 기색.

그것이 어찌 정상이랴.

검엽은 자신의 그런 비정상적인 상태를 누구보다도 더 잘 알고 있었다.

'업(業)이다······.'

알 수 없는 말을 속으로 되뇌인 검엽은 가볍게 고개를 저었다. 생각을 따라가면 잊기로 결심한 것들이 떠오를 테니까.

창문을 넘어 비조처럼 객잔의 후원을 빠져나가는 검엽의 마음속에는 생각이 넘쳐 났다.

'마공을 익힌 자가 아니었다면 이렇게 쉽게 끝나진 않았을 거야. 이 노야의 백초지적은 될 자였다.'

그는 지존신마기의 주인, 신마기가 어떤 힘을 갖고 있는지 그보다 잘 아는 사람은 천하에 존재하지 않았다. 엄호태가 그를 상대하며 왜 그리 절박해했는지, 그리고 왜 그리 간단하게 기세가 죽었는지 이유를 잘 아는 것이다.

'그나저나 엉뚱하게 쓸 만한 것을 배웠구먼.'

그는 소리없이 이를 드러내며 웃었다.

그의 오른손은 미미하게 꿈틀거리고 있었는데, 그 흐름은 엄호태가 펼쳤던 혈루필점사와 혈루점망을 따르고 있었다.

엄호태가 살아 그 장면을 보았다면 망연해했을 손놀림.

검엽은 그 짧은 싸움 동안 엄호태의 혈루필법 중 가장 귀한 두 개의 초식을 배워 버린 것이다.

겉모양만 따라 하는 것이 아닌, 내기의 흐름까지 완벽한 초식의 재현이었다.

그는 싸우며 엄호태의 초식에 운용되는 기의 행로를 느꼈다. 어렵지 않은 일이었다. 와호당의 노인들과 비무하면서 수시로 느꼈던 현상이니까.

그가 폭발의 부작용이라고 생각하는 능력 중의 하나가 그것을 가능하게 했다.

그의 앞에서 공력을 운용하는 것은 그에게 그것을 배우라고 가르쳐 주는 것이나 마찬가지였다.

그러나 기의 행로를 안다고 초식을 그대로 펼치는 것이 쉽게 가능할 리 없는 일.

희대의 천재였다는 그의 부친 고천강도 그런 정도의 천재성은 갖고 있지 못했다.

무림사에 유례를 찾아보기 힘든 천재가 강호에 나온 것이다. 지금은 아무도 그 사실을 알지 못했지만.

* * *

"모추, 이게 어찌 된 일이냐?"

오체복지한 모추의 정수리를 노려보며 은의청년이 물었다.

놀란 어투였다.

은의청년은 눈빛이 얼음처럼 차가워 보이는 게 조금 아쉬웠지만 그 단점을 상쇄하고도 남을 만큼 수려한 외모의 소유자였다.

그들이 있는 곳은 황학루에서 삼백여 장 떨어진 만래객잔의 후원 별채에 딸린 지하실이었다.

서 있는 청년의 옆에 놓인 긴 나무 탁자 위에 푸르게 변한 엄호태의 시신이 나체로 놓여 있었다.

모추의 전신은 식은땀으로 뒤덮였다.

청년의 음성에서 살기가 묻어났던 것이다.

청년은 자신의 수하에게 함부로 손을 쓰는 사람은 아니었다. 그러나 손을 써야 할 때는 아수라가 따로 없을 정도로 냉정한 사람이 청년이었다.

"속하가 척천산장의 인물들이 무창을 떠났다는 것을 보고하기 위해 도착했을 때 엄 호법은 이미 사망한 상태였고, 흉수의 흔적은 발견할 수 없었습니다."

"엄 노(老)는 절정고수다. 그런 사람이 대항도 못하고 죽임을 당했을 리는 없는 일. 방에 아무런 흔적도 없더란 말이냐?"

"그렇습니다, 공자님. 엄 호법은 애병인 혈루필을 들고 있긴 했지만 방 안에 싸움의 흔적은 없었습니다. 속하가 판단할 때 엄 호법은 아마도… 저항할 틈도 없이 적의 손에 당하신 듯합니다."

보고하는 모추의 음성은 확신이 결여되어 있었다.

자신도 믿을 수 없었기 때문이다. 그러나 엄호태의 죽은 형상은 그가 말한 대로였다.

검엽과 엄호태의 승부는 이 초 만에 났다.

검엽의 무공은 흔적이 남는 게 아니었고, 엄호태는 남의 시선에 뜨이는 것을 꺼려 했기에 기를 응축시켜 사용했다. 흔적이 남을 싸움이 아니었다.

"엄 노가 제대로 저항도 못하고 죽었다……?"

은의청년 사마결의 눈빛이 얼음처럼 서늘한 빛을 발했다.

모추의 일신 무공은 일류 중간 정도에 불과했다. 그러나 그의 추종술은 자신의 휘하에 있는 자들 중 능히 세 손가락 안에 들어갈 만했다. 그런 모추가 흔적을 발견할 수 없었다는 것은 흉수가 무공뿐만 아니라 추종술에도 조예가 깊다는 것을 의미했다.

그는 모추와는 달리 엄호태가 저항도 못한 채 살해당했다고 생각하지 않았다.

엄호태는 그렇게 손쉬운 사람이 아니었으니까.

흉수는 자신의 흔적을 지운 것이다. 추종의 달인인 모추도 알아차리지 못할 만큼 완벽하게.

사마결은 지그시 이를 물며 옆에 놓인 엄호태의 시신을 내려다보았다.

믿을 수 없는 일을 당하기라도 한 듯 찢어져라 부릅뜬 눈.

칠공에서 흘러나와 검게 말라붙은 피.

사마결의 날카로운 두 눈이 엄호태의 심장 부위와 정수리를 훑었다. 엄호태의 심장 부위에는 나무젓가락으로 찌른 듯한 일 푼 너비의 검은 점이 남아 있었고, 정수리 쪽엔 아무것도 없었다.

'엄 노의 심장과 뇌가 가루가 되었다. 흉수는 겉에는 손상을 주지 않은 채 내부를 부쉈다. 격산타우의 무서운 내가중수법. 심장에 남은 흔적은 흉수가 끝이 뾰족한 무기를 사용했다는 걸 의미한다. 손끝이거나… 어느 쪽이든 흉수는 절세고수다. 이런 정도의 고수를 부릴 수 있는 자, 그리고 엄 노를 죽일 이유를 가진 자……. 누구지? 대사형? 이사형? 삼사저인가?'

엄호태는 그가 강호에 나와 거둔 열 명의 빈객 중 한 명이었다. 비록 그들의 능력이 회(會)의 인물들에게 미치지 못한다고는 해도 강호상에서 그들을 수월하게 어찌할 수 있는 인물은 드물었다.

모추를 비롯한 그의 수하들은 그가 거둔 빈객들을 호법이라고 불렀다. 하지만 그것은 호칭일 뿐 공식적인 직책은 아니었다. 그들은 그의 개인적인 수하였기 때문이다.

그러나 십대빈객이 그의 수하에 있다는 것은 그가 속한 조직의 상부자들에게 비밀이 아니다.

사마결의 눈빛이 차분해졌다.

속단할 일이 아니었다.

엄 노에게 맡긴 임무는 극비였고, 그의 사형제들이 알아서는 안 되는 일이었다. 그래서 많은 사람을 동원하지 않고 엄 노와 모추만을 움직인 것이 아니던가.

그가 이 자리에 있는 것 또한 극비였다. 수행한 자들이라고는 그의 그림자인 수라삼비(修羅三秘)뿐이었다. 엄호태가 살해당했다는 모추의 전서구를 받지 않았다면 그는 이 자리에 있지도 않았을 것이다. 그 정도로 그는 조심하고 있었다.

만약 다른 사형제들이 그가 왜 움직이는지 그 이유를 알게 된다면 그 여파는 상상을 초월하게 된다. 그것은 엄 노를 죽인 자가 다른 사형제들 중 누군가의 수하라면 그가 하려는 일에 앞으로 막대한 지장이 될 것이라는 걸 의미한다.

'엄 노가 누군가와의 조우에 의해 살해되었을 가능성은 만분지 일도 안 된다. 그랬다면 이처럼 의도적으로 흔적을 남기지 않을 리 없으니까. 그렇다면 목적 있는 자의 짓이라고 보는 것이 타당한데… 사형들과 사저가 움직였다는 정보는 없었다. 그러나 그들이 움직였을 가능성을 배제할 수도 없는 일. 그들 외의 다른 자가 엄 노를 죽였다고 생각하는 건 무리니까. 응변이 필요하게 된 건가……. 좀 더 신중해야겠군.'

사마결의 먹으로 그은 듯 쭉 뻗은 눈썹의 끝이 가늘게 떨렸다.

엄호태의 시신에 눈을 준 채로 그가 말했다.

"산장의 인물들이 남경에 도착하는 건 언제쯤인가?"

"오늘 아침 사시 초에 포구에서 출발했으니 늦어도 사흘 뒤 점심 무렵에는 남경에 도착할 것입니다."

모추의 대답에 사마결은 뒷짐을 졌다.

그는 소운려의 일행 중 누군가가 엄호태를 죽였을 가능성에 전혀 염두에 두지 않았다. 그럴 이유가 없었고, 그런 능력을 가진 자도 소운려의 일행 중에는 없는 것이다. 그가 알기로는.

당세 무림에서 소운려가 그 물건을 갖고 있다는 사실을 알고 있는 사람은 그가 유일했다. 당사자인 소운려조차 물건의 가치를 모르고 있는 상황이 아닌가.

그 또한 우연히 알게 된 사실이었고, 그의 지시를 수행한 엄노와 모추도 자신들이 왜 소운려의 물건을 손에 넣어야 하는지 이유를 알지 못했다.

"남경부터는 육로를 이용할 거라고?"

"산장의 간세로부터 받은 전언은 그러했습니다, 공자님."

"남경에서 항주까지는 육로라……. 닷새 정도 걸리겠군."

중얼거리듯 말한 사마결이 모추를 보며 말했다.

"남경까지 최대한 빨리 갈 수 있는 쾌속선을 수배해라."

모추는 흠칫했다.

사마결은 직접 손을 쓰기로 마음을 굳힌 것이다.

모추는 사마결이 왜 이 일에 그처럼 집착하는지 이해를 할 수가 없었다.

소운려가 척천산장의 소장주이기는 하나 고작해야 무림의 후기지수 중 한 명에 불과할 뿐이었다. 그녀가 가진 물건이 대체 어떤 것이기에 사마결과 같은 인물이 직접 움직이려 한단 말인가.

그러나 질문은 그에게 허락된 권한이 아니었다.

"존명."

바닥에 쿵 소리가 나도록 고개를 숙이며 대답한 모추의 신형이 바람처럼 지하실을 벗어났다.

홀로 남은 사마결은 싸늘한 눈빛으로 어둠 속을 바라보았다.

'염마시(閻魔匙)… 사신동(死神洞)에 대한 전설이 사실이라면 나는 회(會)의 후계 구도를 바꿀 수 있는 힘을 얻을 수 있다.'

사마결의 눈빛이 어둠을 밝히며 차갑게 불타올랐다.

第八章

털썩.

선실에 불쑥 들어와 자기 방인 양 침상의 모서리에 걸터앉은 사람은 운려였다. 검엽의 방에 들어올 사람은 그녀밖에 없다.

"뭐 해?"
"아무것도."

검엽은 팔베개한 그대로 심드렁하게 대답했다. 언제나 그렇듯이 실눈을 뜬 채였다. 수년 동안 그렇게 실눈을 뜨고 살아온 터라 그는 자신이 실눈을 뜨고 있는지도 의식하지 못했다.

운려는 그런 그의 옆구리를 쿡 찔렀다.
"나가서 있었던 일 말해봐."

"세 번이나 해줬잖아."

"다시."

"왜?"

검엽의 미간에 골이 파였다. 귀찮아하는 기색을 한눈에 알 수 있었다. 하지만 운려는 신경도 쓰지 않았다.

"네 얘기를 다시 들으면 내가 놓치고 있는 걸 알게 될지도 모르니까. 암만 생각해 봐도 내 수중에 남이 노릴 만한 물건은 없는 거 같거든. 그런데도 네가 말한 정도의 능력을 가진 자들이 나를 노린다는 건 그들이 오해하고 있거나 내가 뭘 모르고 있거나 둘 중의 하나잖아."

그들이 탄 배는 산장 내에서도 다섯 척 안에 들 만큼 크고 성능이 좋아서 마치 육지에라도 있는 느낌이 들 정도로 유동이 거의 느껴지지 않았다.

검엽은 한숨을 쉬며 엄호태를 만났던 일을 다시 말해주었다. 무창을 떠나 이틀이 지난 지금까지 세 번이나 해주었던 터라 그의 얼굴에는 지루해하는 기색이 역력했다.

다 듣고 난 운려의 눈에 지난 세 번의 경우와 마찬가지로 의혹이 떠올랐다.

그녀는 고개를 갸웃거리며 말했다.

"다시 들어도 모르겠네. 정말 이상해. 내가 뭘 갖고 있다고 그런 놈들이 내 주변을 배회하는 거야?"

말과 함께 그녀는 자신의 몸 이곳저곳을 뒤졌다. 하지만 집을 떠날 때 유모가 부친 몰래 챙겨준 두툼한 전낭과 검을 제외하고 남이 욕심을 낼 만한 물건은 없었다.

그녀가 아쉬움이 담긴 음성으로 말했다.

"그 중늙은이를 잡아왔으면 의문을 풀 수 있었을 텐데……."

"죽여 달라더라."

"그렇다고 진짜 죽이냐!"

운려가 방 안이 터져 나가라 소리를 질렀다. 그러나 그녀의 기색에 신경을 쓰지 않는 건 검엽도 그녀와 다를 바가 없었다. 그는 손으로 귀를 후비며 말했다.

"귀청 떨어진다."

팔베개를 풀고 자리에서 일어난 검엽은 가부좌를 하고는 얼굴을 운려의 코앞에 들이밀었다.

급작스런 동작이라 움찔한 운려가 얼굴을 뒤로 물렸다.

"뭐야?"

"진짜 없어? 그 중늙은이 실력이 만만찮았다고."

"있으면 있다 그러지 없다고 하겠어?"

"모르고 있는 건지도 몰라. 넌 그러고도 남으니까."

사내처럼 쭉 뻗어 검미(劍眉)라 불리는 운려의 눈썹이 하늘로 솟았다.

그녀는 털털한 성격인데다 검 이외에는 귀하게 여기는 물건이 없어서 소지하고 다니는 물건을 종종 잊어버리곤 했다.

검엽도 그녀의 건망증을 잘 안다.

그녀의 말아 쥔 주먹이 망설임없이 검엽의 명치를 후려쳤다.

퍽!

제대로 힘을 담고 친 주먹이었다. 그에 걸맞은 요란한 소리가 났다.

그러나 검엽의 얼굴은 심드렁한 방금 전의 표정 그대로였다.

"아프다."

"그게 아픈 놈 표정이냐!"

"그럼 울까?"

심드렁하게 말하던 검엽의 안색이 살짝 변했다.

주먹질을 하느라 동작이 커지자 운려의 목걸이가 앞섶을 비집고 절반쯤 그 모습을 드러내고 있었다.

검엽의 손이 불쑥 운려의 가슴을 파고들었다.

운려의 얼굴이 멍해졌다.

검엽의 행동은 갑작스러운데다 예상치 못한 것이어서 그녀는 미처 검엽의 손을 막지 못했다.

"너… 너… 뭐 하냐?"

그녀가 떠듬떠듬 말했을 때 검엽은 운려의 목걸이를 손에 쥐고 있었다.

그가 말했다.

"만질 생각 없으니까 엉뚱한 상상은 하지 마라."

운려의 얼굴이 붉어졌다.

그녀가 소리를 지르려고 할 때 검엽이 입을 열었다.

"이거 어디서 난 거야?"

"뭐? 목걸이?"

머리를 숙여 검엽이 손에 쥔 목걸이를 본 운려는 어리둥절해하며 물었다.

"그래."

"한 달쯤 전에 광동에 다녀온 상단의 한 분이 내게 선물로 주신 거야. 왜?"

"벗어봐."

목걸이를 검엽에게 건네준 운려는 가슴 앞에 있던 검엽의 손이 물러나는 것을 보며 아쉬움에 입맛을 다셨다.

'응? 뭐가 아쉬운 거야?'

그녀 스스로도 이해를 못하는 감정에 내심 고개를 갸웃거릴 때 검엽은 손에 쥔 목걸이를 꾹 움켜쥐었다.

그가 물었다.

"선물로 받았다고?"

"왜 자꾸 물어?"

"그 사람한테 이거 어디서 난 건지는 물어봤냐?"

"그런 거 물어보면서 선물받는 사람 있어? 주니까 받았을 뿐이야. 화려하지 않지만 왠지 마음에 드는데다 그분이 날 많이 아끼시는 분이라 거절하기도 어려웠고."

"그랬단 말이지."

운려가 호기심 어린 눈으로 검엽을 보았다. 검엽이 남다른 점이 있다는 거야 익히 아는 그녀였다. 그 다른 점을 모두 알고 있지는 못해도.

"내가 볼 때는 세공이 잘된 목걸이일 뿐인데, 설마 그자들이 내 주변을 배회한 이유가 그 목걸이 때문이란 거야?"

"그건 나도 모르지."

피식 웃은 검엽은 손에 정신을 집중했다.

장신구를 하지 않는 운려가 목걸이를 하고 있다는 걸 그가 안 것은 산장에 있을 때였다.

밥값을 하라며 그를 협박하던 그날이다.

하지만 당시에는 그러려니 하고 넘어갔었다. 운려의 성격이 남자 같다고는 해도 여자는 여자였으니까. 장신구 하나쯤 하는 게 이상한 일은 아니었다.

차 한 잔 마실 시간 정도가 지났을 때 검엽이 움켜쥔 손을 풀었다.

크기만 작다면 여인의 손이라고 해도 의심하지 않을 만큼 아름다운 그의 손안에서 목걸이가 괴괴한 검은빛을 아지랑이처럼 뿌리고 있었다.

운려의 눈이 커졌다.

목걸이는 재질을 알 수 없는 검은 옥으로 만들어졌다. 하지만 그녀가 소지한 후로 지금처럼 어두운 빛을 발한 적은 한 번도 없었다.

"무슨 짓을 했는데 목걸이가 이렇게 변했어?"

"어떻게 변했기에?"

검엽이 되물었다.

그는 흑백으로 사물을 본다. 사물이 발산하는 빛을 보지는 못하는 것이다.

"검은빛이 나."

"검은빛이라……. 형상이 아니고?"
"형상?"
"괴물 같은."
검엽의 대답에 이번에는 운려가 되물었다.
"괴물이라고? 그런 형상은 없는데?"
"그래?"
검엽은 입을 다물었다.
그의 깎은 듯한 이마에 내천 자가 그어졌다.
그의 심상에 잡힌 목걸이는 빛을 발하고 있지 않았다. 그렇다고 전혀 변화가 없는 것은 아니었다.
그는 목걸이를 손에 쥔 채로 감각을 집중했고, 내력을 보내 목걸이 전체를 훑었다.
그 과정에서 그는 목걸이 내부를 훑는 내력의 흐름이 일정한 길을 따라가고 있다는 것을 알아차렸고, 그 길대로 내력을 움직였다.
그리고 그 결과, 목걸이는 기괴한 검은빛을 외부로 발산하게 된 것이다.
검은빛, 운려의 눈에 그렇게 보이는 기운은 검엽에게는 전혀 다르게 보였다.
그의 심상에 잡힌 목걸이는 야차의 얼굴과도 같은 형상으로 둘러싸여 있었다.
야차는 금방이라도 사람의 목을 물어뜯고 그 살과 피를 씹어 삼키기라도 할 것처럼 사실적이었다.

목걸이에서 흘러나오던 빛은 곧 사라졌다. 검엽이 그 안으로 흘려 넣었던 내공을 거둠과 동시에 일어난 일이었다.

그가 나직하게 말했다.

"이 목걸이 때문인 거 같다."

호기심 어린 눈으로 목걸이를 내려다보고 있던 운려가 고개를 번쩍 들었다.

"배회하는 자들?"

검엽은 고개를 끄덕였다. 그리고 목걸이를 운려에게 건네주며 물었다.

"이런 목걸이에 대해 들어본 적 있어? 내력을 주입하면 기괴한 빛을 뿌리는 목걸이 말이야."

받아 든 목걸이를 이리저리 살펴보며 운려는 고개를 저었다.

"없어."

"나도 없다."

검엽은 눈살을 찌푸렸다.

'노야들이 하는 말을 좀 귀담아들을 걸 그랬나.'

이천룡 등은 살아 있는 무림의 백과사전과 같은 인물들이라 다섯 명이 아는 것을 합치면 무림사가 될 정도였다. 하지만 그들의 지식은 검엽의 관심을 끄는 데 실패했다.

그렇지만 그가 듣든 말든 하고 싶은 말을 아끼지 않은 노인들 덕에 무림에 관한 검엽의 지식이 형편 무인지경일 정도는 아니었다. 그리고 이 정도로 기이한 현상을 일으키는 물건이라면 노인들이 말했을 때 검엽도 귀를 기울였을 것이다.

결론은 났다.

목걸이는 노인들이 언급한 적이 없는 물건이었다.

"이렇게 잘 만들어진 물건이 세상에 알려지지 않았다는 건가?"

"잘 만든 거야?"

운려가 고개를 갸웃하며 물었다.

목걸이의 세공이 섬세한 건 사실이었다. 하지만 산장에는 그보다 잘 만든 물건이 얼마든지 있었다.

검엽이 웃으며 말했다.

"목걸이에 내력을 주입하면 네가 본 것과 같은 빛이 난다. 하지만 무조건 내력을 주입해서는 그런 현상이 일어나지 않아. 한번 해봐."

검엽의 말대로 목걸이에 내력을 잔뜩 집어넣은 운려가 입을 벌렸다.

검엽의 말대로였다.

목걸이에는 아무런 변화가 없었다.

"목걸이 안에 정해진 길이 있어. 게다가 그 길은 넓기도 하고 좁기도 하고 강하기도 하고 약하기도 해. 그 정해진 길을 따라 순서대로 내력을 운용하지 않으면 목걸이에는 변화가 일어나지 않게 되어 있어. 무슨 말인지 이해해?"

운려는 당연하다는 듯 고개를 저었다.

"이해 못해. 알아듣게 설명해 줘."

"이 물건은 하나의 옥을 통째로 깎아서 만든 거야. 겉모양을 만든 후 내부에 내공을 이용해서 길을 냈어. 이렇게 물건을 만드는 건 보통의 장인에게는 불가능한 일이야. 그리고 아마도… 이런 식의 물건은 와호당에 있는 노인들 중 누구도 만들어내지 못할 거야."

그에게 기이할 정도로 강력한 감지 능력이 있지 않았다면 그도 알아차리지 못할 일이었다.

검엽의 말에 운려의 안색이 변했다.

"왜?"

"내력의 운용이 상상불허의 경지에 도달한 사람이야, 이 물건을 만든 사람은. 겉에 아무런 구멍이 나 있지 않은 건 그 사람이 침투경을 사용했기 때문인데, 그 침투경으로 외부에 아무런 손상을 주지 않고 내부에 거미줄보다 더 가늘고 미로처럼 복잡한 길을 냈어. 그것도 단 한 번에, 이 작은 물건에 말이야. 내공을 그 정도로 섬세하고 강하게 운용할 수 있는 사람은 와호당에 아무도 없어."

방 안에 침묵이 흘렀다.

와호당에 아무도 없다는 말은 이천릉을 비롯한 다섯 노인에게도 눈앞의 목걸이와 같은 물건을 만들 능력이 없다는 뜻이었다. 그들이 절정의 무력을 보유한 사람임을 고려한다면 목걸이를 만든 사람의 능력은 가히 불가일세라 할 수 있었다.

운려는 대단치 않게 여겼던 목걸이에 담긴 비밀에 놀랐고, 검엽은 목걸이를 만든 사람의 능력에 놀랐다.

'구환공을 완성한다면 몰라도 현재의 나는 이 물건을 만든 사람의 능력에 도저히 미치지 못한다. 직접 상대한다면 삼 초를 버티는 것도 어려울 거야. 누굴까, 이 물건을 만든 사람은?'

무공의 수준을 어떻게 구분하는지에 대해 검엽은 객관적인 시각을 갖고 있지 못했다. 남과 무공을 비교해 본 적이 없기 때문이다.

그러나 그는 대적 경험을 제외한 자신의 능력이 와호당의 다섯 노인과 비슷하거나 넘어서지 않았을까 생각하고 있었다. 그리고 그들이 무림에서 절정고수로 이름을 날렸으니까 자신도 절정 수준쯤이라 생각하고 있었다.

그래서 그는 아주 험한 경우만 아니라면 강호에 나와서도 한 몸 건사할 자신은 있었다. 그런데 목걸이 하나가 그의 자신감을 회의하게 만들어 버린 것이다.

"야, 이거 네가 가져."

생각에 잠겨 있던 검엽은 운려가 목걸이를 불쑥 내밀며 하는 말에 깜짝 놀랐다.

"이걸 왜 내가 가져?"

"그걸 쫓는 놈들이 있다며? 게다가 고수라면서? 목에 걸고 다니기 부담스러워."

운려가 검엽에게 목걸이를 주려고 하는 건 자신의 말처럼 부담스럽기 때문이었다.

그녀는 활달하고 외향적인데다 직선적인 성격이어서 음침하거나 비밀스런 일을 싫어했다.

"그렇게 부담스러운 걸 왜 내가 가져?"

검엽의 음성이 높아졌다.

정체도 모르는 놈들이 쫓는 물건이다.

이 년 동안 가능하면 조용하게, 그리고 귀찮은 일은 피하며 운려의 옆에 그림자처럼 머물 생각인 그가 목걸이를 받으려 하지 않는 건 당연했다.

"네가 밝혀낸 비밀이잖아."

"싫다."

"어쭈? 반항하는 거냐? 지금 너, 밥값 하기 싫다는 거지?"

운려가 위협적으로 목소리를 깔았다.

밥값 하라는 말에 약한 검엽의 목소리가 낮아졌다.

"그게 밥값하고 무슨 상관이야? 갖기 싫으면 버려. 그러면 되지 왜 날 줘?"

강제로 검엽의 손가락을 열고 목걸이를 쥐어준 운려가 자리에서 일어나며 말했다.

"버리긴 아깝잖아!"

털레털레 방을 나가 버린 운려의 뒤에 검엽이 멍한 얼굴로 남았다.

그는 손에 쥔 목걸이를 쥐었다 놓았다 하며 한숨을 내쉬었다.

"저 막무가내가……."

그는 고개를 휘휘 젓고는 목걸이를 목에 걸었다.

'버릴까? 운려가 날 잡아먹으려 할 거야. 내가 갖고 있는 게 덜 위험하긴 하겠지?'

운려는 세간에 알려진 것보다 더한 고수였다. 그녀와 비슷한 나이대에서 그녀와 비견될 만한 고수는 손에 꼽을 터였다.

검엽은 그것을 잘 알고 있었다. 그녀를 고수로 만들어준 사람이 그였으니까. 그러나 그가 죽인 자는 그녀에 비해 크게 뒤지지 않을 정도로 강한 자였다. 그런 자를 수족처럼 부리는 자는 더 강할 게 분명했다.

그는 운려가 위험에 처하는 것을 결코 원하지 않았다.

그녀는 그의 유일한 친구였다.

검엽은 목걸이를 만지작거리며 생각에 잠겼다.

'운려에게 알려주기에는 너무 위험한 무공이다. 이것을 만든 사람이 누구기에 이처럼 무서운 무공을 남긴 걸까?'

목걸이의 안에 있는 복잡한 미로는 단순하게 빛을 외부로 발현하는 기능만 있는 것이 아니었다.

그 미로는 운기의 요결이기도 했다.

그것도 가공할 파괴력을 일시에 외부로 뿜어내는 운기법이었다.

'음양이기 중 양의 기운만을 뽑아 오행 중 금기(金氣)로 숙(熟)한 뒤 모든 것을 파하는 살(殺)을 담아 쳐내는 수법이다. 대성한다면 구환공의 건천결보다 더한 파괴력을 내는 수법. 가히 양(陽)과 숙살(熟殺)의 극이다. 하지만 이것을 펼쳐낸다면 그 사람은 하루 정도 폐인이 될 것이다. 능력이 부족한 자라면 진원까지 손상될 것이고. 정종의 무공이 아닌 것은 분명한데……. 파괴적이긴 하지만 역천지도를 따르는 게 아니니 마공으로 보기도 어렵고. 이 정도의 능력이 있는 사람이라면 이렇게 불완전한 무공은 필요없었을 텐데… 대체 왜 이렇게 파괴적인 수법을 남긴 거지?'

눈살을 찌푸리며 생각을 거듭하던 검엽은 목걸이를 움켜쥐고 내공을 운기했다.

도도한 구환공의 힘이 목걸이로 흘러들어 갔다. 그리고 미로처럼 복잡하게 뚫려 있던 목걸이의 내부, 동굴의 일부가 무너자기 시작했다.

그의 현재 능력으로는 목걸이를 만들어낸 사람과 같은 섬세한 기의 운용은 불가능했다. 그 때문에 우격다짐 식으로 밀어넣은 내공의 무지막지한 힘을 목걸이 내부의 미로와 같은 선이 버텨낼 수가 없었다.

굵은 선들은 형상을 유지했지만 가는 선들은 무너지며 두세 개가 하나의 선이 되어갔다.

그리고 그것은 검엽이 의도한 대로였다.

'분명 이걸 거야. 이거 말고는 운려가 갖고 있는 물건 중에 남이 노릴 만한 게 없어. 찾는 놈이 오면 줘버려야지. 안 주면 계속 쫓아다닐 테니까. 하지만 이 무공은 없애 버리는 게 낫겠다. 귀찮은 일이 생길지도 몰라.'

검엽은 소리없이 웃고 있었다.

운려의 뒤를 쫓는 자가 누구든 헛물을 켜게 될 것이다. 목걸이의 내부에 있던 비밀은 이제 그만 아는 비밀이 되었다. 원한 일은 아니지만 그가 천재로 태어난 탓이니 누굴 원망할 수도 없는 일이었다.

 저녁 무렵 고도(古都) 남경에 도착한 일행은 대륙무맹의 남경지부에서 하루를 묵은 후 다음날 아침 지부가 마련해 준 말을 타고 출발했다.
 남경은 고대부터 여러 나라의 도읍지였던 곳이라 볼거리는 무한정으로 널려 있었다. 그러나 조운상은 산장의 후인들에게 무창에서와 같은 시간 여유를 주지 않았다.
 그리고 이러한 조운상의 움직임은 암중모색하던 인물에게 상당히 곤란한 문제를 야기시켰다.
 조운상이 이를 예상하고 움직인 것이 아니었음에도.
 팔십 필의 인마가 함께 관도를 달리는 장면은 보기 드문 것이라 그들의 행보는 남경을 온전히 벗어난 뒤에도 가는 곳마다 사람들의 시선을 끌었다.
 조운상이 이끄는 척천대의 호위무사들이나 오십 명의 젊은 남녀들은 은근히 시선을 즐겼다. 무명(武名)을 얻은 이도 몇 되지 않을 만큼 아직 젊은 그들이었다. 언제 그들이 이렇게 세인의 주목을 받은 적이 있겠는가.
 그러나 모두가 시선을 즐긴 것은 아니었다.
 몇 명은 사람들의 시선을 달가워하지 않았고, 그 몇 명 중에는 당연히 검엽이 들어가 있었다.
 두두두두두!
 마차 다섯 대가 지나갈 수 있는 관도를 가득 메우며 달려가는 인마의 선두에서 검엽은 무엇이 마음에 들지 않는지, 감정을 잘 내색하지 않는 그답지 않게 오만상을 찌푸리고 있었다.

'빌어먹을, 말 타기가 이렇게 힘들 줄이야.'

무맹을 출발한 지 한 시진.

방금 전 일각을 쉬고 다시 출발했음에도 그는 엉덩이가 부서지는 것 같았다.

남경의 무맹지부에서 마련한 마필은 상태가 좋은 준마들이어서 한 시진을 내달리고 일각밖에 쉬지 않았음에도 재차 내딛는 말발굽에 힘이 넘쳤다.

그래서 검엽은 더 힘이 들었다.

그는 말을 타보는 게 태어나서 처음이었다. 그 사실을 아는 사람은 운려밖에 없었고, 일행의 호위대장인 조운상은 검엽이 힘들어하는 것을 알지 못했다. 알았다 하더라고 신경도 쓰지 않았겠지만.

말을 타는 요령이야 반 각도 지나기 전에 완전히 파악한 그다. 그럼에도 그가 힘들어하는 것은 요령을 안다고 해서 엉덩이가 말 등에 익숙해지는 건 아니었기 때문이다. 암천부운행에 있는 경신의 운기 비결로 몸을 가볍게 하지 않았다면 그는 무리에서 처지는 망신을 당했을 것이다.

말 머리를 나란히 하고 달리던 운려가 검엽을 곁눈질하며 중얼거렸다.

"용하네."

그 안에 담긴 의미야 명확한 것.

검엽의 눈썹이 와락 일그러졌다.

그러나 이 상황에서 운려를 상대해서 득보기는 힘든 일이다.

그는 입을 꾹 다물고 말과 자신을 일체화시키기 위해 정신을 집중했다.

한 시진이 더 지났다. 그는 승마의 기술적인 부분은 더 배울 게 없었다. 말 등이 조금씩 익숙해지고 편해지고 있었지만 그는 그 속도가 더 빨라지기를 원했다.

선두에 있는 운려가 나름의 배려를 하지 않았다면 자신이 뒤로 처졌을 거라는 걸 알고 있었기 때문이다.

'이 노야는 말과 기수가 일체가 되면 말이 본신의 능력을 전부 발휘할 수 있고, 기수도 최상의 상태를 유지할 수 있다고 했다.'

그는 이천룡이 예전에 해주었던 그 말을 떠올리고 있었다.

이천룡의 말을 이해하는 건 어렵지 않았다.

무인이 자신의 애병과 일체가 되었을 때 애병은 그 예리함이 극에 달하고 무인은 지닌바 능력을 극대화시킬 수 있다. 이른바 신검합일(身劍合一)이라는 말로 대표되는 경지가 그것이다.

도달하기는 지난한 경지이되 무리(武理)로는 기본적인 것 아닌가.

운려는 말을 달리면서도 검엽에게 향한 관심을 거두지 않았다. 세상사에 흥미가 없는 그를 산장 밖으로 끌고 나온 사람이 그녀였다. 검엽이 힘들어하는 것을 알면서도 모른 척할 수는 없는 노릇이다.

슬쩍슬쩍 곁눈질로 검엽을 보던 그녀의 눈이 휘둥그레졌다.

그녀는 말을 탄 후 부자연스럽기만 하던 검엽의 움직임이 조금씩 달라지고 있다는 것을 알 수 있었다. 검엽과 말은 한 몸이 된 듯 일체감이 느껴졌다. 게다가 말발굽은 얼마나 가벼운지 마치 바람이 말의 발굽을 받쳐 주는 듯했다.

평생을 말과 함께 살아간다는 북방의 유목민족도 말과 저런 합일감을 보여주지는 못할 것이다.

그녀는 검엽을 향하던 시선을 거두었다. 더 이상 검엽을 걱정할 이유가 없었다.

그녀는 내심 고개를 휘휘 저었다.

'저 인간은 내 머리로는 이해 불능이야.'

산장 내에서 진정한 의미로 검엽의 천재성을 이해하는 유일한 사람이 그녀였다.

다섯 노인도 검엽의 천재성을 알고 있었지만 그에 대한 그들의 감정은 혼란이 뒤섞인 경외심이었다.

그렇게 된 데에는 그들 중 검엽과 가장 가까운 이천릉이 검엽을 대하는 미묘한 태도가 끼친 영향이 컸다.

이천릉은 검엽을 편하게 대하면서도 어려워했다. 그가 겉으로 드러나게 행동하지 않는다고 해도 늙은 생강인 다른 노인들이 이천릉의 그런 기색을 눈치채지 못할 리 없었다.

다른 노인들은 이천릉이 가진 속사정이 무언지 몰랐지만 검엽의 신분이 평범치 않다는 생각을 했고, 그것이 그들과 검엽의 사이에 작지만 결코 가까워질 수 없는 거리를 만들었다.

그래서 그들은 검엽을 자신들과 다른 세상에서 온 사람처럼 보았다. 노인들과 검엽 사이에 놓인 불가근(不可近)의 거리가 그들이 검엽의 천재성을 인간적으로 이해하는 것을 방해한 것이다.

그러나 운려는 검엽의 천재성을 노인들과는 다르게 보았다. 그녀는 검엽의 친구였고, 노인들과 검엽 사이에 놓인 것과 같은 거리를 갖고 있지 않았다.

그녀는 검엽이 천재라는 것을 알고 있었다. 그러나 그 천재성의 한계가 어디까지인지는 알지 못했다. 그리고 그 한계를 알려 하지도 않았다.

그녀는 자신을 너무 잘 아는 여인이었다.

그녀는 호남이 인정한 무재(武才)이고, 범인과 비교해 천재라 불릴 수 있는 여인이었지만 검엽과 비교할 수는 없었다.

그녀도 그 사실을 인정하고 있었다.

어린 시절 검엽의 천재성을 깨달았을 때 그녀는 자신이 그에 미치지 못한다는 사실을 인정하기 어려웠고 견디기 힘들어했다.

주변에서 신동 소리를 들으며 자라난 그녀였다.

쉬운 일이 아니었다.

검엽이 갖고 있는 맹인이라는 치명적인 장애조차 그의 천재성을 방해하지 못했다.

어린 그녀에게 그런 검엽은 괴물이나 다름없었다.

그러나 시간이 흘러 그녀가 자기 자신을 객관적으로 볼 수 있게 된 후엔 검엽에 대한 시각이 달라지게 되었다.

그리고 인정했다.

검엽이 자신의 이해를 넘어선 존재라는 것을.

그래서 그녀는 검엽을 이번 행로에 끌어들였던 것이다.

'자신이 얼마나 대단한 잠재력을 갖고 있는지 깨달으면 좀 더 행복하게 살 수 있을 텐데……. 저 인간, 웃으며 살게 해주고 싶은데 말이야. 이번 행로에서 하고 싶은 일을 찾을 수 있기를…….'

흘깃 검엽의 죽립 망사로 가려진 얼굴을 일별한 운려는 혀를 찼다. 망사로 가려진 그 믿기지 않을 정도로 아름다운 얼굴이 어떤 얼굴일지 눈에 선했기 때문이다.

평소의 검엽은 얼굴에 표정이 없다. 차갑거나 딱딱하다고 표현할 수 있는 것이 아니었다. 안색이 차갑거나 딱딱하다면 성격이 그렇다는 것을 드러내는 것이다.

그런 표정과는 달리 검엽의 안색은 무표정했다. 그래서 검엽을 보는 사람은 그가 무슨 생각을 하는지 알아내기가 정말 어렵다.

하지만 운려는 검엽의 머릿속을 들여다보는 것처럼 환하게 알고 있었다.

그래서 그녀는 안타까웠다.

검엽의 머릿속에는 아무 생각이 없었다.

그는 정말 세상에 관심이 없었다. 심지어 그 자신에 대해서 조차 관심이 없었다. 그에게는 해야 할 일도 없었고, 하고 싶어하는 일도 없었다.

그리고 그는 자신이 천재라는 사실에도 관심이 없었고, 자신이 천재라는 것을 제대로 자각하고 있지도 않았다.

운려는 검엽이 그처럼 기이하게 성장한 것을 두 가지 원인에서 찾았다.

하나는 가장 친한 자신에게조차 절대로 일언반구도 언급하지 않는, 산장에 오기 전까지 검엽이 겪은 일이었다. 그리고 다른 하나는 산장에 온 후 다른 사람과 자신을 비교할 수 있는 기회를 갖지 못했던 성장 과정이다.

그녀는 그 두 가지가 복합적으로 작용해 그의 기괴한 무관심을 만들어냈다고 생각했다.

문제는 검엽이 그런 기회를 갖지 못하는 자신의 주변 상황을 전혀 아쉬워하지 않는다는 것이었다. 아쉬워하기는커녕 그는 그런 상황을 원했다.

하지만 운려는 검엽이 더 이상 그렇게 살도록 내버려 두지 않을 생각이었다.

그녀는 검엽이 자신의 잠재력을 마음껏 발휘하며 살기를 바랐고, 무표정한 그 얼굴에 감정이 깃들기를 원했다.

검엽은 원치 않는 일이었다.

운려도 검엽이 원치 않는다는 것을 모르진 않았다.

그럼에도 그녀는 검엽의 삶을 바꾸고 싶었다. 그리고 그녀는 그렇게 바라는 자신이 옳다고 믿었다.

검엽이 말을 하진 않았지만 그가 세상과 인연을 맺으려 하지 않는 데에는 뭔가 이유가 있다는 것, 그리고 그 이유가 좋은 것이 아니라는 것을 그녀는 알고 있었다.

그녀가 볼 때 검엽은 자신이 무엇을 원하는지조차 모르는 상태였다. 무언가를 원한다는 생각 자체를 의도적으로 거부하며 살기 때문이다. 그런 상태가 어찌 정상일 수 있을까.

그녀는 검엽이 어떤 삶을 살든 그 자신이 정말로 원하는 바대로 사는 것을 보고 싶었다. 지금처럼 무언가에 억눌린 것처럼 자신의 꿈과 재능을 외면한 채가 아니고.

그것이 그녀가 검엽을 말도 안 되는 이유를 들먹이며 반 강제로 세상에 데리고 나온 이유였다.

그렇게 그녀가 검엽을 산장 밖으로 데리고 나온 데에는 검엽에게 어떤 도움을 받고자 하는 의도 따위는 한 점도 섞여 있지 않았다.

사내처럼 생각하고 행동해도 그녀는 여자였다. 여자의 직감은 때로 무서울 정도로 정확할 때가 있다.

그녀는 검엽을, 그리고 그의 재능을 사랑했다. 하지만 그 사랑은 남녀 간의 애정과는 다른 것이었다.

무엇보다도 그녀는 검엽과 같은 천재가 세상 사람 아무도 모르게 바람처럼 살다가 흔적도 없이 쓸쓸하게 사라지는 것을 보고 싶지 않았다.

第九章

천마검섭전

강소의 절경인 태호를 왼쪽으로 끼고 내쳐 달린 일행은 남경을 출발한 지 이틀 만에 절강에 들어섰고, 다시 이틀이 더 지났을 때 항주를 이틀 거리에 둔 막간산 자락에 도착할 수 있었다.

막간산만 넘으면 항주는 하룻길이다.

붉은 노을이 산을 불태우는 장관을 둘러보던 조운상이 자신과 어깨를 나란히 하고 있는 운려를 돌아보며 말했다.

"소장주님, 이곳에서 노숙을 하겠습니다."

결정된 사항의 통보다.

운려는 입맛을 다셨다.

그들은 불과 반 시진 전에 마을을 지났다.

조운상이 아무 말이 없었기에 그녀는 그가 쉬지 않고 막간산을 넘으려 한다고 생각했다. 그런데 조운상은 그럴 생각을 갖고 있지 않은 것이다.

그녀는 조운상과 자신의 대화에 귀를 기울이고 있는 일행을 돌아보았다.

그들은 조운상을 죽일 듯이 노려보고 있었다. 그가 항주까지의 행로의 결정권을 갖고 있지 않았다면 일행의 불만은 벌써 폭발했을지도 모른다.

무슨 생각인지 조운상은 남경에서 출발한 이후 지금까지 한번도 제대로 된 객잔에서 일행을 재운 적이 없었던 것이다. 계속되는 노숙의 행진이었다.

일행은 지쳐 있었다.

일행 중 강호 경험이 어느 정도 있는 사람은 위천곡을 비롯한 서너 명에 불과했다.

다른 사람은 강호 경험이 일천할뿐더러 산장에서는 귀한 대접을 받으며 생활한 사람들이었다.

일행 중 십여 명의 여인은 피부도 꺼칠했다. 노숙을 하리라고는 생각도 하지 못한 그들이다.

준비없이 나흘 동안 찬 이슬을 맞으며 풀잎 위에서 지냈는데 피부가 온전하길 기대하는 것은 무리였다. 조운상을 보는 눈길 중 가장 사나운 눈길이 바로 그녀들의 것이었다.

자신을 보는 젊은 남녀들의 눈에서 간절한 기대를 읽은 운려는 가늘게 한숨을 내쉬었다.

그들의 처절한(?) 심정이 손에 잡힐 듯했다.

그녀는 옆에 서서 투레질을 하는 말의 목을 어루만지며 말했다.

"조 대주님, 굳이 노숙할 필요가 있겠어요?"

그녀와 조운상의 신분은 크게 차이가 난다. 그녀가 하대한다고 해도 이상하지 않은 일이었다. 그러나 그녀는 조운상에게 하대를 하지 않았다.

그녀는 소장주이기는 하나 산장 내에서는 공식적인 직책이 없었다. 업무적으로 조운상의 상관이 아닌 것이다. 게다가 소진악의 가정교육은 엄하기 이를 데 없어서 지위로 남을 홀대하는 건 그녀에게 꿈도 꾸지 못할 일이었다.

자신을 돌아보는 조운상을 향해 그녀는 말을 이었다.

"차라리 이대로 막간산을 넘은 뒤 처음 나타나는 마을에서 쉬는 게 낫지 않을까요?"

강소와 절강의 접경 지역에 있는 막간산은 목산(目山)산맥에 속하는 산으로, 주봉인 탑산(塔山)도 그 높이가 삼백 장이 되지 않는다. 낮은 산은 아니지만 높다고도 할 수 없는 산이어서 밤을 도와 달린다면 새벽이 되기 전 산을 넘을 수 있었다.

일행의 마음을 대변하는 운려의 심정을 왜 모를까. 하지만 조운상은 냉정하게 고개를 저었다.

"이곳에서 노숙하겠습니다, 소장주님."

이유를 댈 필요는 없었다. 그는 항주까지 일행의 지휘자였고, 최종 결정권자였으니까.

사실 그가 노숙을 고집하는 이유를 운려에게 말해주는 것도 곤란했다.

그는 산장을 떠날 때 소진악으로부터 일행에게 강호 경험을 쌓을 수 있도록 일정을 짜라는 지시를 받았다. 노숙은 그 지시에 의해 짜인 일정이었다.

운려의 말을 무시하는 결과가 되었지만 어쩔 수 없었다. 그녀의 부탁이 장주인 소진악의 지시에 우선할 수는 없는 일이다.

운려는 어깨를 으쓱하며 입을 닫았다.

척천일대주 조운상은 무공이 뛰어날 뿐 아니라 과단성이 있는 사내였다.

그런 능력이 있기에 소진악은 그에게 일행을 맡길 수 있었다.

하지만 평소의 그라면 그녀의 부탁을 일언지하에 거절하는 것은 있을 수 없는 일이었다. 그럴 수밖에 없도록 그를 강제하는 무언가가 있다고 생각하는 게 옳았다.

돌아가는 모양새가 그러했는데 더 이상 부탁을 계속하면 조운상만 곤란해지는 것이다.

조운상의 지시를 받은 척천대의 호위무사들과 산장의 후인들이 길의 안쪽에 사방 이십여 평 되는 평지를 찾아냈다.

오월이고 대륙의 남쪽이지만 산의 밤은 따뜻하지 않다. 사람들은 나뭇가지를 모아 작은 모닥불을 피웠다.

모닥불 주위로 후인들이 각자 자리를 잡았다. 그들 중 일부는 누워 쉬기도 하고 일부는 삼삼오오 모여 이런저런 이야기도 하며 시간을 보냈다.

저녁때가 지나 있었지만 일행의 주변을 교대로 경계하며 번을 서는 척천대의 호위무사들만 건량을 꺼내어 씹을 뿐 후인들 중 건량을 꺼낸 사람은 거의 없었다.

남경에서 여기까지 오는 동안 그들은 객잔에 들른 적이 한 번도 없었다.

하루 세 끼를 모두 건량으로 때운 것이다.

입에서 노린내가 날 지경인데 건량을 꺼내고 싶어하는 사람이 많을 리 없었다.

일행 중 유일하게 건량을 씹고 있는 검엽을 보며 운려는 피식 웃었다.

"물리지 않아?"

"이거?"

손에 든 건량 조각을 들어 보인 검엽이 묻자 운려는 고개를 끄덕였다.

검엽이 마치 고개를 끄덕이는 자신을 보기라도 하는 듯 자연스러운 동작이었다.

"그래."

"이거 말고는 먹을 게 없잖아. 조 대주가 사냥을 허락하지도 않고."

검엽의 말처럼 조운상은 사냥을 허락하지 않았다. 사냥도 하나의 경험이 될 수 있는 일이지만 만약이라는 게 있었다. 사냥을 하러 숲에 들어간 후인들의 신변에 위험한 일이 발생하기라도 한다면 그로서는 수습할 길이 없었다.
"그래도 기왕이면 맛있는 게 좋잖아."
"어차피 뱃속으로 들어가면 소화되는 건 다 똑같아."
심드렁한 어투.
"쿡쿡쿡."
운려가 소리를 죽여 웃었다. 검엽의 입에서 다른 말이 나왔다면 오히려 이상했을 것이다.
운려는 풀밭 위에 팔베개를 하고 누웠다.
밤이 깊어가고 있었다.
사방에서 풀벌레 소리가 요란했고, 밤하늘엔 별이 거대한 강을 이루며 흘러가고 있었다.
시원한 바람이 그녀의 귓가를 어루만지며 지나갔다.
그녀가 중얼거리듯 말했다.
"네게 저 하늘을 보여줄 수 있으면 얼마나 좋을까……."
"……."
검엽은 침묵했다.
그녀의 진정이 그의 가슴에 강물처럼 스며들었다.
그는 천천히 죽립을 벗었다.
지난 나흘 동안 노숙하며 그는 잘 때도 죽립으로 얼굴을 가리고 잤다. 죽립을 벗은 것은 지금이 처음이었다.
눈을 반개한 그의 얼굴이 별빛 아래 드러났다.
고개를 들어 하늘을 보는 그의 얼굴은 적막했다.

먹물처럼 검은 하늘에 떠 있는 별은 흰 점일 뿐이었다. 은가루처럼 부서지는 별빛을 그는 보지 못하는 것이다.

그를 중심으로 주변이 점차 쥐 죽은 듯 조용해져 갔다.

그의 주변에 있는 남녀들이 먼저 입을 다물었고, 좀 더 먼 곳에 있다가 그 갑작스런 침묵이 이상해 고개를 돌린 사람들 역시 차례로 침묵에 빠져들었다.

그들의 시선은 못 박히듯 검엽에게 꽂혀 있었다.

허리까지 늘어진 칠흑처럼 검고 숱이 많은 흑발.

옥으로 깎은 듯 투명하고 흰 피부.

그린 듯 선연한 검은 눈썹과 붉은 입술.

윤곽이 뚜렷한 얼굴선을 확연하게 돋보이도록 하는 준령과도 같은 콧날.

반개한 눈가에 기이한 그늘을 만드는 긴 속눈썹.

죽립은 벗은 그의 가슴 앞에서 묵빛의 목걸이가 은은한 빛을 발했다. 운려에게 목걸이를 받은 후 항상 가슴 앞에 드러나도록 목에 매고 다니는 목걸이였다.

감은 듯 뜬 듯 실눈을 하고 있는 모습이 기이했지만 중인들 중 그가 맹인이라 생각한 사람은 아무도 없었다. 그동안 보아온 검엽의 움직임은 눈이 정상인 사람과 차이가 전혀 없었으니까.

검엽을 본 여인들은 여인들대로, 또 사내들은 사내들대로 숨이 막히는 충격을 받았다.

그들은 대부분 여러 대에 걸쳐 부와 권력을 쌓은 집안의 후

손들이었다. 그래서 그들 중에는 보기 드문 미남과 미녀가 많았다. 그러나 그들 중 누구도 검엽과 비교할 만한 미모의 소유자는 없었다.

단순한 미모가 아니었다.

검엽의 미모가 절세라 하지만 찾아보면 그와 비슷한 수준의 외모를 소유한 사람이 아예 없지는 않을 것이다. 그러나 다른 누구에게도 없는 것이 검엽에게는 있었다.

보는 사람의 뇌리에 화인처럼 새겨져 평생 잊을 수 없도록 만드는 설명하기 어려운 분위기.

맑은 어두움…….

투명하지만 안을 들여다볼 수 없는 장막과도 같은 느낌.

경외감과 사이함이 동시에 가슴을 파고드는 신비로움.

독특하면서도 전혀 상반되는 분위기가 그의 전신에서는 자연스럽게 흘러나왔다.

인세의 것이 아닌 듯한 아름다움과 그와 묘하게 어울리는 정물을 연상시킬 정도로 고요한 움직임.

검엽의 모습은 사내들에게 강렬한 존재감을 안겨주었고, 여인들에게는 항거할 수 없는 매혹으로 다가섰다.

주변의 침묵이 어디서 유래된 것인지 단숨에 깨달은 운려가 팔베개를 풀며 상체를 벌떡 일으켰다.

있는 대로 인상을 쓴 그녀가 죽립을 벗은 검엽의 얼굴을 바라보며 소리를 질렀다.

"야, 왜 벗었어!"

"응? 뭘?"

운려의 말이 무슨 뜻인지 순간적으로 이해를 하지 못한 검엽이 반문했다.

"죽립!"

"어… 그냥 답답해서."

태평한 어투.

"으휴."

운려는 한숨을 내쉬었다.

산장을 떠나기 전 혼자 있을 때가 아니면 절대로 죽립을 벗지 말라고 검엽에게 신신당부했던 그녀이다. 그러나 당사자가 답답해서 벗었다는데 더 이상 무어라 말할 것인가.

엎질러진 물이었다.

벌써 일행 가운데 여자들의 눈빛이 살벌하게 변하고 있다는 걸 그녀는 직감적으로 느끼고 있었다.

"이럴 줄 알았다고. 그래서 벗지 말라고 한 건데……."

그녀의 중얼거림은 낮았다. 그러나 일행은 모두 무공을 익힌 사람들. 그녀의 중얼거림을 듣지 못한 사람은 아무도 없었다.

여인들의 눈에서 불똥이 튀었다.

"언.니!"

운려는 바로 옆에서 갑작스레 들려온 음성에 화들짝 놀랐다.

전설상의 축지성촌을 연상시키는 속도로 그녀의 옆에 다가

와 앉은 건 오유진이었다.

그녀는 눈에 살기를 흘리며 운려를 노려보고 있었다.

"천하제일추남이라면서요!"

"누가 그런 말을 했어?"

"하아, 시치미 뗄 거예요? 들은 사람이 한둘이 아니라고요!"

"누.가. 그런 말을 들었다고 그래?"

운려가 주변을 돌아보자 그녀와 눈이 마주친 위천곡 등이 슬그머니 고개를 돌렸다.

"흥!"

오유진이 고개를 옆으로 돌리며 코가 떨어져 나갈 듯 콧방귀를 뀌었다. 하지만 콧방귀의 결과는 정말 좋지 않았다.

바로 그녀들의 옆에 있던 검엽이 상체를 반 자 정도 뒤로 물린 것이다.

동시에 그는 상의를 소맷자락으로 훑으며 나직한 음성으로 중얼거렸다.

"콧물이 튀었네."

오유진의 얼굴색이 심장에 칼이라도 맞은 사람처럼 창백하게 탈색되었다.

그녀는 붕어처럼 입만 벙긋거릴 뿐 말을 하지 못했다. 가히 상상하기 어려운 최악의 상황이 벌어진 것이다.

그녀는 후들거리며 일어났다. 그리고 금방 쓰러질 것처럼 비틀거리며 자신의 자리로 돌아가 풀썩 주저앉았다.

위천곡 등이 다급한 몸짓으로 그녀의 주변으로 몰려들었다.

오유진이 당장에라도 심장마비를 일으킬 것처럼 보였기 때문이다.

그들 중에 검엽을 힐끗 돌아보는 진월성의 눈빛이 얼음처럼 차가웠다. 그의 시선은 끊임없이 검엽과 운려의 사이를 오갔다.

검엽으로 인한 소란은 운려의 강권에 의해 검엽이 다시 죽립을 쓰면서 점차 사그라졌다. 그러나 검엽의 진면목을 보며 사람들이 받았던 충격은 그들의 가슴에 고스란히 남았다.

특히 여인들에게는.

운려는 연신 한숨을 내쉬고 있었다.

사내들이 믿고 있는 것처럼 여인들이 사내의 외모만 보고 넋이 나가는 경우는 사실 그리 흔한 일이라 할 수 없다.

잘생긴 외모가 호감을 갖게 하는 건 사실이지만 여인들은 외모와 더불어 여러 가지를 함께 본다. 말주변, 눈빛, 태도, 지적 능력, 지위, 배경 기타 등등…….

그러나 검엽의 외모는 다른 모든 것을 무시해도 좋을 만한 힘을 갖고 있었다.

운려는 그 사실을 잘 알고 있었다. 수년 동안 옆에서 그를 지켜본 사람이기 때문이다.

'여자라면… 검엽을 거부하는 게 거의 불가능에 가까워. 본인은 그 사실을 전혀 모르고 있고, 설령 안다 해도 신경도 쓰지 않을 테지만…….'

운려는 자신과 다섯 자 정도 떨어진 곳에 죽립으로 얼굴을 가린 채 누워 있는 검엽을 째려보았다.

'엽이가 눈이라도 크게 떴으면 사태는 수습이 불가능한 방향으로 흘러갔을 거야. 그 눈······.'

검엽의 눈을 떠올린 운려는 고개를 세차게 내저었다.

그녀는 검엽을 사랑했지만 사내로 사랑하는 건 아니었다. 물론 어린 시절 검엽이 사내로 보인 적이 없었던 건 아니다. 그녀도 여자였으니까. 그러나 자존심 강하기로 하늘 아래 둘째가라면 서러워할 그녀에게도 검엽은 사내로 사랑하기엔 버거운 상대였다.

검엽을 사내로 보는 것은 포기했지만 그녀에게 검엽은 사랑하는 상대보다도 더 귀중한 친구가 되었다.

그는 바다처럼 그녀를 받아들여 주었고, 그녀는 섬처럼 그 바다에 머무를 수 있었다. 편안하고 자유롭게.

그러나 검엽이 눈을 크게 뜨고 그녀를 똑바로 바라본다면 문제는 달라진다. 그녀는 그 사실을 잘 알고 있었다.

검엽의 눈은 그것을 본 상대의 의지를 무력하게 만든다.

영혼을 짓누르는 절대적인 공포와 두려움, 그리고 그의 옆에 한없이 있고 싶은 원초적인 갈증과 그가 원하는 것은 무엇이든 하고 싶은 절실한 열망.

한마디로 정의할 수 없는 복잡한 느낌. 하지만 거부가 불가능한 혼란한 매혹······.

그의 말이라면, 그리고 그의 눈이 미소 짓는 것을 볼 수만 있다면 섶을 지고 불길 속으로 서슴없이 뛰어들 수 있을 것 같다는 마음.

그 마음 앞에서는 죽음도 초개나 다를 바 없었다.

불가사의한 일이었지만 검엽의 눈을 마주하면 실제로 그런 마음이 일어난다는 것을 운려는 경험으로 알고 있었다.

그래서 그녀는 검엽을 만난 지 이 년이 지났을 즈음 그에게 눈을 뜨지 말라는 강짜를 놓았다. 시간이 지날수록 점점 더 느낌이 강해져 가는 검엽의 눈을 마주할 자신이 없었기 때문에.

그녀가 그렇게 말했다고 아예 눈을 감고 지낼 수는 없는 일이다. 하지만 검엽은 그녀의 말을 들은 이후 눈을 크게 뜬 적이 없었다. 거의 감고 있다고 생각될 정도로 가늘게 뜰 뿐이었다.

오 년 전부터 검엽이 평소에도 눈을 크게 뜨지 않았던 데에는 운려의 강짜라는 턱없는 이유가 있었던 것이다. 물론 아무에게도 말할 수 없는 다른 이유도 있었지만.

깍지를 낀 손으로 뒷머리를 받친 채 누워 있던 검엽의 미간이 좁아졌다.

그는 천천히 일어나 앉았다.

일행은 여전히 모닥불을 중심으로 삼삼오오 모여 앉아 이런저런 얘기들을 하고 있었다.

그다지 조용하다고 할 수 없는 분위기였고, 방금 전과 변한 것이 없는 분위기였다.

그러나 검엽의 감각은 미묘하게 변화하고 있는 산의 기운을 느끼고 있었다.

그는 산의 기운이 변화하는 방향으로 자신의 감각을 집중했다.

가까운 주변의 소리가 점차 사라졌다. 그리고 한없는 침묵의 바람을 타고 개방된 그의 감각은 그 거리를 넓혀갔다.

기척을 알아차리는 것이 불가능한 거리에서 그는 무언가를 느꼈다. 그 느낌은 시간이 흐르며 구체화되었다.

'뭐지, 이 감각은?'

검엽은 자신의 내부에 있던 무엇인가가 한없이 그 영역을 확장하는 기이한 체험을 하고 있었다. 지금까지 한 번도 느껴본 적이 없는 충일함과 허탈함이 동시에 찾아들었다.

그러나 그 느낌은 오래가지 않았다.

대신 그 체험의 와중에 잡혔던 불편한 느낌이 마치 한 폭의 그림처럼 그의 마음에 남았다.

검엽의 입술이 달싹였다.

[숲이 조용해지고 있다.]

생각에 잠겼던 운려는 검엽의 전음에 정신이 번쩍 들었다.

검엽은 한마디를 할 때 몇 가지 의미를 동시에 담는 경우가 많았다. 직설적이지 않은 어법이라 적응되지 않은 사람은 검엽의 말을 한 번에 알아듣기 어렵다.

하지만 운려는 적응된 사람. 그녀는 검엽의 말에 깃든 다중적인 의미를 대번에 이해했다.

[거리가 얼마나 돼?]

[정확하지 않아. 삼백 장가량…….]

[방향은?]

[우리 쪽으로.]

[몇 명이나?]

[몰라. 하지만 많지는 않아.]

[위험할 거 같아?]

[글쎄, 하지만 대비해서 나쁠 건 없지 않겠어?]

운려는 상체를 일으켜 앉았다.

별빛 아래 어슴푸레 드러난 막간산의 정상 부분을 응시하는 그녀의 눈빛이 강해졌다.

산에서 삼백 장의 거리라면 평지에서는 그 배가 될 수도 있는 거리다.

그 먼 거리의 일을 검엽이 어떻게 알았는지 의아해할 만도 한데 운려의 얼굴 어디에서도 검엽의 말을 의심하는 기색은 엿보이지 않았다.

그가 사용한 방법을 알기 때문에 의심하지 않는 것은 아니었다.

정확하게 그것이 무엇인지는 알지 못했지만 그녀는 다만 검엽에게 특이한 능력이 있다는 것과 자신에게 결코 거짓말을 하지 않는다는 것을 알고 있었다.

그러면 족한 것이다.

천하에 그녀가 모르는 일이 한둘이랴.

그런 대범함 때문에 검엽은 그녀와 친구가 된 것이다.

얼마 후 그녀도 검엽의 전음이 알려준 기척을 느끼게 되었다.

느꼈다기보다는 들었다고 해야 할 것이다.

산의 정적을 뒤흔드는 요란한 호각 소리가 무서운 속도로 일행의 야영지를 향해 접근하고 있었다.

"이런 씨부럴!"

욕과 함께 탁기를 뱉어낸 위무양은 이를 갈았다.

그의 가는 눈은 연신 뒤를 훑었고, 그처럼 바쁜 와중에도 두 다리는 바람처럼 땅을 밟았다.

그림자가 몸을 따라가지 못하는 속도.

유례없는 전성기라는 당금 강호에서도 보기 힘든 놀라운 경공이었다.

삑, 삐이익!

위무양의 바로 뒤에서 요란한 호각 소리가 급박하게 울려 퍼졌다. 그리고 호각에 응하는 다른 호각 소리가 이곳저곳에서 끊이지 않고 울렸다.

적지 않은 범위를 차지한 채 무서운 속도로 접근하는 호각 소리.

그는 쫓기고 있었다. 평생 동안 한 번도 겪어본 적이 없을 정도로 끈질기게.

위무양의 하관이 빠진 작은 얼굴이 시퍼렇게 변했다. 여덟 걸음이면 바람조차 따라잡는다는 그의 경공으로도 추적자들을 뿌리치기는커녕 거리도 벌리지 못하고 있었다.

"똥통에 빠뜨렸다가 꺼내서 다시 시궁창에 처박을 개 후레잡놈들. 도대체 그년이 누구기에 이러는 거야? 그년이 무맹주의 첩이라도 되냐? 백번 양보해서 설사 그년이 무맹주의 첩이라도 그렇지. 재미 보는 년의 속곳 한 장 가져갔다고 이렇게 죽을 둥 살 둥 쫓는다는 게 말이 돼? 미친 새끼들, 자칭 천하의 한 축을 담당한다고 큰소리 뻥뻥 치는 새끼들이 할 일이 그렇게 없냐!"

욕이라면 천하의 누구에게도 상수를 양보하지 않을 자신이 있는 그다.

그는 쉴 새 없이 욕을 하면서도 발길을 늦추지 않았다.

잡히면 뒷감당을 못할 게 뻔한 상황.

멈출 수가 없는 것이다.

울창한 막간산의 숲 속을 빠르게 통과하는 그의 몸놀림은 한 마리 다람쥐를 연상시켰다.

정상을 넘어 아래로 내달리던 그의 눈에 모닥불이 곳곳에 피어 있는, 평지와 노숙을 하는 적지 않은 수의 무리가 보인 것은 얼마 지나지 않아서였다.

어느새 산자락이었다.

진원이 흔들릴 만큼 전력을 다해 경공을 전개하고 있는 그인지라 정상에서 산자락에 도착할 때까지 반 시진이 채 걸리지 않은 것이다. 그가 지나온 길이 관도가 아닌 숲 속임을 감안한다면 평상시보다 세 배는 더 빠른 속도였다.

물에 물 탄 듯, 술에 술 탄 듯 살아온 그가 머리털 나고 처음으로 사력을 다한 결과였다.

"아, 육시랄!"

위무양의 입에서 절로 욕설이 흘러나왔다.

삐이이익……!

호각 소리가 뒷덜미를 잡아챌 듯 들려오고 있었다.

평지를 돌아가는 데는 눈 두어 번 깜박일 정도밖에 걸리지 않을 테지만 그 정도의 지체만으로도 그를 쫓는 자들과의 거리는 위험한 수준까지 좁혀질 터였다.

노숙하는 무리를 돌아갈지 통과할지에 대한 그의 갈등은 길지 않았다.

노숙을 하는 무리는 굳은 얼굴로 그가 달려가고 있는 방향을 향해 서 있었고, 각자의 무기를 꺼내 들고 싸울 태세를 갖추고 있었다. 오 인이 일 조가 되어 좌우로 넓게 학의 날개처럼 포진한 그들의 태도는 안정되어 있어 명가의 풍모가 엿보였다.

노숙하는 무리는 그가 돌아나갈 수 있는 길목을 차단한 상태였다. 그가 올 것을 미리 알지 못했다면 있을 수 없는 진형이다.

그러나 위무양은 그들의 안정된 태도와 진형에 의문을 느낄 마음의 여유가 없었다.

저들은 호각 소리를 알아들은 기색이 역력했다. 그것은 저들이 의심할 여지없이 무맹의 무리라는 것을 뜻했다.

그의 뒤에서 울리는 호각 소리는 무맹의 인물들만이 사용하는 태전각(態戰角)이었으니까.

저들이 무맹의 무리인 이상 갈등을 할 이유가 사라진 것이다. 정면 돌파는 자칫 앞뒤로 적을 맞아 고립될 수도 있었다. 그리고 그 가능성은 지나칠 정도로 높았다.

그가 성명한 팔보추풍신법은 무림일절이라 자타가 공인하는 경공이다. 그러나 그 놀라운 경공으로도 앞의 무리를 돌아가는 것은 쉬운 일이 아니었다. 저들이 포진하고 있는 진세는 그가 어느 쪽으로 돌아나가든 그 앞을 막아서게 되어 있는 것이다.

내달리는 와중에도 그는 연신 침을 삼켰다.

가슴이 타는 듯했다.

모닥불을 등지고 무리의 선두에 선 중년 무사와 스물이 채 되지 않은 적포의 청년이 풍기는 기세가 범상치 않았다. 낮춰 잡아도 십 초 이내에 승부를 낼 자신이 없는 자들이었다. 다른 자들이 그를 막아서면 저들이 그를 상대할 것이다.

그리고 지금 상황에서 십 초가 아니라 단 일 초만 저지당해도 그는 포위된다. 그 뒤는 생각할 필요도 없는 일이었다.

위무양의 얼굴은 사색이 되었다.

'이런… 씨, 씨, 씨바르……. 어째 일이 쉬운 것에 비해 대가가 너무 크더라니… 마가 끼려고 그랬구나. 재수없는 놈은 뒤로 넘어져도 코가 깨진다고 하더만 바로 내 꼴이네. 웬수 같은 딸내미야, 잔소리할 아비 없어져서 좋겠다. 명년 오늘이 아비

제삿날이 될 모양이거든!'

속으로 처절하게(?) 외친 그는 이를 물었다.

중앙 정면 돌파를 택할 수는 없었다. 그렇다고 아예 우회하기는 불가능한 상황이다. 무리 중에 그나마 좀 약해 보이는 쪽을 뚫어야 했다. 그 외에 다른 선택의 여지는 없는 것이다.

운려는 숲의 어둠 속에서 번개처럼 튀어나온 마의중년인이 무리의 우측으로 접근하는 것을 보았다.

그녀의 눈에 들어온 마의인은 칠 척 가까운 장신이었는데 깡말라서 허수아비에 옷을 걸친 것처럼 보였고, 팔과 다리가 기형적으로 길었다. 그리고 머리가 유난히 작아서 신체의 십분지 일 정도밖에 되어 보이지 않았다.

마의인은 바람처럼 빠르지만 노루가 뛰는 것처럼 껑충껑충 뛰는 경공을 사용하고 있었다.

경공 중에 저처럼 방정맞다는 생각이 절로 들게 만드는 독특한 경공을 펼치는 무인은 그녀가 알기로 단 한 명뿐이었다. 강호 견식이 많지 않은 그녀도 알 만큼 그는 유명했다.

마의인이 몸을 날린 방향으로 신형을 움직이는 그녀의 눈에 이채가 떠올랐다.

"풍파만리(風波萬里) 추풍객(追風客) 위무양(偉務良)?"

그녀의 중얼거림을 들었음에도 조운상의 표정은 변화가 없었다. 운려와 그의 견식은 큰 차이가 있다. 그는 위무양을 보자마자 그가 누군지 알아본 것이다.

위무양을 알아본 그였기에 놀람은 없었다. 그러나 의문마저 없는 건 아니었다.

'위무양이 왜 무맹의 금백단(金魄團)에 쫓긴단 말인가?'

살인을 제외한 청부라면 그것이 무엇이든 마다하지 않는 위무양은 강호삼괴의 일인으로, 항상 풍파를 몰고 다니는 사람으로 명성(?)이 자자했다.

그러나 그는 강호 대세에 영향을 미칠 정도의 역량을 가진 사람은 아니었고, 무맹과 어떤 원한을 맺은 일도 없었다. 적어도 조운상이 알기로는 그랬다.

'위무양이 뭔가 일을 벌인 모양이로군.'

조운상은 눈살을 찌푸렸다.

모르는 사람이야 다 똑같은 소리로 들리겠지만 무맹에서 사용하는 태전각은 그 산하 조직마다 사용하는 법이 모두 달랐다.

위무양의 뒤쪽에서 들리는 호각 소리는 무맹오단(武盟五團) 중 최강의 무력을 보유한 집단이자 무맹의 내원과 요인 경호를 책임지고 있는 금백단에서 사용하는 것이었다.

조운상이 알기로 무맹 총타의 내원에 머무는 금백단이 무맹을 벗어나는 경우는 무맹이 최고의 강적과 조우하거나 존망에 위협을 받는 경우로 국한되어 있었다.

그 정도로 운신이 무거운 자들이 금백단인데 그들이 한적한 막간산의 숲 속에 나타난 것이다.

조운상은 긴장된 기색이 역력한 얼굴로 운려의 왼쪽에 붙어 몸을 날렸다.

자세한 사정은 몰라도 금백단이 추적한다는 것을 알면서 위무양에게 길을 내줄 수는 없었다.

위무양이 무서워 길을 내줬다는 소문이 난다면 척천산장의 명예는 땅에 떨어지게 되는 것이다. 더구나 그들은 산장 요인들의 후예가 대거 모여 있는 무리가 아닌가.

그러나 산장의 후예들이 위무양을 직접 상대하게 할 수도 없는 일이었다.

위무양은 그와 척천대의 호위무사들이 맡아야 했다.

위무양은 경공으로 성명한 사람이다. 그리고 도망치는 것을 부끄러워하지 않는 철면 덕분에 남과 싸운 적이 드물어 그의 일신 무공에 대해 자세히 알려진 바는 없었다.

그럼에도 그가 절정의 고수라는 데는 누구도 이의를 제기하지 못하는 사람이 그였다.

산장의 후인들은 물론이고 그도 혼자서는 위무양을 상대할 능력을 갖고 있지 않았다.

신형을 날리는 그의 입술이 미미하게 달싹였다.

[소장주님, 금백단이 도착할 때까지 힘을 합쳐 위무양을 막는 것에 주력해야지 그를 제압하려 하시면 안 됩니다.]

[알았어요.]

조운상이 무엇을 염려하는지 잘 아는 운려는 간단하게 대답했다. 조운상이 아는 운려의 무공과 그녀가 실제로 지닌 무공의 사이에는 상상키 어려울 만큼 큰 격차가 있었다.

하지만 운려는 굳이 위무양을 상대하며 자신을 드러낼 필요를 느끼지 못했다. 그래서도 안 되었고.

위무양이 산장의 후인과 호위무사들이 이룬 우측 진형을 이 장 거리 둔 곳에 도착했을 때 운려와 조운상도 진형의 앞에 도달했다. 운려의 그림자가 된 검엽도 함께.

'빌어먹다 자빠질 놈의 자식들!'

위무양의 얼굴이 일그러졌다.

여자처럼 고운 얼굴의 적포청년과 호랑이상의 장년 무사가 앞을 막아설 것은 이미 각오한 바였다.

적포청년의 옆에 서 있는 죽립 망사의 흑의인은 눈에 제대로 들어오지 않았다. 흑의인의 기세는 거의 느껴지지 않을 정도로 미약했던 것이다. 아마도 적포청년의 호위 정도 되리라.

그는 그렇게 생각했다.

저들은 검을 빼 들었지만 공격할 의사는 보이지 않았다. 그의 뒤를 쫓는 자들이 도착할 때까지 시간을 벌 요량인 것이다. 당연히 위무양은 그들의 의도대로 따라줄 생각이 전혀 없었다.

삐삐삐! 삐삐!

호각 소리가 불과 십여 장 뒤에서 들려왔다.

그는 거세게 숨을 들이마셨다.

용광로처럼 끓어오른 단전에서 장하공(長河功)의 기운이 용솟음치며 일어나 경락을 따라 흘렀다.

일 초였다.

일 초에 저들의 방어를 뚫고 지나가야 했다. 더 이상의 여유는 없는 것이다.

예의 껑충거리는 듯 허공으로 뛰어오른 그는 운려와 조운상의 머리를 타 넘으며 긴 두 팔을 내밀고는 양손을 미친 듯이 휘저었다.

운려의 눈빛이 번뜩였다.

그녀의 머리 위는 온통 위무양의 손그림자로 가득했다.

피할 방위를 모조리 차단하는 기고함, 변화가 변화를 부를 만큼 현란한 장영(掌影), 그와 함께 사방을 태풍처럼 휩쓰는 장세(掌勢).

허용한다면 단순히 뼈 한두 군데 부러지는 걸로 끝나지 않을 힘이 실린 장법이었다.

도망갈 수 없는 최악의 경우가 아니라면 결코 펼치지 않는다는 위무양의 절기 천성장(天星掌)이다.

'야단났네. 본 실력을 드러내지 않으면 상대하기 쉽지 않은 무공이야.'

찰나지간 그녀가 갈등에 빠져 손이 멈칫거릴 때 상단으로 검을 세우고 무거운 기색으로 위무양을 응시하던 조운상이 척천대검식(拓天大劍式) 중십육식(中十六式)의 절초인 일검낙일(一劍落日)을 펼치며 천성장을 맞이해 갔다.

상단에서 단숨에 수직으로 떨어지는 검의 기세가 태양을 반으로 가를 것만 같다는 평을 받을 정도로 사납기 이를 데 없는 초식이 일검낙일이다.

자신의 실수를 깨달은 운려도 혀를 차며 조운상의 뒤를 따라 척천대검식을 펼쳤다.

장주 직계에게만 전수되는 척천대검식 후십육식의 절초 검운첩첩(劒雲疊疊)의 기세가 구름처럼 일어나며 조운상이 펼친 일검낙일의 사나운 검세를 받쳤다.

그녀가 본 실력을 드러낼지 말지 갈등한 것은 위무양을 자기 혼자서 상대해야 한다고 생각했기 때문이다. 하지만 그녀의 옆에는 조운상이 있었고, 검엽도 있었다.

운려는 비무 이외에 위무양과 같은 고수를 상대로 실전을 겪어본 적이 없었다. 그런 운려의 부족한 대적 경험이 가져온 착각이었다.

위무양은 두 사람을 장세하에 묶어두고 그 찰나의 순간 진형을 타 넘을 생각이었다. 그의 목적은 상대를 패퇴시키는 것이 아니라 이곳을 벗어나는 것이었으니까.

그러나 그것은 운려와 조운상을 너무 쉽게 본 그의 오산이었다. 두 사람은 그의 장세를 상대로 전혀 위축되지 않고 무서운 기세로 검을 휘둘렀다.

'척천검? 장강 이남에서 제일가는 부잣집이라는 소 씨 집안 놈들이 왜 여기서 노숙을? 재수가 없어도 이렇게 없을 수가 있나. 염병을 하다 뒤집어질!'

상황이 여의치 않다는 것을 깨달은 위무양의 장세가 변했다.

변화에 변화를 거듭하며 운려와 조운상의 머리를 덮어가던 그의 손그림자가 거짓말처럼 사라지고 단 두 개의 손그림자만이 남아 운려와 조운상의 머리로 유성처럼 떨어졌다.

변화를 위해 흩어졌던 기운이 두 곳에 집중되었다. 당연히 장세의 기세는 배가되었다. 그가 아끼는 천성장의 절초 유성파벽(流星破壁)이었다.

운려와 조운상의 안색이 딱딱하게 굳었다.

위무양의 초식 변화는 눈으로 따라가기 어려울 정도로 빠르고 자연스러웠다.

기의 수발이 숨 쉬는 것처럼 자유롭지 않다면 위무양이 보여준 변초는 가능하지 않다. 절정고수가 왜 절정고수인지 위무양은 웅변하듯 보여주고 있었다.

눈으로 따라가기도 어려운데 손발이 먼저 그에 반응하는 것은 그들의 수준에서 가능한 일이 아니었다. 운려는 몰라도 적어도 조운상의 수준에서는.

싸움에 임했을 때 육안에 의지하지 않는 성취를 이룬 무인, 그가 바로 절정(絶頂)고수라 불리는 이들이니까.

조운상의 얼굴이 일그러졌다.

변화한 위무양의 장세가 그가 펼친 일검낙일의 검세를 무인지경처럼 통과하며 그의 정수리로 떨어지고 있었다.

검의 궤적은 장세가 떨어지는 속도를 따라가지 못했다.

달리 기세검도라 불리기도 하는 척천대검식은 검법 중 강검류(强劒流)에 속했다.

극에 이른다면 일 검에 천지를 누르고 만상을 부술 수 있다는 강검류의 정점에 있는 일대의 절학.

강검류는 패(覇)와 중(重)의 기세로 변(變)과 쾌(快)를 제압하는 것이 그 요결의 핵심이다.

 하지만 그 성취가 낮고 변화와 속도가 패와 중의 기세를 파훼할 정도의 상대를 만나면 어떤 검류보다 피해가 더 커지는 것이 강검류의 단점이었다.

 조화가 아닌 한두 가지의 검결에 검의(劍意)를 집중하는 무공들이 지닌 약점을 강검류는 더 많이 갖고 있기 때문이다.

 상대로 하여금 검의 약점을 볼 수 있는 여지를 주지 않을 정도로 압도적인 기세가 전제되어야만 제 위력을 발휘하는 것이 척천대검식이다.

 척천대검식을 달리 기세검도라 부르는 것에는 그런 이유가 있는 것이다.

 운려와 조운상의 성취도 낮은 것은 아니었다. 하지만 그들의 기세로 평생을 무림의 풍파를 헤치며 살아온 위무양을 압도하는 것은 무리였다.

 운려가 대적 경험이라도 풍부해서 조운상을 적절하게 보조했다면 상황은 조금 나아졌을지도 몰랐다. 그러나 없는 경험이 갑자기 하늘에서 뚝 떨어지듯 생겨날 리는 만무한 일. 그로 인해 그들은 치명적인 위기에 놓인 것이다.

 조운상은 이를 악물었다.

 동일한 장세가 운려의 머리 위에도 떨어지고 있었다.

 어차피 피할 수도 막을 수도 없는 장세라면 피해는 적을수록 좋았다. 저 정도의 장세에 격타당한다면 최소한 중상이었다. 죽을 확률은 십 중 칠팔이었고.

그는 항주까지 운려의 안전을 책임진 사람.

결론은 바로 났다.

하지만 조운상이 내린 결정은 실행에 옮겨지지 못했다.

그가 검을 들고 운려를 막아서려 하기 전 먼저 움직인 사람이 있었기 때문이다.

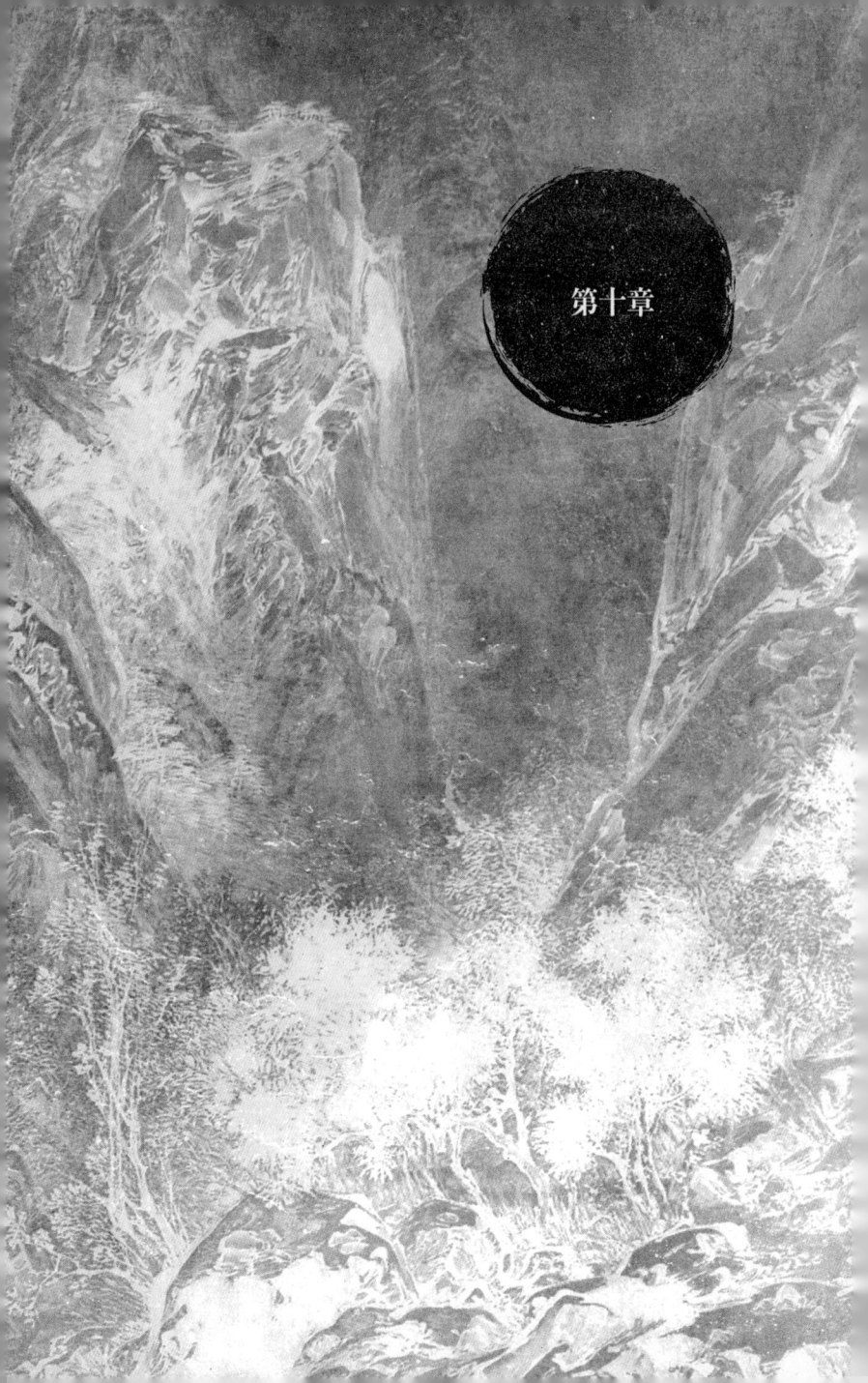

천마검섭전

쩡쩡쩡!

망치로 돌을 깨는 듯한 소리가 연이어 울려 퍼지더니 운려와 조운상의 머리를 거의 타 넘어가던 위무양이 절벽에 머리를 박기라도 한 것처럼 이 장 뒤로 튕겨났다. 그는 공중제비를 연속해서 돌며 땅에 내려섰다.

"뭐, 뭐냐, 네놈은?"

그는 믿을 수 없다는 듯 황망한 얼굴로 자신의 장세를 막아 선 흑의죽립인을 보며 말했다.

손에 전해지는 둔중한 통증이 전해졌다. 그러나 견딜 만한 통증이었다. 흑의인의 장세는 강했지만 그에게 내상을 선물할 정도로 강하지는 않았다.

그가 물러난 것은 상대에게 패퇴당했기 때문이 아니었다. 이유는 다른 데 있었다.

신법으로 성명한 그가 흑의인이 움직이는 것을 보지 못했던 것이다.

그것이 그를 경악케 했다.

당세에 그보다 뛰어난 신법의 고수는 있을 수 있었지만 그런 사람이라도 그의 눈을 완전히 피할 수는 없었다. 정체를 알 수 없는 흑의죽립인은 평소에 그가 갖고 있던 드높던 자부심을 아주 간단하게 산산조각 내버렸다.

그가 육안에 의지하는 수준의 고수였다면 뭐가 어떻게 돌아가는지도 모르고 손해를 보았을 것이 분명했다.

검엽은 두 걸음 뒤로 물러난 상태였다.

그의 안색은 손을 쓰기 전보다 조금 창백했다.

'역시… 내공이 문제야. 다 보았고 어떻게 해야 하는지도 알겠는데 내력이 받쳐 주질 않으니 몸이 따라주질 않는다.'

그는 혀를 찼다.

암천부운행의 부운탄섬과 그의 창안 절기 영겁천뢰장(永劫天雷掌)을 함께 펼쳐 위무양을 상대한 그였다. 내공이 받쳐 주었다면 위무양은 허공에서 전신이 으스러졌을 것이다.

영겁천뢰장은 그가 전륜구환공의 건천결(乾天訣)을 참오하던 중 하늘을 갈기갈기 찢어놓으며 지상으로 내달리는 마른벼락의 강렬한 기세에 충격을 받고 심득을 얻어 창안한 무공이다.

이 장이 일 장이 지닌 위력의 두 배가 되고 삼 장이 이 장의 두 배가 되는, 연이어질수록 그 위력이 배로 늘어나는 비상식적인 장법이 영겁천뢰장이었다.

영겁천뢰장의 진정 무서운 점은 내공이 허락하는 한 배가되는, 초수의 한계가 없다는 데 있었다.

앞선 장세보다 두 배의 위력을 담은 장세가 끝없이 쏟아지는 낙뢰처럼 뒤를 이으며 위력이 누적되는 장법.

그래서 검엽은 영겁천뢰장을 만첩장(萬疊掌)이라고도 불렀다.

하지만 그처럼 연속될수록 배가 되는 위력은 영겁천뢰장의 한계이기도 했다.

시전자가 무한대의 내공을 갖고 있지 않다면 영겁천뢰장의 연속적인 사용은 불가능에 가까웠던 것이다.

위무양의 장세가 날카롭기 그지없어 검엽은 부운탄섬으로 운려와 조운상의 머리 위로 솟구쳤고, 영겁천뢰장으로 위무양의 천성장을 상대했다.

하지만 영겁천뢰장을 삼첩(三疊)하는 것만으로도 그의 내공은 바닥을 드러냈다.

위무양이 그의 신법에 놀라 뒤로 물러나지 않고 계속해서 그와 손속을 나누었다면 결과는 지금과는 많이 달랐을 것이다.

물론 다른 사람들이 그가 삼첩만으로 당대의 절정고수 중 한 명인 위무양과 동수를 이루었다는 것을 알았다면 기절초풍

했겠지만.

"엽아."

운려가 자신의 앞을 막아선 검엽을 나직하게 불렀다.

"물러서 있어. 때가 아니잖아."

검엽의 음성은 언제나처럼 나직했다.

운려는 싱긋 웃었다.

그가 자신을 염려해서 나선 게 아니라는 걸 깨달은 것이다. 그녀를 지금처럼 강하게 만들어준 사람이 그였다. 위무양이 강하다고는 해도 그녀를 위태롭게 할 정도가 아니라는 건 누구보다도 그가 더 잘 알았다.

그가 나선 것은 그녀가 본신의 실력을 온전히 드러내서는 안 된다는 걸 이해하고 있기 때문이지, 그녀가 위험하다고 생각해서는 아니었던 것이다.

조운상과 산장의 후인들은 운려와는 다른 의미로 눈을 부릅뜨고 검엽을 보았다.

검엽의 남다른 행동과 외모를 보며 그가 범상치 않다는 생각을 하지 않은 사람은 없었다. 그러나 설마 위무양을 단신으로 상대할 정도로 강한 무공의 소유자일 거라고 생각한 사람도 없었던 것이다.

특히 그들 중 검엽을 바라보는 진월성의 눈빛은 얼마나 날카로운지 날 선 칼날을 연상시킬 정도였다.

"빌어먹다 자빠질……."

위무양은 한숨을 내쉬며 허탈한 눈빛으로 검엽을 보았다.

그의 어깨가 축 늘어졌다.

기세가 느껴지지 않는다고 검엽을 쉽게 생각한 그의 잘못이었다. 만약 그가 처음부터 검엽을 주의했다면 상황이 이렇게 전개되도록 용인하지는 않았으리라.

하지만 그를 탓할 수만은 없었다.

무공을 익힌 자들 가운데 검엽처럼 기세를 완전히 죽일 수 있는 사람은 극소수에 불과했으니까.

그것이 가능한 자는 두 부류뿐이었다. 하나는 혼백마저 죽인 초특급 살수, 다른 하나는 기세가 자연과 동화된 절대의 경지에 도달한 초강고수.

'자연스럽게 기세를 죽이는 놈이라……. 살수 훈련을 받은 놈인가? 척천산장에서 살수를 키워? 그런 얘기는 들어본 적이 없는데? 그럼 기세를 완전히 안으로 갈무리할 정도의 절대고수? 지나가던 개도 웃을 소리. 저 시커먼 놈이 그 정도의 고수였다면 나는 지금 숨을 쉬지 않고 있어야 말이 되지. 경공 하나는 정말 일품이긴 하지만…….'

되는 대로 생각을 이어가던 위무양은 어깨를 으쓱했다.

그의 뒤와 좌우로 백의 무복을 입은 일곱 명의 무인이 바람처럼 모습을 드러내고 있었다.

그의 눈이 뒤를 훑었다.

일곱 명의 백의인은 무표정한 얼굴로 그를 향해 검을 겨누고 있었다. 생각을 이어갈 수 있는 한가한 상황이 아니었다.

"어이, 말로 하자고. 말로 할 수 있는 걸 굳이 칼로 이야기할 필요는 없지 않겠나?"

위무양이 웃으며 말을 건넸다.

하지만 답변은 없었다.

백의인들이 받은 지시 중에 위무양을 산 채로 잡아오라는 말은 없었으니까.

그들은 말없이 위무양을 향해 신형을 날리려 했다.

하지만 상황은 다시 변했다.

"금백단의 행사를 방해하고 싶지는 않지만 우리도 위가 놈한테 볼일이 있어서 말이야. 자네들이 양보를 해주어야겠는데……."

지금의 상황과 어울리지 않는 느릿느릿한 어투의 말과 함께 숲 속에서 네 명의 남의인이 나타났던 것이다.

영문도 모를 뿐만 아니라 돌아가는 상황도 정신없는 터라 운려 일행은 꿀 먹은 벙어리처럼 입을 다물고 나타난 남의인들을 보았다.

짙은 남색 장포를 입은 네 명은 오십대 중반 정도의 나이로 보였는데, 생김새는 각기 달랐지만 하나같이 차갑고 독해 보이는 눈을 갖고 있었다.

왼쪽 눈 밑에 커다란 붉은 점이 있는 초로인이 다른 사람보다 두 배는 길어 보이는 손가락이 달린 손을 흔들며 말했다.

"우린 무맹에는 볼일이 없어. 그러니까 금백단과 척천산장 사람들은 그냥 가던 길을 가면 돼."

금백단의 무인들과 산장 사람들은 당연히 자신의 말을 들어야 한다는 듯한 말투였다.

 오만함이 가득한 말과 태도. 그런데도 그리 어색하게 여겨지지 않는 자연스러움.

 남의인의 태도는 그가 평생 좌절을 당한 적이 드문 자라는 것을 말해주고 있었다.

 오늘의 행사를 책임지고 있는 금백단 제칠조의 조장 능마도(凌魔刀) 혁만호의 눈이 분노로 타올랐다. 하지만 그는 분노를 겉으로 드러내지 않았다. 적을 눈앞에 두고 감정에 몸을 맡길 정도로 그의 배움이 형편없지 않았다.

 게다가 맹룡불과강(猛龍不過江)이다.

 남의인들은 그들의 정체를 알고 있었다.

 금백단의 단원들은 그 숫자가 일백 명에 불과하지만 개개인이 모두 절정을 코앞에 둔 고수들이다. 그런 그들이 일곱 명이나 이 자리에 있었다.

 그들 일곱이라면 절정고수 둘을 상대할 만한 전력이었다. 금백단을 아는 자라면 그 사실을 모를 리 없을 터. 그럼에도 저리 쉽게 말하는 자라면 가볍게 여길 수 없는 것이다. 그래서도 안 되었고.

 혁만호의 타오르는 눈빛과 초로인의 비웃음 섞인 눈길이 허공에서 불똥을 튀겼다.

 혁만호가 남의인에게 정체를 물으려 할 때 위무양이 조금 질린 어조로 남의인에게 물었다.

 "네놈들이 어떻게 여기에?"

초로인의 시선이 혁만호를 비켜 위무양을 향했다.

"네놈이 무맹에 쫓겨 막간산을 넘고 있다는 얘기를 들었다. 십여 년간 쇠 신발이 닳도록 찾아다녀도 만나지 못하던 놈의 소식을 코앞에서 들었는데 만사 제치고라도 와야지. 위가야, 그렇지 않느냐? 흐흐흐."

위무양의 얼굴에 의혹의 빛이 스쳐 지나갔다.

그는 강호의 대세를 움직이는 거물급 요인이 아니다. 그런데 무맹에 쫓긴 지 반나절 만에 저들의 귀에 들어갈 정도로 소문이 났다는 것이다. 의문이 생기지 않을 수 없었다. 그러나 이 마당에 소문의 출처를 추궁할 수도 없는 일.

'썩을 놈의 잡종들, 뜯어먹을 게 뭐가 있다고 득달같이 달려오나 달려오길. 으이구.'

금백단과 흑의죽립인이 마음에 걸리기는 하지만 전력을 다한다면 그들에게서 몸을 빼낼 자신이 있었다. 그러나 남의인들을 본 그는 한숨과 함께 자신감의 대부분을 잃었다.

남의인 개개인은 그보다 약했다. 하지만 그 차이는 그리 크지 않았다.

십여 년이 지난 지금 저들이 그의 앞에 자신만만하게 모습을 드러낸 것은 그동안 절치부심했다는 뜻. 물론 그동안 그도 놀고 있지만은 않았다. 그러나 그가 강해진 만큼 저들도 강해졌을 것이다.

위무양은 속이 끓었다.

지난날 저들과의 대결에서 그가 득수했던 것은 옆에 친구들이 있었기 때문이다. 혼자였다면 그는 고혼이 되었으리라.
 그가 푸념하듯 중얼거렸다.
 "별것도 아닌 일이 왜 이렇게 복잡하게 꼬이는 거냐. 저 떨거지들까지 나타나고. 으휴."
 남의초로인의 눈에 스산한 기운이 어렸다.
 "떨거지? 흐흐흐, 위가야. 오늘 그 떨거지가 네 목을 감꼭지 따듯 따주마. 기대해도 좋아."
 남의인을 힐끗 본 위무양이 손가락으로 귀를 후볐다.
 "염병, 어디서 개 짖는 소리가 들리는구먼."
 줄지에 개가 된 남의인의 안색이 음침해졌다.
 "주제 파악을 못하는 건 여전하군."
 "흥, 동가야, 주제 파악은 너나 하라고. 무당이 무서워 호북 땅은 밟지도 못하는 놈들이 도포 자락이 안 보인다고 아주 기가 산 꼬라지 하고는."
 "꼬… 꼬… 꼬라지?"
 대노한 남의인들의 얼굴이 붉게 물들었다. 위무양의 입이 걸다는 것이야 익히 아는 그들이고 경험도 했지만 아무리 들어도 익숙해지지 않는 게 또 위무양의 욕이었다.
 말로는 위무양을 이길 수 없다고 판단했는지 입을 꾹 다문 우두머리 남의인이 허리춤에서 다섯 치의 날을 가진 철조(鐵爪) 두 개를 꺼내어 손에 끼웠다.
 그것이 신호인 듯 다른 세 명의 남의인도 철조를 꺼내어 손에 꼈다.

그 모습을 본 혁만호와 조운상의 낯색이 살짝 변했다.

남색 장포,

네 사람,

피처럼 붉은빛이 흐르는 철조.

혁만호가 놀람을 억누르는 빛이 역력한 어조로 나직하게 중얼거렸다.

"혈조사마(血爪四魔)……?"

그 중얼거림을 들은 듯 혁만호를 돌아보는 남의초로인 혈조사마의 대마(大魔) 폭멸조(爆滅爪) 기대광의 눈에 이채가 떠올랐다.

"강호를 떠난 지 십여 년이 흘렀는데 아직도 우리 이름을 기억하는 놈이 있네그려. 기특하군. 흐흐흐."

자신들이 혈조사마임을 인정한다는 말.

혈조사마의 이름을 들어보지 못한 산장의 후인들과 척천대 무사들은 눈살을 찌푸렸다.

혁만호의 태도로 보아 남의인들이 상당한 명성을 지닌 자들이라는 건 삼척동자도 알 수 있을 정도였다. 그러나 자신들은 중원무림을 삼분하고 있는 거대 세력 대류무맹의 사람들이었다. 상대가 누구라 해도 자신들을 무시할 수는 없었다.

그러나 혁만호와 조운상의 얼굴은 돌처럼 딱딱해졌다.

혈조사마의 종적이 사라진 지 십여 년이 지난 지금도 호북성에서는 호환마마보다 더한 공포를 남기고 있는 자들이 그들이었다. 무공도 강했고 잔인함과 광포함은 무공보다 더 강했던 자들.

저자들은 그들이 무맹 소속이라고 해서 얌전히 물러날 인물들이 아니었다. 무맹을 상대할 정도로 무공이 강하기 때문이 아니라 저자들의 성격 자체가 그랬다.

꼭지가 돌면 상대를 불문하고 덤비는 자들이었다. 그 성격 때문에 그들은 정무총련의 삼대주력 중 하나인 무당과 시비를 했고, 위무양을 비롯한 강호삼괴와도 원한을 맺었다.

그런 그들이 무맹이 두려워 꼬리를 말고 돌아서기를 바라는 건 숲에서 물고기를 찾는 것만큼이나 어리석은 짓이었다.

혁만호가 굳은 음성으로 말했다.

"위 대협은 무맹으로 가셔야만 할 사정이 있소. 선배들께서 위 대협과 어떤 은원이 있는지는 모르지만 이번 일은 양보를 해주시길 바라오."

기대광은 풀썩 웃었다.

"양보라⋯⋯. 무맹의 체면을 생각하면 그러고 싶은 마음이 굴뚝같지만 그럴 수가 없어서 말이야. 우리도 위가와 쌓인 게 적지 않거든."

"우리 행사를 방해한다면 선배들은 앞으로 괴로움이 바다와 같을 것이오."

"흥, 인생이 고해라고, 천축의 땡추가 갈파한 게 천오백 년도 더 전이야."

"⋯⋯."

혁만호는 입을 꾹 다물었다. 혈조사마가 말이 통하지 않는 자들이라는 걸 아는 데는 방금 나눈 대화만으로도 충분했다. 더 이상의 말은 입만 아플 뿐이었다.

조운상은 검을 움켜쥐며 운려의 앞을 막아섰다.

혈조사마의 정체를 알았지만 그의 얼굴에 놀람은 엿보여도 두려움은 보이지 않았다. 그는 운려의 신변에 위험이 생기지 않을까 걱정하고 있을 뿐이었다.

척천대검식은 정신을 단련해 기세를 키우는 강검류의 검이다. 그래서 정신력의 강인함만으로 따진다면 척천산장의 무사들은 강호에서 가장 강한 정신력의 소유자들에 속했다.

상대가 강하다고 두려워하는 자들은 척천산장에 적을 두지 못하는 것이다.

혁만호는 눈살을 찌푸렸다.

그는 야영지에 도착하자마자 조운상과 그 옆의 적포를 입은 남녀 구분이 모호한 젊은이가 검을 잡은 모습을 보고 그들이 척천산장의 인물들임을 한눈에 알아보았다.

그도 최근 무맹에서 젊은이들을 모아 승룡단을 만든다는 걸 알고 있었다. 그래서 척천산장의 일행 중 삼분지 이가 젊은이들인 것을 보고 그들 일행이 승룡단에 속할 자들임을 짐작하기는 어렵지 않았던 것이다.

'혈조사마와 정면으로 충돌하면 저들 중 상당수가 죽거나 다칠 게 불을 보듯 뻔한데······.'

그를 비롯한 금백단의 무사 네 명 정도라면 위무양을 잡을 수 있을 터였다.

문제는 혈조사마가 위무양을 그들에게 양보하지 않을 게 분명하다는 것이었다.

'우리 중 셋이 한 명을 상대한다면… 척천산장 사람들이 나머지 셋을 상대해야 하는데… 저 위무양을 상대로 밀리지 않은 흑의인이 한 명을 상대할 수 있을 것 같긴 한데… 나머지 둘을 막는 게 남은 자들에게 가능할까?'

산장 일행의 수는 팔십 명가량이었다.

대부분 일류의 문턱에 갓 발을 들여놓은 듯한 무위. 젊은이들을 호위하는 삼십 명의 무사는 싸움에 익숙해 보였지만 무위 자체는 젊은이들보다 나아 보이진 않았다.

그러나 혈조사마는 십 년 전에도 절정에 들었단 말을 듣던 고수들.

제아무리 천하제일고수라도 머릿수로 밀어붙이면 견디지 못한다. 그러나 그런 경우 필요한 머릿수는 어마어마했다.

팔십 대 삼이라면 고작 일 대 이십육 정도.

흑의죽립인이 한 명을 상대할 수 있다손 쳐도 일 대 사십 정도였다. 그만한 수의 차이는 절정고수에게 위협이 될 수 없었다.

절정고수 일인이 어떤 힘을 갖고 있는지 잘 아는 혁만호가 고민에 빠진 것은 당연했다.

위무양의 처리는 모든 것에 우선한다.

그것이 그가 받은 명령이었다. 그러나 맹의 주력 중 하나인 척천산장의 무인들, 그것도 산장의 요인들의 후예임이 분명한 자들을 눈앞에서 죽게 내버려 두기도 어려웠다.

그들 중 살아남은 사람의 입에서 오늘 일의 전말이 흘러나온다면 그의 미래는 끝이었다. 척천산장주 소진악은 그럴 수 있는 힘을 넘칠 정도로 가지고 있었다.

'빌어먹을······.'

혁만호는 속으로 혀를 찼다.

흑의인을 제외한 산장 일행의 무위가 완숙한 일류 수준이라면 그가 이렇게 고민하지 않아도 되었을 것이다. 하지만 불행하게도 그들은 이류의 끝에 있거나 일류에 막 턱걸이를 한 풋내기들이었다.

척천산장의 무인들이 대적의 상황에서 보여주는 강인한 정신력을 그도 모르지는 않았다. 하지만 객관적인 실력의 차를 정신력으로 뒤집는 것은 그 차이가 크게 나지 않을 때나 가능한 얘기다.

상대가 혈조사마 정도 되면 정신력으로 감당할 수준은 애초부터 넘어버린다. 더구나 저들처럼 강호 경험이 일천한 젊은 이들에게는 두 번 생각할 필요도 없는 일이었다.

상황의 전개는 급박해서 혁만호가 심각한 고민에 빠졌다는 것을 주목한 사람은 없었다. 모두 초긴장 상태라 남의 마음을 헤아릴 여유 따위는 없었던 것이다.

그의 속마음을 알아차린 사람은 혁만호가 전혀 예상치 못한 사람이었다.

"저 혈조사마인가 하는 노인네들이 손을 쓰지 못하게 하면 되는 겁니까?"

 상황에 어울리지 않는다는 생각이 절로 들게 만드는 고요한 음성.

 듣는 이의 귀를 시원하게 만들 정도로 맑지만 기이하다 싶을 만큼 낮은 중저음의 그 음성은 고민에 **빠졌던** 혁만호의 정신을 단숨에 일깨웠다.

 그에게 말을 건 사람은 특이하게도 망사로 사방을 가린 죽립을 쓴 흑의인이었다.

 놀람에 찬 혁만호의 눈이 번뜩였다.

 그도 이곳에 도착하며 흑의인이 위무양의 천성장을 대등하게 상대하는 것을 보았다. 그때는 어림짐작으로 흑의인이 척천산장의 원로고수 중 한 명이 아닐까 생각했는데 목소리를 들어보니 영 아니었다. 목소리로 짐작되는 흑의인의 나이는 많게 봐줘도 이십대 중반을 넘지 않았던 것이다.

 하지만 놀람은 놀람이고 일은 일이다.

 흑의인의 정체야 이 일이 끝나고 알아보아도 늦지 않을 터.

 혁만호는 빠르게 고개를 끄덕였다.

 "그렇소이다."

 상대의 정체를 모르는 혁만호는 반 공대를 했다.

 목소리로 추정되는 흑의인은 젊었다. 나이로 따지면 그보다 이십 년 정도 어릴 것이다. 게다가 다른 젊은이들의 분위기로 보아 그가 처음 생각했던 것과는 달리 흑의인은 산장의 일행 가운데 중요한 위치에 있는 자도 아닌 듯했다.

그런 상대라면 반말을 한다고 해서 문제가 생길 리는 없었다. 그러나 그럴 수는 없었다.

초면이기도 했지만 흑의인은 단독으로 추풍객 위무양과 동수를 이룬 절정의 고수였다.

그가 아무리 무맹의 핵심 무력 단체라는 금백단에 속한 자부심 강한 무인이라 해도 자신보다 강한 자에게 대뜸 하대할 정도로 간이 크지는 않았다.

그가 검엽에게 물었다.

"가능하겠소?"

일말의 의심이 깃들어 있는 어투.

혈조사마는 개개인이 위무양에게 크게 뒤지지 않는 수준의 고수들이었다. 저들 네 명을 단신으로 막아설 수 있는 고수는 무맹 전체를 통틀어도 스물을 넘지 않을 것이다.

검엽은 운려를 뒤로하고 한 걸음 앞으로 나서며 말을 받았다.

"해보면 알게 되겠죠."

음의 고저가 거의 없어 감정을 읽어내기가 어려운 음성이었다.

〈제1권 끝〉

War Mage

워메이지

김재한 퓨전 판타지 소설

사람들이 인식하는 상식의 세계 이면,
짙은 어둠이 드리워진 그곳에 사는 괴물들이 있다.

문명이 드리운 그림자 속에서, 전투기계들과
인간의 사념으로부터 태어난 마물들이 격돌한다.
마법과 주술이 난무하는 초현실적인 전장,
소년은 그곳에 서는 대가로 인생을 잃었다.
운명의 노예가 되어 가족과 인성을 잃어버린 소년, 진유현.

총염(銃炎)과 검광(劍光)이 뒤얽히는
어둠의 거리에서, 운명의 족쇄를 끊고 나온
소년의 눈이 살의를 발한다.

유행이 아닌 자유추구 -
WWW.chungeoram.com
Book Publishing CHUNGEORAM

**참마도 작가!! 그가 『무사 곽우』에 이어
다섯 번째 강호 이야기를 새롭게 풀어내다!!**

"길의 중앙에서 멋지게 서서 당당히 걸어가래.
사람으로 태어난 이상 그 누구도 당당하게 살아갈 권리는 있다고 말이야."

단야의 오른손이 꽉 쥐어졌다. 별것도 아닌 말이다.
하나 이토록 마음에 남는 소리는 없었다.
사람으로 태어나서……

요물, 괴물.
나이를 먹지 않는 월홍과 얼굴이 징그럽게 망가진 단야.
그들 앞에 펼쳐진 강호란……!

유행이 아닌 자유추구 -
WWW.chungeoram.com
Book Publishing CHUNGEORAM

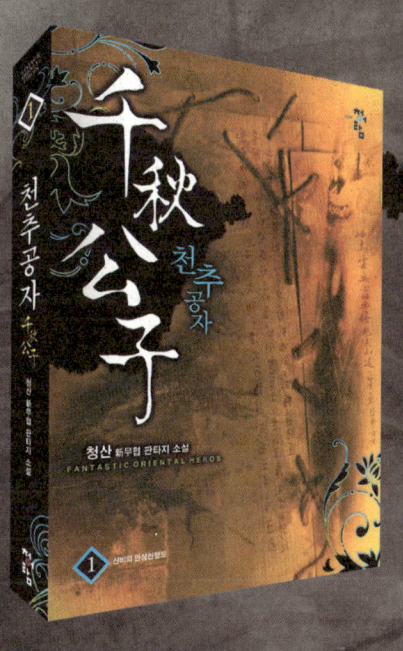

운명을 뛰어넘는 담대한 도전!

황제마저 농락한 숭문세가의 공자 문천추(文千秋).
용문에 이르기 전까지 그는 시문과 서화를 즐기며 대하를 누비는
한 마리 커다란 잉어였다.
그러나 운명은 그를 용문(龍門) 앞에 이끌었다.
용문의 드센 물살을 거슬러 올라 용(龍)이 될 것인가,
아니면 용문점액의 상처를 입고 추락할 것인가.

죽음의 하늘 사중천(死重天)!
오로지 파괴와 살육만을 일삼는 사마악(邪魔惡)의 결집체.
사중천의 어둠은 태양마저 가리며 천하를 뒤덮는다.
마침내 죽음의 하늘과 맞서는 용 울음소리.

천추(千秋)에 빛날 문무제일공자의 호쾌한 행보가 시작되었다.

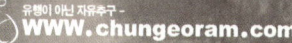
Book Publishing CHUNGEORAM

少林棍王
소림곤왕

한성수 新무협 판타지 소설

감동의 행진을 멈추지 않는 작가 한성수!

구대문파 시리즈의 두 번째 이야기 『소림곤왕』!!
그 화려한 무림행이 펼쳐진다

"너는 지금부터 날 사부님이라 불러야만 하느니라.
소림사의 파문제자인 나, 보종의 제자가 되어서 앞으로 군소리없이 수발을 들고 모진
고통을 이겨내며 무공 수련을 해야만 한다."

잡극계의 천금공자 엽자건!
소림의 파문제자 보종의 제자가 되다!!

역사와 가상,
실존의 천하제일인과 가상의 천하제일인에 도전하는 주인공!
이제부터 들어갑니다. 부디 마음껏 즐겨주시기 바랍니다.
- 작가 서문 中에서.

유행이 아닌 자유추구 -
WWW.chungeoram.com
BOOK PUBLISHING CHUNGEORAM